X

X

Geraint Lewis

Argraffiad cyntaf: Mai 2002

© *Geraint Lewis/Gwasg Carreg Gwalch*

Cedwir pob hawl.
Ni chaniateir atgynhyrchu unrhyw ran o'r cyhoeddiad hwn, na'i gadw mewn cyfundrefn adferadwy, na'i drosglwyddo mewn unrhyw ddull na thrwy unrhyw gyfrwng, electronig, electrostatig, tâp magnetig, mecanyddol, ffotogopïo, recordio, nac fel arall, heb ganiatâd ymlaen llaw gan y cyhoeddwyr, Gwasg Carreg Gwalch, 12 Iard yr Orsaf, Llanrwst, Dyffryn Conwy, Cymru LL26 0EH.

Rhif Llyfr Safonol Rhyngwladol:
0-86381-772-6

Cynllun clawr: Tom Petith

Argraffwyd a chyhoeddwyd gan Wasg Carreg Gwalch,
12 Iard yr Orsaf, Llanrwst, Dyffryn Conwy, LL26 0EH.
☎ 01492 642031
📄 01492 641502
✉ llyfrau@carreg-gwalch.co.uk
Lle ar y we: www.carreg-gwalch.co.uk

Hoffwn ddiolch i Heulwen Jones, Delyth George a darllenwyr y Cyngor Llyfrau am gynnig awgrymiadau buddiol. Diolch i'm cyfaill Tom Petith am ei waith ar y clawr ac i Myrddin ap Dafydd o Wasg Carreg Gwalch am ei ffydd a'i gefnogaeth, ac hefyd i Heledd Jones am ei gwaith golygu. Yn olaf, hoffwn ddiolch i Gyngor Celfyddydau Cymru am y cymorth ariannol a'm galluogodd i gwblhau'r gwaith.

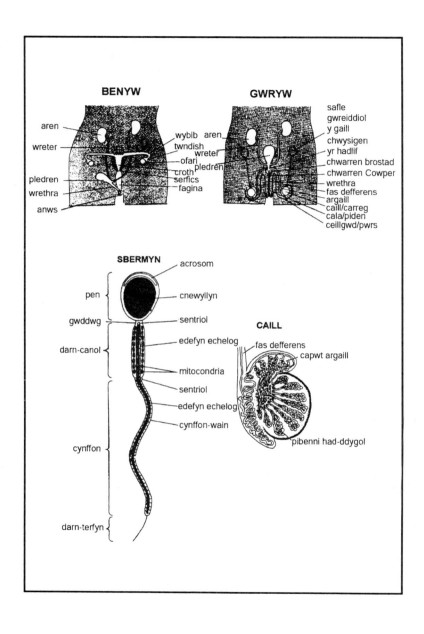

1

Mae'n debyg taw ar y noson es i a ASThAThTh i glwb nos *Androgen* ddechreuodd y cyfan. Teimlai fy nghnewyllyn yn chwil hyd yn oed cyn i mi ddechrau yfed. Roedd y lle'n llawn sberm anystywallt gyda rhyw filiwn neu ddwy yn dal i giwio'n swnllyd tu fas pan gaewyd y biben. Yn ffodus iawn, roedd y rheolwr wedi dod o hyd i ychydig o Laddwyr-Sberm caled iawn yr olwg yn gweithio fel swyddogion diogelwch wrth y fynedfa. Mae jest meddwl am y gwenwyn mae rhai ohonyn nhw'n medru cynhyrchu yn ddigon i godi'r croen oddi ar eich cynffon.

Mynd yno i weld sioe drawswisgo o'r enw *Gene Genie* y gwnaethom y noson honno. Yn ôl y sôn, mae ambell hurtyn o gariwyr-Y yn medru mwtadu ei genyn rhyw ar fympwy, gyda chanlyniadau hormonaidd tu hwnt o ddigri. Medden nhw. A bod yn onest, ffeindiais i'r act braidd yn ddiflas. Gallaf eich sicrhau na welwch chi fyth gariwr-X yn cyflawni'r fath rodres plentynnaidd. Oes, mae ganddom ni gyd lot fawr i'w ddannod i'r cromosom Y, sy'n diffinio'r rhyw wrywaidd.

Peidiwch â'm camddeall – mae rhai o'm ffrindiau gorau yn Y. Yffach, mae ASThAThTh ei hun yn Y. Na, nid y sioe lwyfan sy'n aros yn fy nghof o'r noson dyngedfennol honno, yn gymaint â'r swmp sylweddol ge's i'w yfed. Ddechreuon ni ar haneri ensymau gyda defnynnau o destosteron gwan i'w ddilyn. Dim byd allan o'r cyffredin yn hynny. Beth oedd *yn* anghyffredin, fodd bynnag, oedd y ffordd roedd ASThAThTh yn mynnu ychwanegu cynhwysion i'm diodydd. Canfyddais yn ddiweddarach ei fod ef wedi llywio fy niodydd â choctel lled-farwol yn cynnwys hormon lwteneiddiol pur.

Rown i wedi 'nabod ASThAThTh ers amser hir – o leiaf bedwar diwrnod, sydd, os caf fyw i brofi Ras Wy, tua seithfed rhan o'm hoedl ddisgwyliedig. Fel cyw-hedyn ar fy nhyfiant, arferai ASThAThTh ymweld â mi yn fy nghell

Sertoli, gan roi help cynffon i mi ysgwyd fy nefnynnau sytoplasmig i ffwrdd. Hyd yn oed bryd hynny, teimlwn fod ganddo ddiddordeb gorawyddus yn strwythur fy DNA. Eto, roedd e'n arfer fy nifetha â llond fy nghnewyllyn o'm hoff ddanteithion. Fy ffefryn oedd asiant lytig blas caws, 'er mwyn meithrin digonedd o brotein' fel y mynna ASThAThTh. Ar ben hynny, arferai adrodd y storïau mwyaf hudolus; rhai am beth oedd yn digwydd yn fy nghnewyllyn, ond yn bennaf am fywyd yn y Byd Allanol. Rhyfeddais pan soniodd ein bod ni ond yn rhannau bychain iawn mewn darlun anhygoel a hardd. Mewn gair, roeddwn yn ei eilunaddoli.

Felly, wrth reswm, pan awgrymodd i ni nofio i fyny i gyfeiriad y capwt argaill a draw i glwb *Androgen* y noson honno, roeddwn i wedi fy mhlesio'n arw. Yng nghanol y stŵr wrth y bar dechreuodd ar hyn yr ystyriais ar y pryd i fod yn ddim byd amgenach na rhyw fân siarad.

'Ti'n edrych lan ata' i, ondwyt ti, SAThAAG?'

Gadawais i swigen o destosteron ffrwydro'n braf yn fy mhen wrth i mi amneidio. Ysywaeth, methais sylwi ar gywair pruddglwyfus ei lais.

'Wyt ti'n meddwl bod hi'n bwysig cael model rôl? Rhyw fath o nod i anelu ato?'

Synfyfyriais am rai eiliadau, gan wasgu fy nghynffon i'r llawr – rhywbeth rwy'n tueddu i'w wneud pan rwy'n nerfus. Yn y man, mentrais ateb ei gwestiwn.

'Arwr, ti'n meddwl?'

Edrychodd ASThAThTh arnaf mewn ffordd hynod, bron yn sentimental, gyda chap ei acrosom yn llenwi'n sydyn â diferion o hylif gwagleol o'r meinwe o'n cwmpas. Gwyddwn fy mod i wedi dweud y peth iawn. Llenwodd ef fy niod a gwenu'r wên sy'n hollol unigryw i ASThAThTh – ei gnewyllyn yn gwrido'r mymryn lleiaf i'r llwyd melysaf a welwyd erioed.

Duw a ŵyr pryd adewais *Androgen*, ond mi ydw i'n cofio

i mi nofio'n ofalus iawn ar y siwrnai nôl i'm cell wagleol ger y cawda. Dechreuais ddifaru nad o'n i wedi yfed rhywbeth callach, fel adenosin triffosffad i fywiogi fy nghynffon blinedig. Doeddwn i ddim mewn unrhyw gyflwr i osgoi feirws cudd neu hyd yn oed gynffon frathwr o gariwr-Y gwallgo'. Doedd ASThAThTh ddim yno i'm hamddiffyn chwaith, gan ei fod e'n bwriadu treulio'r nos ynghwsg ger y capwt, ym mhen arall y gaill. Neu o leiaf dyna ddywedodd wrthyf ar y pryd. Wrth i mi ymlwybro'n araf i lawr y pibenni had-ddygol, llanwyd fy mhen â'r delweddau mwyaf hynod – march danheddog yn gweryru ei anadl olaf tra'n derbyn trywaniad cleddyf yn ei berfedd drewllyd. Milwyr llednoeth, llygatwyllt yn gorymdeithio trwy gaeau llawn gwlith, ac yn llowcio medd i gadw'n gynnes ym marrug y bore. Rhywun o'r enw Ceredig yn cario tarian aur a gwaywffon yfflon. Dechreuais ofidio – roeddwn i naill ai wedi bod ar gythraul o sesiwn neu ro'n i'n bendant yn mynd yn wallgof.

Wrth gwrs, o'n i wedi breuddwydio o'r blaen, ond breuddwydion gweddol ystrydebol oedd rheiny; gweledigaethau euraidd o nofio'n hapus mewn llysnafedd serfigol; neu'r wefr o lanio ar Wy – profiad cyfrin, iasol, brawychus, tebyg i'r hyn y dychmygaf sut oedd hi pan laniodd dyn ar y lleuad. Deunydd digon ffwrdd â hi i unrhyw sberm â gronyn o DNA gwerth chweil – neu o leiaf, dyna y tybiais. Breuddwydion oedd yn bosib eu gwireddu. Gallai sbermyn rhyw ddydd nofio mewn llysnafedd serfigol go iawn, neu os yn lwcus hyd yn oed ymdreiddio Wy euraidd. Ond beth ddiawl o'n i'n ei wneud yn ail-greu manylion maes y gad o ryw frwydr hynafol?

Y bore canlynol dihunais yn llawn cryndod, â chawod o laid yn rhedeg i lawr fy nghynffon. Roeddwn yn oer ac yn teimlo'n ddryslyd a pharanoiaidd. Roedd pob sbermyn a welais fel pe baent yn craffu arnaf. Teimlai fy nghynffon, fy annwyl gynffon, yn ddolurus o drwm. Roedd fy mhen mawr melltigedig ar fin ffrwydro. Sylwais fod dau sberm gerllaw yn crechwenu'n ddirmygus arnaf. Yn chwysu a thraflyncu cymaint ag y medrwn o ocsigen mentrais rywfaint o sgwrs.

'Odych chi'n breuddwydio?' straffaglais, gan wasgu fy nghynffon i'r llawr.

Wnaethon nhw jest taro'u pennau bach mawr yn erbyn ei gilydd, a chwerthin yn groch, gan fflicio'u cynffonnau seimllyd. Nid anghofiaf y chwerthin hwnnw byth. Cadarnhaodd eu gwatwar ffiaidd yr hyn oedd wedi bod yn gwasgu ar fy acrosom ers meitin. Doeddwn i ddim fel sberm eraill.

Daeth sbermyn drachefn, un hyd yn oed mwy anaeddfed, a gwthio defnyn sytoplasmig tuag ataf. Llwyddais i'w osgoi jest mewn pryd. Wrth gwrs, doedd ddim rhaid bod mor ofalus. Mae fy acrosom innau cyn wydned ag acrosom unrhyw sbermyn. Gallaf eich sicrhau mae'n cymryd mwy na ffwlbri rhyw newyddian plentynnaidd i dreiddio fy ensymau gwerthfawr i.

Ta beth, pan sylweddolais na allai'r penbyliaid gyferbyn â mi hyd yn oed ddirnad y cysyniad o freuddwydio, fe'm syfrdanwyd. Sut o'n nhw'n llwyddo i dreulio'u hamser? Nid am y tro cyntaf, ni allem beidio â thristáu wrth sylwi ar ddiffyg menter fy nghyd-drigolion o fewn pwrs Iwan Morgan.

Gwyddwn fy mod i'n teimlo'n wahanol y bore hwnnw. Nid fy mhen a'm cynffon yn unig oedd yn ddolurus. Roedd yna hefyd rhyw fath o gosi yn fy narn-canol. Ro'n i wedi clywed bod hi'n bosib cael rhyw frech mitocondriaidd ar ôl noson drom o yfed, felly wnes i gymryd mai arwydd arall fyth o ben-bore-wedyn oedd yr ysfa i grafu. Ceisiais ymlacio ond fedrwn i ddim peidio â sylwi bod yna ychydig gannoedd o sberm wedi ymgynnull yn y feinwe tu fas i'm cell. Craffent arnaf, a phwyntiai rhai ataf yn anghwrtais â'u pennau. O fewn eiliadau, roedd yna filoedd o sberm, yn syllu arnaf fel pe bawn i'n rhyw hynodbeth mewn syrcas. Roeddwn yn goranadlu'n beryglus. Gallwn weld cymylau bach o ensymau resbiradol yn gollwng o'm mitocondria fel lladd nadredd. Roedd fy narn-canol wedi troi'n binc erchyll! Doedd dim rhyfedd fod gen i gynulleidfa! Beth ddiawl oedd yn digwydd?

Wrth i mi orffwys fy mhen ar leinin fy nghell wagleol er mwyn esgus fy mod i'n cysgu clywais sŵn corddi o gyfeiriad y fas defferens. Dim ond un peth allai hynny ei olygu – bod gennym ymwelydd o'r chwarren bitŵidol. Nid oedd rhaid i mi esgus cysgu rhagor. Y peth olaf wy'n cofio oedd ergyd galed ar ochr fy mhen, ac yna tywyllwch.

Pan ddihunais ychydig oriau'n ddiweddarach, gwyddwn fod rhywun wedi bod yn mela â mi – fy newid i'n strwythurol, hynny yw. Wn i ddim os yw pawb yn synhwyro'n reddfol os oes newidiadau sylweddol wedi'u gwneud i'w DNA ai peidio, ond ro'n i'n teimlo'n wahanol iawn wrth i mi fentro o'r tywyllwch. Wy' wedi clywed am fodau dynol yn cael eu heffeithio gan amryw o gyffuriau yn y Byd Allanol. Tybiaf fod hyn yn brofiad cyffelyb – teimlad twym, gwresog, sef yr union deimlad sy'n hala ofn dychrynllyd ar unrhyw sbermyn. Neu, fel y dywedir yn yr hen gân werin, mae hedyn llawn gwres yn hedyn sy'n hanes.

Ar unwaith, wrth i mi ddihuno teimlais olau cynnes uwch fy mhen. Ceisiais yn galed i ganolbwyntio, gan dreial canfod lle'n gwmws oeddwn i. Gwyddwn, lle bynnag oedd e, nad o'n i wedi bod yno o'r blaen. Yn sydyn, wrth i mi ddechrau ystwyrian, teimlais rywbeth yn gafael yn dynn yn fy narn-canol. Roedd 'na belen anferth ddi-liw yn syllu'n haerllug i'm cnewyllyn. Afraid dweud, taflodd hyn fi dros y dibyn yn emosiynol. Ceisiais fy ngorau i godi ar fy nghynffon mewn ymdrech ofer i nofio oddi yno. Ond ro'wn i'n cael fy nal yn gadarn a theimlwn fy hun yn cael fy ngludo i'r meinwe o'm cwmpas. Edrychai'r belen arnaf yn llawn chwilfrydedd, gan grebachu ryw fymryn cyn amneidio ar rywbeth neu rywun oedd y tu ôl i mi.

'Paid â phoeni, SAThAAG. Rwyt ti ymhlith cyfeillion.'

Wrth i mi droi fy mhen i gydnabod geiriau cysurlon ASThAThTh wnes i dorri lawr a beichio llefain. Diferodd asiant lytig dyfrllyd drwy blisgyn fy acrosom. Edrychodd ASThAThTh yn bryderus i gyfeiriad y belen.

'Mae'n oreit,' meddai'r belen, 'adwaith naturiol yw hyn wrth i'r ensymau ymateb i'r mân newid yn y pH'. Roedd gan y belen lais cryg, fel canwr oedrannus mewn clwb jazz. Mae'n rhaid ei fod ef wedi sylwi fy mod i'n craffu arno trwy fy nagrau ensymol gan iddo wenu a chyflwyno'i hun.

'H-189 ydw i; dwi wedi dod lawr o'r chwarren bitwidol, yn unswydd i ofalu amdanat ti. Fi yw'r ymennydd, neu o leiaf yr hormon, tu ôl i dy dasg.'

Chwarddodd lond ei fol ar ei jôc fach, gan gyfeirio moleciwlau o ddŵr yn slwtslyd o amgylch fy nghynffon wrth iddo ysgwyd lan a lawr. Roedd yn chwerthiniad awchus, agos atoch a ddaeth yn gyfarwydd iawn i mi yn ystod y diwrnodau nesaf.

'Pa dasg?' gofynnais, gan geisio sadio rhywfaint.

'Caiff ASThAThTh egluro,' meddai H-189, yn sydyn o ddifrifol.

'Mi ddo i'n ôl nes ymlaen, wedi i mi sicrhau nad oes unrhyw ymwelwyr annymunol yn dal ar ôl lawr ffor'ma.'

Crebachodd H-189 a chymerais hynny i fod yn rhyw fath o ystum ffarwel, gan iddo fynd mas i'r feinwe gyswllt o'n cwmpas. Daeth ASThAThTh draw a chodi fy mhen, gan roi gobennydd oddi tano oedd wedi'i wneud mas o sytoplasm darfodedig.

'Rwyt ti'n sbermyn lwcus,' meddai, gan edrych yn syth i fyw fy nghnewyllyn.

'Pam?' gofynnais, gan bwyso nôl fymryn.

Wrth i ASThAThTh baratoi i egluro, canodd rhybudd adrenalin gerllaw. Yn reddfol, ceisiais godi er mwyn i mi lapio fy nghynffon a'i glynu wrth glwstwr o silia ar wal piben, pan sylweddolais na wyddwn ble'r oeddwn i o hyd. Ac yn anffodus, ro'n i'n ffaelu symud, ta beth.

"Sdim angen i ti drafferthu â'r rhybuddion 'na rhagor. Rwy'n dweud 'tho ti, SAThAAG, ti'n sbermyn mewn tri chan miliwn! Ti'm yn mynd yn agos at Wy nes bod ti'n barod.'

Cofleidiodd ASThAThTh fi ac roedd ei afael mor dynn nes i mi deimlo fy mitocondria'n taro yn erbyn ei gilydd. Ebychais ac yna mi wenais, yn falch o weld ASThAThTh mor hapus ei fyd.

'Ble yffarn ydw i?' gofynnais, gan ddechrau ymlacio.

'Ti ddim yn bell o'r cawda argaill. Fel mae'n digwydd, dim ond ychydig o filimedrau o ble oedd dy hen gell Sertoli. Felly 'sdim esgus gyda ti i fod yn hiraethus.'

Edrychais o amgylch yr hylif hadlifol o'm cwmpas a chlywed miliynau o sberm yn nofio'n wyllt o'u gorffwysfannau yn y cawda argaill o ganlyniad i'r rhybudd. Er nad oeddwn i'n or-hoff o liw coch fy siambr, roedd rhaid i mi gyfadde' fod yna naws foethus i'r lle – yn enwedig o'i gymharu â thynged posibl y sberm oedd yn ceisio cadw'u pennau ar flaen ciw'r fas defferens yr eiliad honno. Mae'n rhaid bod ASThAThTh yn darllen fy nghnewyllyn, gan iddo ysgwyd ei ben anferth a dweud taw dim ond ychydig o feinwe gyswllt y gwnaethon nhw'u thaflu ynghyd oedd y lle yma.

'Ro'n i'n meddwl y byddet ti'n teimlo'n fwy diogel 'ma' ychwanegodd, 'Ac yn fwy preifat. Gwna'n fawr o'r lle SAThAAG – hwn fydd dy gartre di am y diwrnodau nesa 'ma.'

'Mae'n dwym mewn 'ma' dywedais, gan lyncu ychydig o ocsigen a llanw'n hun in osmotaidd â dŵr.

'Ti'n dwym oherwydd ge's di sgan DNA bore 'ma.'

'Beth?'

"Sdim isie i ti wylltu. Dy garco di o'n ni mwy na dim byd arall. Licen i 'se ni wedi gallu oedi ychydig cyn mynd i mewn i dy gnewyllyn. Ond roedd 'na rywfaint o dresmaswyr peryglus lawr ffordd hyn neithiwr ac ro'n i'n teimlo bod yn rhaid i ni dy warchod di.'

'Ti'n sôn am 'ni' drwy'r adeg,' dywedais, gan edrych yn ddryslyd.

Edrychodd ASThAThTh arnaf, am unwaith heb wybod beth i'w ddweud.

'Wyt ti wedi blino?' mentrodd o'r diwedd.

'Fydda i ddim yn gallu syrthio i gysgu, os dyna be ti'n awgrymu.'

Fedrwn synhwyro ei fod rhwng dau feddwl i ddweud mwy wrtha' i ai peidio. Gwasgais fy nghynffon i'r llawr yn ystyfnig ac atgoffa ASThAThTh fod H-189 wedi dweud wrtho am sôn am fy nhasg. 'Wy' ddim yn barod eto' meddai ASThAThTh, gan wrido i'w lwyd deniadol a chyfeirio'i gnewyllyn i'r llawr. 'Gwranda, alli di rhoi tan y bore i mi? Wy'n addo wna i ddweud y cwbl wrthot ti fory, SAThAAG.'

'Tan y bore 'te' dywedais, mor bwyllog â phosib.

Ond roeddwn wedi cyffroi gymaint fel 'mod i'n cael cryn drafferth i gael y geiriau mas o'm acrosom.

2

Dihunais ychydig oriau'n ddiweddarach i ganfod ASThAThTh yn plygu uwch fy mhen, yn cynnig diod ensym ffres i mi. Derbyniais yn wresog, gan dynnu'r blas caws ar yr wyneb drwy fy mhilen allanol, nes ei fod yn llifo'n ogleisiol chwaethus drwy fy sytoplasm.

'Fel hyn yn gwmws o't i pan o't ti'n sbermatid,' meddai ASThAThTh, gan sylwi ar fy mwynhad amlwg.

Ciledrychais o amgylch fy siambr, gan geisio fy ngorau i gofio manylion y pedair awr ar hugain ddiwethaf. Wrth i mi godi fy mhen ceisiais yn galed i hoelio fy sylw ar ryw fath o gylch annelwig o'm blaen. Teimlais ias sydyn yn fy nghynffon pan sylwais ar y cylch yn symud a dechrau siarad. Yna ymlaciais wrth i mi adnabod llais cryg digamsyniol H-189.

'Wnes di freuddwydio?' gofynnodd yn ddwys.

'Wy' ddim yn cofio.'

'Tria dy orau. Gallai fod yn bwysig iawn.'

Lapiais fy nghynffon lan i'm darn-canol er mwyn ysgogi ychydig o egni mitocondriaidd. Yna synfyfyriais am yr hyn oedd wedi bod yn rhyw arnofio yn nhrobwll fy nghnewyllyn lled-effro.

'Cymer dy amser, SAThAAG' meddai ASThAThTh, gan fregus gyffwrdd ochr fy mhen â'i un ef. O weld pa mor agos oedd acrosom ASThAThTh i'm un i craffodd H-189 arnom yn llawn consýrn. Ni wyddwn ar y pryd, ond roedd ASThAThTh, fel enghraifft o Laddwr-Sberm neu Phendonciwr gwych, â chemegolion angheuol yn llechu tu fewn i frigyn ei acrosom. Doedd dim rhyfedd y craffai H-189 mor ofidus. Doedd dim rhaid i mi feddwl yn rhy hir cyn i mi ateb ei holi dwys chwaith.

'Gwydr,' dywedais.

Roeddwn am gau fy acrosom yr eilad ddaeth y gair mas. Ciledrychodd H-189 ac ASThAThTh ar ei gilydd. O'r diwedd, edrychodd H-189 yn falch.

'Ie. Da iawn. Mae atomau gwydr yn afreolus, heb unrhyw batrwm trefnus hir dymor.'

Bron er mwyn cadarnhau ei bleser, mi grebachodd H-189 gan arllwys hylif gwyrdd golau ar hyd y siambr.

'Da iawn. Gwreiddiol iawn. Wedais i wrthot ti ei fod e'n arbennig, yndofe ASThAThTh?'

Nodiodd ASThAThTh yn feddylgar. Ond gwyddwn o'r gorau ei fod ef gymaint yn y niwl â minnau. Doedd gan yr un ohonom ddim clem am beth ddiawl oedd y belen ryfedd yma o'r ymennydd yn sôn.

'Gwed wrtha' i am y breuddwydion ges di pan o't ti'n sbermatid ifanc, pan oedd ASThAThTh arfer ymweld â thi.'

'O'n i arfer breuddwydio am Wyau,' dywedais.

'Dim ond Wyau?'

'Na, caws weithiau – os o'n i â chwant bwyd.'

Ciledrychodd ASThAThTh ac H-189 ar ei gilydd unwaith eto. Y tro yma chwarddodd y ddau yn frwd. Dechreuais innau chwerthin hefyd, gan sblasio olew edefyn echelog yn erbyn fy nghynffon-wain. Roedd chwerthiniad H-189 yn un awchus, iach – y math sy'n gwneud i bob rhibin o DNA yn eich corff i sythu â'r wefr o fod yn falch bod yn fyw. Naill ai hynny, neu o'n i'n gwlychu'n hun o ofn pur. Roedd H-189 wedi ei blygu'n ddwbwl cyn iddo gallio a sythu'n sydyn.

'Disgrifia'r Wyau 'ma i mi. Fel beth o'n nhw'n edrych?' gofynnodd.

'Fel planedau hardd.'

'Beth o't ti mo'yn neud i'r "planedau" hyn?'

'Glanio arnyn nhw. Bwrw 'mhen i mewn iddyn nhw.'

'I gyd?' gofynnodd H-189, gan ddyfrio'n slwtslyd drwy wagolyn ar ei chwith.

'Na. Jest yr un Wy. Asio fy nghnewyllyn haploidaidd â'i chnewyllyn haploidaidd; cymysgu cromosomau mewn dawns hynafol sydd wedi bodoli ers miliynau o flynyddoedd – pob dawns yn wahanol, ond yn gyntaf nofio,

nofio trwy hidlau, tiwbiau, sianeli, yna glanio, treiddio, nofio, cofleidio, trosglwyddo'r deiamwntau . . . '

'Deiamwntau?'

'Y gwydr?' mentrais.

'Y genynnau, y genynnau, y blydi genynnau' meddai ASThAThTh dan ei wynt, gan bwnio'i gynffon yn erbyn fy sentriol uchaf. 'ASThAThTh!' gwaeddodd H-189.

'Wel, yffarn dân! Y gwydr?! Yr holl storïau 'na wnes i'u darllen iddo pan o'dd e'n ifanc! A dyw e dal ddim yn deall!'

Enciliodd ASThAThTh i ymyl y siambr. Nid oeddwn erioed wedi ei weld mor gynddeiriog. Teimlwn yn euog a rhwystredig. Roeddwn i wedi gwneud fy ngorau glas, ac i raddau ro'wn i wedi synnu'n hunan ac yn reit falch o'r truth o'n i newydd barablu. Nid oedd y ffaith 'mod i wedi cael y darn mwyaf sylfaenol yn anghywir o bwys. Fe'm siomwyd gan ei ffrwydrad di-angen. Roedd H-189 i'w weld yn cytuno bod ASThAThTh wedi croesi ryw linell anweladwy o weddustra. Gorchmynnodd ef i gaethiwed ei gell wagleol. Stelciodd ASThAThTh mas yn lletchwith, â'i gynffon yn chwifio'n rhwystredig dan ei ddarn-canol. Mae'n rhaid bod ef yn teimlo'n siomedig hefyd.

'Paid becso amdano fe. Rhaid i ti nabod ei gefndir er mwyn deall ASThAThTh,' meddai H-189 yn dawel.

'Mae e'n dod o biben had-ddygol ddifreintiedig iawn ger Esgair Capwt. Fe âf i â thi yno nes ymlaen, ond yn gyntaf mae angen i ti wybod pa mor arbennig wyt ti.'

Ceisiwn yn galed i beidio ag edrych yn bryderus bob tro y clywn rywun yn cyfeirio ataf fel rhywbeth arbennig. A bob tro mi fethais yn llwyr.

'Paid ag edrych mor bryderus. Mae'n anrhydedd mawr, cael bod yn Wy-ddaliwr.'

Mae'n rhaid bod H-189 wedi synhwyro taw rhincian y mitocondria ger fy ngwddwg oedd yn gyfrifol am y sŵn crawclyd anwirfoddol a ddilynodd; mae hyn ond yn digwydd pan fyddaf mewn mewn cyflwr o sioc eithafol!

Trawodd i mewn i'm sentriol gan ddyfrio ychydig ensymau resbiradol mawr eu hangen i mewn i'm gwddwg.

'Diolch,' gwichiais yn werthfawrogol.

'Mae'n iawn. O'n i'n meddwl bo' ti'n gwybod dy fod ti yn yr un y cant lwcus. Wedodd ASThAThTh ddim wrthot ti?'

Ysgydwais fy mhen.

Wy'n credu o'dd e'n teimlo'n euog ynglŷn â rhywbeth – am ei fod wedi 'nhwyllo i mewn rhyw ffordd neu'i gilydd efallai,' dywedais, â'm llais yn dychwelyd i'w oslef arferol.

'Dim ond dilyn gorchmynion oedd ef. Roedd rhaid i ni dy asesu i weld a oedd hi'n briodol i ni drosglwyddo ein Cymdeithas Had-dafliad i ti ai peidio. Roedd hynny'n dibynnu ar beth oedden ni'n canfod yn dy DNA.'

Nodiais yn ofalus, gan sylweddoli fod fy nghaff gwag blaenorol ynglŷn â'm genynnau yn bwysig wedi'r cwbl.

'Mae gennyt ti DNA ifanc, bywiog, iachus, SAThAAG. Gwna'n fawr ohono. 'Sdim gwobr am ddod yn ail. Cofia, dim ond hedyn heini sy'n cael Wy yn gwmpeini. Eto.'

'Dim ond hedyn heini sy'n cael Wy yn gwmpeini.'

'Da iawn. Paid ag anghofio hynny. Yr unig beth arall ddylet ti wybod ar hyn o bryd yw dy fod ti yn nghaill chwith darlithydd Hanes ym Mhrifysgol Cymru. Ei enw yw Iwan Morgan. Rwyt ti'n rhan o lwyth Celtaidd hynafol sydd, fel ti, yn ymladd i oroesi. Dylet ymfalchïo. Mi roith ffocws ychwanegol i dy fywyd pan fyddi di'n aros ar dy fwyaf ffrwythlon yn y tiwbiau falopaidd, yn disgwyl am yr arwydd i daro.'

Erbyn hyn, roedd H-189 yn un annibendod glafoerllyd, wedi ei drechu'n gorfforol â'r darlun yn ei ddychymyg o ystyr terfynol ei fodolaeth. Teimlais gyfrifoldeb aruthrol yn gwasgu ar fy narn-canol. Sylweddolais yn sydyn cyn belled ag oedd ef ag ASThAThTh yn y cwestiwn, roedd llwyddiant ffrwythloni'r ddarpar Wy yn y pen draw yn gyfangwbl ddibynnol arna' i. Crebachodd ac ymestynnodd H-189, gan dynnu ei hun at ei gilydd yn llythrennol, a dweud ei fod yn aml yn mynd yn emosiynol wrth feddwl am ffrwythloniad.

'Rhaid i ti ddychmygu'r olygfa, SAThAAG. Dyna pam wy'n falch dy fod ti cystal breuddwydiwr. Heb ddychymyg nid oes gobaith. Heb obaith, nid oes newid. Heb newid chawn ni ddim o'r tyndra hanfodol rhwng anarchiaeth a threfn sy'n gyrru esblygiad ymlaen. Wyt ti'n deall?'

Er 'mod i'n amneidio'n frwd, mae'n rhaid 'mod i wedi dweud 'na'. Clywais chwerthiniad cyfarwydd H-189 cyn iddo ddweud wrthyf i beidio â phoeni. Roedd yna ddigon o amser i ddysgu. Dyna pam y byddai'n hoelio'i sylw arnaf yn ystod fy arhosiad yn y gaill chwith, ynghyd â'r cant o sberm eraill oedd wedi eu neilltuo ar gyfer fy Nghymdeithas Haddafliad. Fi oedd yr un, yr un dewisedig – yr unig un yn fy Nghymdeithas â'r gallu i ffrwythloni. Yr unig Wy-ddaliwr!

Roedd dirnad yr wybodaeth yma yn brofiad llesmeiriol a cheisiwn fy ngorau i beidio â chrynu. Twriais fy narn-terfyn i'r meinwe gyswllt oddi tanaf a cheisio gwenu. Ond roedd y diferu olewaidd yn fy edefynion echelog yn fy mradychu. Ro'wn i'n gwlychu'n hunan.

Ychydig eiliadau'n ddiweddarach bachais reid ar gefn llithrig H-189 lan i Esgair Capwt. I sbermyn ifanc a godwyd yng nghelloedd Sertoli cymharol faethlon Pibenni'r De, roedd gweld cynefin sbermatogenig ASThAThTh yn agoriad llygad. Ro'n i wedi gweld sberm heb bennau o'r blaen, ond nid ar y fath raddfa ysgytwol. Wrth i ni nesáu i'w celloedd gwagleol, troesant eu pennau (nad oeddynt yn bod) tuag i mewn, gan fflicio'u cynffonnau mas tuag atom yn wyllt rwystredig. Roedd y rhan fwyaf o'r sberm a fentrodd mas o gwbl i Bibenni'r Capwt yn perthyn i'r eithaf arall – sberm dau ben a thri phen. Roedd ganddynt oll yr un edrychiad swrth a di-hid ar eu hwynebau lluosog.

Pwysleisiodd H-189 nad oedd unrhyw beth o'i le ar gael mwy nag un pen *per se*. Yn wir, roedd yn fantais sylweddol i Rwystr-Sberm, y math sy'n glynu wrth sianeli serfigol yn ystod Had-dafliad. Na, y peth cyffredin yn sberm Esgair

Capwt oedd eu diffyg gobaith.

'Ac heb obaith, nid oes newid,' mi gofiais.

Amneidiodd H-189 yn ddwys a sibrydodd yn gryg drwy agorfa jelïaidd ei ganol pelennog.

'Ro'n i mo'yn i ti weld ochr arall i fywyd yn y pwrs, SAThAAG. Mae'n cymryd sberm o gymeriad i nofio o'r ardal yma ac i ddatblygu'n Laddwr-Gadfridog, gyda saith deg o Laddwyr-Sberm yn atebol iddo. Sef yn gwmws yr hyn mae ASThAThTh wedi ei gyflawni.'

Roedd H-189 yn iawn. Gwnâi hyn i chi edrych ar ASThAThTh mewn golau newydd.

'Be ddaw ohonyn nhw?' mentrais, braidd yn nerfus o'r ateb.

'O, caiff y rhai wneith fyw'n ddigon hir eu had-daflu, wrth gwrs. Ond chân nhw ddim eu neilltuo ar gyfer Cymdeithas Had-dafliad, ac felly ni fyddant yn teimlo'n rhan o gymdeithas. O'r herwydd, bydd eu bywydau'n ddibwrpas. Mae'n ddigon posib y cân nhw eu fflysio mas fel ôl-lifeiriad faginaidd. Cwpla'u taith mewn hancesi papur, neu ar shiten wely; lawr y tŷ bach os y'n nhw'n lwcus.'

Ar ein ffordd nôl i lawr y biben sylwom ar ychydig gyw-sbermatidau yn eu cyfnodau olaf o sbermatogenesis, gyda'u pennau wedi eu claddu'n ddwfn yn eu celloedd Sertoli. Llusgant foleciwlau blonegog o'r meinwe gyswllt o'u cwmpas â'u cynffonnau. Sugnodd H-189 un o'r moleciwlau a'i osod gyferbyn â'm pen.

'Cyflwyna dy hun, *fatty*' galwodd H-189. Mi fedrwn deimlo'i chwerthiniad bach o dan fy narn-canol. 'Mae'n oreit. Ma' fe'n dwlu ar gaws' ychwanegodd.

'Helo,' meddai'r moleciwl seimllyd yn dalog. 'Dim ond moleciwl syml o golesterol ydw i.'

'Helo,' atebais, 'Fy enw i yw SAThAAG. Dim ond Wyddaliwr syml ydw i.'

Ciledrychodd y moleciwl colesterol arnaf yn werthfawrogol, gan redeg ei sylw o'm pen i'm cynffon –

profiad a oedd braidd yn annifyr. Byddai'n cymryd tipyn o amser i mi i ddod yn gyfarwydd â fy statws newydd.

'O'n i'n meddwl falle eich bod chi,' meddai'r moleciwl colesterol. 'Ma' gyda chi gorff cryf, heini, pen anferth, cynffon dda. Pob lwc i chi yn y Ras.'

A chyn i mi gael cyfle i ddiolch iddo mi ddiflannodd, gan ymlusgo i gell Sertoli cyfagos. Dim ond ystadegyn arall yn y broses sgîl-gynhyrchiol spermatogenaidd o ddatblygu androgenau.

Roedd H-189 yn dal i edrych ar bennau claddedig y sbermatidau ifanc ar gyffordd y biben. Roedd eu tynged yn cael ei phennu yr eiliad honno. Awgrym yn unig oedd eu cynffonnau crynedig o'r prysurdeb niwclear a gymerai lle yn eu pennau arswydus o lonydd. Ar hap, ond yn hollol ddiwyro roedd genynnau'n casglu ynghyd. Wrth i mi edrych nôl i fyny ar Esgair Capwt rhwtais fy nghnewyllyn yn erbyn ymyl y biben, gan fwytho fy neunydd genynnol gwerthfawr. Ni fyddwn byth eto yn codi cywilydd ar ASThAThTh am gynnwys fy nghnewyllyn.

3

Yn ystod y cwpwl o ddiwrnodau nesaf mi dderbyniais negeseuon 'pob lwc' oddi wrth ddwsenni o sberm, pob un ohonynt yn ddieithriaid. Gwyddwn eu bod nhw'n dymuno'n dda i mi, ond mae 'na ben draw i'r nifer o weithiau all rywun nodio'n gwrtais a dweud 'diolch'. Dywedodd H-189 'mod i wedi cracio ar ôl pedwar deg naw, oedd yn weddol resymol yn ei dyb ef. Mae'n debyg y dechreuais hyrddio sbwriel sytoplasmig at unrhyw un a fentrodd yn agos i'm siambr â gwên ar ei acrosom a sioncrwydd yn ei gynffon. Mae'n amlwg rown i'n dal yn ofnadwy o anaeddfed.

Dychwelodd ASThAThTh o gaethiwed ei gell wagleol ac egluro bod y rhan fwyaf o'm hymwelwyr yn dilyn ei orchmynion ef. Roedd hi'n bwysig iddyn nhw gwrdd â mi yn y cnawd, fel petai, fel eu bod nhw'n gallu fy adnabod mewn Ras Wy. Roedd rhai ohonynt hyd yn oed yn aelodau o'r Sgwadron Semenaidd penigamp, yr elît o fewn y saith deg yn adran ASThAThTh o Laddwyr-Sberm. Byddai pob un o'r saith deg yn fodlon marw ar fy rhan. Y peth lleiaf allwn i wneud fyddai ceisio bod yn gwrtais tuag atynt.

Fel pennaeth y Lladdwyr-Sberm o fewn fy Nghymdeithas Had-dafliad, roedd ASThAThTh yn ffigwr pwysig yn fy ymgyrch ffrwythloni. Fodd bynnag, byddai ei fedrusrwydd sylweddol ond yn cael ei ddefnyddio pe bawn i'n digwydd taro ar draws sberm estron ar ein siwrnai i'r Wy. Erbyn hyn, roeddwn yn ymwybodol bod Iwan Morgan mewn perthynas weddol sefydlog â'i gariad, Catrin Owen, oedd newydd ei dyrchafu'n endocrinolegydd ymgynghorol. Roedd hi'n annhebygol y byddai'r saith deg o Laddwyr-Sberm o fewn fy Nghymdeithas yn derbyn galwad i faes y gad o gwbl. Roedd ASThAThTh yn llawn sylweddoli hyn wrth gwrs. Serch hynny, roedd e'n dal i beidio â theimlo'n ddig am ei fodolaeth ymddangosiadol ddi-ystyr. Llwyddiant yr ymgyrch oedd y cwbl iddo. Ni pheidiodd ei arwiredd ddibaid i'm syfrdanu. Yn wir, rown i'n chwilfrydig i ganfod beth oedd yn gyrru ASThAThTh mor ddidrugaredd yn ei ysfa amlwg i lwyddo. Wrth i mi lanhau fy nghynffon-wain yn erbyn ychydig feinwe gyswllt mentrais ofyn iddo.

'Paid â 'nghamddeall i ASThAThTh. Wy' wir yn gwerthfawrogi beth wyt ti a dy gyd-Bendoncwyr yn neud i mi. Ond mae'n ddirgelwch i mi – yn fy mecso i weithiau hyd yn oed . . . ti'n gwybod . . . pam . . . pam wyt ti'n fodlon marw er fy mwyn i?'

'Dyw e'n ddim byd personol, SAThAAG. Ry'n ni wedi ein rhaglennu rhag blaen i ofalu amdanat.'

Wrth iddo ddweud hyn, mi bwysodd ymlaen, gan hongian ei acrosom o flaen fy un i.

'Paid ag ofni. Cer reit lan i'm mhilen allanol a gwynta'r hyn sydd tu fewn.'

Ufuddhais i'w orchymyn a chefais fy amgylchynu â drewdod hallt mor gryf nes bu bron i mi lewygu.

'Stwff cryf, ondyw e?' gwenodd ASThAThTh.

Amneidiais, gan beswch amrywiaeth o swigod drwy fy acrosom.

'Wy' ar dân mo'yn ei ddefnyddio – ti'n gwybod – ar ryw fastard o Wy-ddaliwr o gorff dyn arall sydd gyda'r hyfdra i geisio dy drechu. Mae'n cymryd hunan-reolaeth aruthrol i gadw'r halen angheuol 'na ar flaen fy mhen, gan wybod na allaf ei ddefnyddio, oni bai mewn Had-Gad swyddogol.'

Trawodd ei gynffon yn erbyn y llawr yn rhwystredig a throdd ei gnewyllyn i'r arlliw cyfarwydd o lwyd unwaith eto.

'Ti'n gofyn "pam" SAThAAG. Mae'r ateb yn amlwg. Meddylia am y peth.'

Ystyriais am ychydig, heb unrhyw lwyddiant.

'Oherwydd does gen i ddim dewis. Marwolaeth yw'r alternatif.'

'Ond rwyt ti'n mynd i farw, ta beth,' dywedais mewn

rhyw sgrech uchel, ddwl, am fy mod yn amlwg yn dal i ddioddef o effaith drewdod acrosomaidd ASThAThTh.

'Ond trwot ti, mewn rhyw ffordd fach, fydda i'n dal i fyw,' meddai ASThAThTh, gan syllu'n freuddwydiol ar fy nghnewyllyn.

Ni fedrwn ddirnad hyn o gwbl, ac mae'n rhaid 'mod i wedi gwenu'n gam, gan fod ASThAThTh wedi codi ei lais a pharhau gydag hyd yn oed fwy o argyhoeddiad.

'Yr ysfa i oroesi, SAThAAG! Does bosib nad wyt ti'n medru gweld 'na? Grym cryfaf y bydysawd! Dyna sy' wedi'n trawsnewid ni o fod yn ffurfiau bacterol a oedd prin yn bodoli mewn cawl cyntefig i'r peiriannau genynnau soffistigedig ry'n ni erbyn heddiw!'

'Ond fydd dy enynnau di ddim yn cael eu pasio 'mlaen hyd yn oed,' parheais yn fyrbwyll.

'Paid â bod mor smala, SAThAAG. Mae'r ods yn erbyn dy rai di'n cael 'u pasio 'mlaen yn eitha gwael, ti'n gwybod – yn enwedig os na wnei di ganolbwyntio ar y dasg dan sylw.'

Ar ôl ychydig o eiliadau o dawelwch lletchwith mi benderfynais newid y pwnc.

'Mae H-189 wedi bod bant am sbel hir. Beth ma' fe'n neud, ta beth?' gofynnais.

Cododd ASThAThTh ei ddarn-canol yn swrth, gan geisio'i orau i ymddangos yn ddifater. Daeth y rheswm dros ei syrthni'n amlwg wrth i H-189 ddychwelyd; roedd yntau wedi mynd i nôl y Rhwystr-Gadfridog, oedd â swydd gyfatebol o ran statws i un ASThAThTh, er mwyn ei gyflwyno i ni'n dau. Mae'n rhaid bod hyn wedi anesmwytho ASThAThTh ryw ychydig. Pan mae ganddoch chi saith deg o sberm dan eich gofal dy'ch chi ddim o reidrwydd yn twymo ar unwaith at bresenoldeb Cadfridog arall; yn enwedig, fel yn yr achos hwn, pan fod yn rhaid ymdopi â nid un, ond dau Gadfridog. Roedd H-189 wedi cyffroi gymaint wrth iddo arwain y naill a'r llall i'm siambr nes iddo beidio ag edrych fel pelen o gwbl. Os rhywbeth, ymdebygai i hirsgwar.

'SAThAAG, AShAThTh, licen i chi gwrdd â GAThAAA a ThAThASS, cyd-Rwystr-Gadfridogion, sy'n cwblhau ein cyflenwad ni o Uwch-Sberm y Gymdeithas.'

Amneidiodd y ddau ohonom yn gwrtais, y ddau ohonom yn ymwybodol iawn ein bod ni'n syllu'n syn ar ThAThASS. Roedd gennym reswm da dros syllu, gan fod ganddo dri phen. Diolch i'r drefn, roedd pob un o'i bennau'n chwerthin ar yr un pryd, yn amlwg yn cael hwyl am ben ein syfrdandod.

Wrth i ni syllu ar ThAThASS, dywedodd y Rhwystr-Gadfridog arall, GAThAAA rywbeth. Ni fedrwn ei ddeall gan fod ei gynffon, am ryw reswm, wedi'i chlymu'n dynn o amgylch ei ben.

'Be wedodd e?' gofynnais i H-189.

'Ma' fe mo'yn dangos tric i chi,' meddai ThAThASS trwy un o'i bennau ochr. 'Clymwch e'n dynnach,' ychwanegodd. Edrychodd AShAThTh a minnau ar H-189, ac amneidiodd yntau ei ganiatâd yn wresog.

Lapiodd AShAThTh ychydig o linynnau o gynffon GAThAAA yn ddeheuig i mewn i glymau dwbwl. Gwthiais flaen ei gynffon seimllyd i mewn i rych ger ei ddarn-canol, yna sylwais ar ddarn arall o gynffon wedi ei blygu'n ddwbwl, reit i fyny ger yr hyn oedd dal yn weladwy o'i acrosom. Cyrhaeddodd H-189 yno cyn i mi gael cyfle, gan stwffio'r darn lawr acrosom GAThAAA mor bell ag y gallai fynd. Edrychodd y ddau ohonom o amgylch ei ben a'i ddarn-canol gan fodloni ein hunain nad oedd yna ragor o gynffon i'w gweld yn unman.

Gan daro'r llawr gyda'i gynffon, fel petai'n taro drwm, canodd ThAThASS 'Da-raaa!' yn ddramatig, fel rhyw ddewin-gynorthwydd gorffwyll. Yna cyflawnodd GAThAAA ei dric. Gan ymbalfalu'n ffyrnig ar y dechrau gyda ryw glymau o amgylch ei sentriolau isaf, cyn agor clwstwr o glymau o amgylch ei wddwg yn hawdd, daeth pen GAThAAA i'r golwg yn orfoleddus, mewn ychydig eiliadau'n unig hyd y gwelwn i. Gwasgarwyd olew edefyn echelog dros y lle i gyd wrth iddo neidio i fyny ac i lawr yn fuddugoliaethus. Dim ond wrth iddo gael ei gofleidio gan ThAThASS wnes i sylwi ar 'gyfrinach' GAThAAA. Roedd ganddo dair cynffon!

'Mae Cadfridog ThAThASS a Chadfridog GAThAAA yn mynnu ein bod ni'n galw nhw'n Triphen a Taircynffon,' meddai H-189. 'Fedra' i ddim yn fy myw ddeall pam,' ychwanegodd, gan boeri hylif gwyrdd i bobman wrth iddo chwerthin ei chwerthiniad awchus.

'Ry'n ni'n dueddol o wfftio ffurfioldeb, dy'n ni ddim yn gredwyr mawr mewn hierarchiaeth,' meddai Triphen yn urddasol.

'Yr hyn y mae Triphen yn ceisio'i ddweud yw bod ysbryd y sbermlu yn hollbwysig' meddai H-189, wedi ei ddigio braidd gan sylw Triphen.

'Dyna pam mae Taircynffon wedi dysgu sut i gyflawni dros bedwar cant o driciau o Lyfr *Castiau Ceilliog y Gonad Godidog*' ychwanegodd, yn amlwg yn llawn edmygedd.

'Os cyfrwch chi'r triciau rwy'n medru'u gwneud â'm darn-canol mae'r cyfanswm dros bum cant mewn gwirionedd,' meddai Taircynffon, bron â thinc o embaras.

'Mae Triphen yn canu,' meddai H-189, fel petai'n cyflwyno cystadleuydd mewn eisteddfod.

Fel pe'n ceisio profi hynny, dechreuodd Triphen ganu 'Mae ofylu heb ffrwythloni, fel gwên heb wyneb iddi, fel twymo heb gynhesu, yn dynged gwaeth na sbaddu, ie ie.'

Fe ganodd yn fendigedig, un llais pen yn canu'r alaw o un pen, tra bod y ddau lais arall yn harmoneiddio. Roedd ansawdd y sain yn anhygoel. Ymunodd Taircynffon tua'r diwedd, gan fflicio'i gynffonnau mas yn rhythmig mewn dawns â ddysgodd pan oedd yn gyw-hedyn ym mhibenni'r gaill chwith mewn ardal o'r enw Ergyd Carreg, ble roedd yntau a Triphen yn hanu. Ar ddiwedd y gân edrychodd y ddau arnaf i ag ASThAThTh am ryw fath o gydnabyddiaeth.

Ysgydwais fy mhen. 'Sori, wy' heb glywed honna,' dywedais, gan ychwanegu ei bod hi'n gân dda.

'Beth yw dy hoff gân di 'te?' gofynnodd Triphen.

Ceisiais gofio cân, unrhyw gân. Yna, gan giledrych ar ASThAThTh, cofiais un o'r caneuon a ddysgodd ef i mi tra o'n i'n sbermatid.

'Cân y Tymheredd,' dywedais dan fy ngwynt, heb fawr o argyhoeddiad.

'Mae hedyn llawn gwres yn hedyn sy'n hanes!' canodd Triphen mewn goslef dros ben llestri ddirmygus.

Chwarddodd Taircynffon gymaint fel y gallech weld yr olew ar ei dair cynffon yn newid lliw wrth iddo grynu trwy ei weiniau echelog.

'Nage cân yw honna, 'achan' meddai, 'hwiangerdd yw hi!'

Gwridodd ASThAThTh unwaith eto, gan oleuo'i gnewyllyn i'w lwyd nodweddiadol. Ro'wn i bron â marw mo'yn newid y pwnc, ond roedd Taircynffon erbyn hyn wedi hoelio'i sylw ar ASThAThTh.

'Beth y'ch chi'n neud, Cadfridog ASThAThTh?' gofynnodd.

'Lladd,' meddai ASThAThTh.

'Wy'n credu yr hyn o'dd 'da Taircynffon mewn golwg o'dd 'beth y'ch chi'n neud i gynnal ysbryd eich sberm?' meddai Triphen.

'Wy'n dysgu nhw i ladd,' meddai ASThAThTh.

Yn synhwyro tyndra cynyddol ASThAThTh, torrodd H-189 ar draws gan awgrymu y dylsen nhw lwyfannu sioe i weddill y Gymdeithas. Allai Taircynffon gyflawni ychydig driciau, mi fyddai Triphen yn canu, a gallai ASThAThTh ymarfer ei ddawn o glwyfo'r gelyn ar sberm efelychiadol estron oedd eisoes wedi trengi.

Yn dilyn yr awgrym yma, edrychodd ASThAThTh yn blês, felly amneidiais innau'n gymeradwyol. Fodd bynnag, gwesgais fy nghynffon i'r llawr yn nerfus wrth i H-189 awgrymu y byddwn innau'n gallu cymryd rhan hefyd. Gallwn nofio yn erbyn y cloc, i ddangos i'r Gymdeithas mor chwimwth oeddwn, a mor lwcus oedd y can sberm o fewn y Gymdeithas i gael y cyfle i wasanaethu cystal Wy-ddaliwr. Yn ôl H-189, mi fyddai'n ddiweddglo penigamp i adloniant y noson. Cydsyniodd Triphen gan nodio ei dri phen ar unwaith. Neidiodd Taircynffon i fyny ac i lawr, yn amlwg wedi ei gyffroi. Gwenodd ASThAThTh arnaf yn gefnogol. Wrth i mi wthio fy narn-terfyn yn rhwystredig i leinin y feinwe oddi tanaf, sylweddolais â chwlwm gynyddol yn cau ar fy sentriol uchaf, nad oedd modd i mi ddianc o'r cynllun gwallgof yma o gwbl.

Lledaenwyd y neges o amgylch y Gymdeithas fod y sioe i'w gael ei chynnal am hanner nos ger Sarn Sgrotaidd, sef rhan fwyaf syth y pibenni had-ddygol. Roedd hwn yn ardal draddodiadol ar gyfer profion nofio, gan fod sbermyn yn medru cynyddu'i gyflymder heb orfod arafu i symud rownd cornel am o leiaf hanner centimetr. Roedd hyd yn oed eisteddle o fath yno, wedi'i adeiladu o hen gelloedd Sertoli darfodedig. Roedd y posibilrwydd o gael fy Nghymdeithas Had-dafliad gyfan yno i'm cefnogi bron â gwneud i mi oranadlu'n beryglus. Roedd gen i lai na deuddeg awr i baratoi. Afraid dweud, treuliais y rhan fwyaf o'r amser yn becso. Sylweddolaf erbyn hyn fod paranoia yn gyflwr naturiol i unrhyw sbermyn. Gyda chyfartaledd o dri chan miliwn ohonom yn cael ein bwrw ymaith – weithiau yn llythrennol ar amrantiad, dim ond i drengi o fewn ychydig oriau, rhai diwrnodau os y'n ni'n lwcus, y syndod yw nad y'n ni i gyd yn gatatonig o hunanladdol.

Ar adegau fel hyn byddwn i'n cael gwirebau syml H-189 yn fodd i fyw. 'Dim ond hedyn heini sy'n cael Wy yn gwmpeini,' dywedais wrthyf fy hunan dro ar ôl tro. Mewn dim o dro roeddwn i wedi fy argyhoeddi fy mod i'n hollalluog – y nofiwr cyflymaf a welwyd mewn unrhyw bwrs erioed.

Fel mae'n digwydd, doedd ddim angen i mi boenydio'n hun yn y fath fodd. Fel arfer, gwyddai H-189 yn gwmws beth oedd e'n ei wneud. Wrth reswm, fel Wy-ddaliwr, roeddwn i'n nofiwr ardderchog. Cyn belled nad oeddwn i'n taro i ochrau'r biben neu'n syrthio i gysgu, roeddwn yn siŵr o greu argraff ffafriol ar sberm fy Nghymdeithas. Wedi dweud hynny, mi werthfawrogais y croeso twymgalon a gefais i'r noson honno yn Sarn Sgrotaidd. Erbyn i Triphen a Taircynffon gyflawni eu campau, mae'n debyg y gellid clywed yr awyrgylch garnifalaidd mor bell i ffwrdd â'r capwt argaill. Dywedwyd wrthyf yn hwyrach fod yna sawl grŵp o sberm chwilfrydig o Gymdeithasau Had-dafliad eraill wedi cael eu troi i ffwrdd wrth fynedfa lwmen y biben. Bu bron i reiat go iawn ddechrau wrth i ASThAThTh glwyfo sbermyn estron efelychol ac achosi iddo ffrwydro'n un hyrddiad gwyllt o hapusrwydd. Tra'n chwifio fy nghynffon wrth fynedfa Sarn Sgrotaidd neidiodd dwsinau o sberm i fyny ac i lawr yn yr eisteddle mewn symudiad tonnog, bwriadol, a elwir yn ôl y sôn yn Don Testosteron-332, ar ôl yr androgen â'i ddyfeisiodd yn y Gemau Gonadig yn 1988.

'Ac yn awr, yr hyn 'dach chi 'di bod yn aros amdano drwy'r nos – y rheswm am eich bodolaeth, rhowch chwifiad croesawgar o'ch cynffonnau i'n Wy-ddaliwr arbennig, S-A-Th-A-A-G!'

Rhwng twrw'r dorf a llais cryg H-189 cefais drafferth i glywed beth yn union a ddywedwyd wedyn, ond medrwn weld H-189 ac ASThAThTh yn amneidio'n orffwyll â'u pennau, felly gwyddwn ei bod hi'n bryd i mi fentro i'r dwfn. Mae'n anodd disgfrifio'r wefr o nofio'n gyflym gyda thros gant o'ch cyfoedion yn gweiddi'ch enw'n groch. Synnais fy hun hyd yn oed â'r amrywiaeth ddeheuig o'r symudiadau a wnaeth fy nghynffon. Heglais hi i fyny'r Sarn ac i lawr rownd sawl piben ddolennog, gan droi nôl i'r 'run cyfeiriad fel 'mod i'n cwpla ar garlam gwyllt yn y darn syth ger y linell gychwynnol. Cyhoeddodd H-189 'mod i wedi cwblhau'r trac mewn 12.4 eiliad. Ffrwydrodd yr holl le'n fonllef o lawenydd. Ni fedrwn weld nenfwd y biben gan ei fod wedi'i orchuddio â chymylau trwchus o olew edefyn echelog. Cefais fy hebrwng gan Triphen a Taircynffon drwy'r fynedfa i'r Sarn, a chodais fy nghynffon i gyfarch y dorf er mwyn cydnabod eu cefnogaeth ysgubol. Wrth i mi orffwys yn fy siambr y noson honno, sylweddolais nad jest er mwyn codi ysbryd y Gymdeithas Had-dafliad y trefnwyd y sioe – roedd wedi'i gynllunio'n fwriadol i godi fy ysbryd innau hefyd. Ac yn hynny o beth, roedd wedi llwyddo.

Tylinodd Triphen ochr fy mhen, gan lapio'i ddarn-terfyn fel ei fod e'n fy mwytho fel brwsh. Roeddwn angen y maldod corfforol yma. Teimlwn mor stiff â'r hyn y dychmygaf cala stiff unionsyth caled iawn i fod. Ceisiais godi fy hun i fyny er mwyn ei glywed yn well. Ond teimlais fy narn-canol yn tynnu'n boenus, yn gwrthod symud. Pwysais draw i edrych i lawr tuag ato a sylwais ar Taircynffon yn chwifio arnaf â'i gynffon rhydd. Roedd y ddau arall wedi'i lapio am fy narn-canol, fel feis.

'Fyddi di'n teimlo'n ddolurus am ychydig. Wy'n cadw dy ddarn-canol di rhag symud,' eglurodd, gan giledrych am eiliad ar un o bennau Triphen.

'Wnes di or-neud hi neithiwr braidd, dyna'i gyd,' meddai Triphen yn gysurlon. 'Ma' gennyt ti fymryn o frech mitocondriaidd. Mae'n rhaid 'u bod nhw wedi taro mewn i'w gilydd, gan dy fod ti'n mynd mor glou. Dyw e'n ddim byd i bryderu yn ei gylch,' ychwanegodd.

'Ro't ti'n drawiadol iawn,' meddai Taircynffon, 'ond mae'n rhaid i ti wneud ymarferion cyson i dy ben, er mwyn 'mestyn dy sentriol uchaf, fel bod gan dy ddarn-canol fwy o le i ehangu wrth i ti nofio.'

'Gwthia dy ben ymlaen,' meddai Triphen, gan ddangos yr hyn yr oedd angen trwy wthio un o'i bennau ei hun.

Wnes i'r hyn a ofynnodd a theimlais wefr oer, bleserus ger fy ngwddwg.

'Tria wneud cant o'r ymestyniadau 'na bob dydd,' meddai Triphen.

'Safia rhai ar gyfer peth diwethaf gyda'r nos. Ma' fe'n ffordd dda i ymlacio. A ddywedwn i fod angen i ti ymlacio 'm bach – llacio 'chydig,' meddai Taircynffon.

Edrychodd lan at Triphen, gan ogwyddo'i acrosom tuag ymlaen, fel pe bai'n gwahodd Triphen i ddweud rhywbeth.

'Un o fanteision cael tri phen yw 'mod i'n dod i glywed ambell beth, wel . . . nad ydw i fod i'w glywed' dechreuodd Triphen, yn annodweddiadol betrusgar.

'Fel beth?' gofynnais.

'Ti'n gweld!' meddai Triphen wrth Taircynffon. 'Wedais i na fydde fe'n cofio.'

'Dyw e'm yn iawn,' gwaeddodd Taircynffon, 'gallai beryglu dyfodol yr ymgyrch yn gyfangwbl!'

'Beth allai?' gofynnais, ar goll.

Trodd Triphen fi rownd i'w wynebu.

'Falle bod e'n ddim byd, ond fe glywais i ti'n canu yn dy gwsg.'

'Beth?'

'Wy'n cofio fe air am air. Ti mo'yn clywed?' gofynnodd Triphen.

'Ie, oreit,' dywedais, gan geisio peidio â swnio'n rhy bryderus.

'Gŵr a aeth Gatraeth, oedd ffraeth eu llu, Glasfedd eu hancwyn, a gwenwyn fu. Trychant trwy beiriant yn catau. A gwedi elwch tawelwch fu.'

Rhyddhaodd Taircynffon ei gynffonnau oddi ar fy narn-canol mewn braw, fel pe bai wedi bod yn cofleidio gwahanglaf.

'Pa fath o gân yw honna?' gofynnodd, wedi ei arswydo.

Y gwir amdani oedd na wyddwn o le daeth y gân. Penderfynais gogio fy ffordd mâs ohoni.

'Mae'n rhaid 'mod i wedi bod yn treial cofio un o ganeuon Triphen, ac wedi cawlio'r geiriau,' dywedais, heb fawr o argyhoeddiad.

'A'r dôn?' gofynnodd Triphen.

'Pa dôn?' meddai Taircynffon, yn ddirmygus.

'Ma' 'na'n wir. Roedd e'n debycach i lafarganu, mewn ffordd,' meddai Triphen, gan geisio cael unrhyw fath o ymateb gen i.

Ceisiais edrych mor ddeallus ag y medrwn. Fel pe bawn i'n gwybod be' ddiawl o'n nhw'n siarad ambwti.

'Falle taw rhywbeth ddysgodd ASThAThTh i ti pan o't ti'n sbermatid?' gofynnodd Triphen, gan geisio'n galed i leddfu rhywfaint ar ei benbleth amlwg ef a Taircynffon.

'Ie, dyna ni. Ie, wy'n cofio nawr.'

Edrychodd Triphen ar Taircynffon. Allen i weld nad o'n nhw'n fy nghredu. Y funud honno daeth ASThAThTh drwodd. Am eiliad, ro'n i'n ofni fod Triphen yn mynd i ofyn iddo gadarnhau fy stori, ond mae'n rhaid ei fod wedi sylwi ar yr olwg ddwys oedd ar ASThAThTh.

'Mae'r Gymdeithas gyfan wedi ei alw lan i'r Argaill,' meddai.

'Ond ro'n i'n meddwl ein bod ni i fod i aros yn y pibenni am gwpwl o ddiwrnodau,' meddai Taircynffon.

'Mae yna rybudd adrenalin arall wedi bod i fyny'r fas. Mae'r diawl yn cael wanc.'

'Mae'n oreit,' dywedais, yn ceisio gwenu, 'Gallen i neud y tro â hoe fach, ta beth.'

Edrychodd ASThAThTh a Triphen a Taircynffon i gyd ar ei gilydd ac yna nôl ata' i, fel pe bawn i'n wallgof.

'Yr Argaill yw'r lle i orffwys, er mwyn cryfhau cyn i ni fynd lan i'r fas – nagefe?'

Gallent weld 'mod i'n ysu am ryw gadarnhad. O'r diwedd dyweddodd ASThAThTh 'Fe gei di rywfaint o orffwys corfforol, cei, ond fyddi di'n cael dy wrs cyntaf o gynhwyseddu.'

Roeddwn i'n edrych ar goll.

'Mwy o ymyrryd â dy acrosom,' eglurodd. 'Cryfhau lefel dy broteinau, er mwyn cynyddu dy allu i dreiddio'r Wy.'

'A darlithoedd' meddai Triphen â gwên ar bob un o'i dri phen.

'Darlithoedd? Ar beth?' gofynnais, yn lletchwith.

'Daearyddiaeth fenywaidd' meddai ASThAThTh, gyda'r tri ohonynt yn ffrwydro chwerthin o weld fy ngolwg ofidus.

4

Yn biben droellog anferth, adwaenir yr Argaill ar lafar gwlad fel yr Academi. O'r cychwyn cyntaf, wnaeth H-189 annog y Gymdeithas gyfan i ddefnyddio'u hamser yno i'w botensial llawn. Yn sefyll ar bodiwm o fraster melynaidd croesawodd ef ni ag anerchiad gafaelgar.

'Os welsoch chi'r pibenni had-ddygol fel eich meithrinfa, eich ysgol fore oes, yna edrychwch ar eich hamser yma fel eich dyddiau coleg. Ac fel mewn unrhyw brifysgol, byddwch yn chwilfrydig – gofynnwch gwestiynau. Unwaith ry'ch chi wedi eich dal yn mynd lan yr wybib anghywir, fydd hi'n rhy hwyr i ofyn pam. Tynged sbermyn ar goll yw difancoll. Eto . . . '

'Tynged sbermyn ar goll yw difancoll!' llafarganodd dros gant o sberm mewn undod perffaith.

Gwenodd H-189 arnom, gan sblasio diferion o hylif gwagleol ar y braster roedd ei ffurf belennog yn pwyso arno mor fregus. Parhaodd i'n hannerch, yn ei lais nodweddiadol â goslef gryg hen law mewn clwb jazz.

'Mae gan bob un ohonoch gyfraniad pwysig i'w wneud. Bydd llwyddiant ein hymgyrch yn dibynnu ar eich gallu i weithio fel tîm. Gallai un camgymeriad beryglu'r cyfan. Yn bennaf oll, meiddiwch weld yr anweledig. Cynlluniwch gyfandir eich siwrnai arfaethedig yn ofalus, fel eich bod chi'n dod i'w nabod fel cledr eich cynffon. Dychmygwch eich taith drwy'r stadiwm y tu mewn i Catrin Owen, yn hedfan drwy'r awyr, cyflawni trosben trwy geg y groth, yn sgrialu ar hyd waliau'r wybib, lle fydd un ohonoch . . . SAThAAG, yr un detholedig o fewn ein Cymdeithas, yn nofio a tharo'i ben mawr – bang bang bang i mewn i'r wobr ardderchog, gogoniant y cread!'

Chwarddodd Taircynffon wrth i H-189 wthio'i ben ymlaen yn fyrbwyll, gan golli'i gydbwysedd a syrthio oddi ar y talpyn melynaidd o fraster. Torrodd y belen o'r chwarren bitwidol i lawr yn y fan a'r lle, gan feichio llefain, wedi ei gynhyrfu unwaith eto â'r posiblrwydd cyffrous o ffrwythloniad llwyddiannus. Gan ystumio ar ASThAThTh i gymryd yr awennau, cawsom ein hanfon i'n hamrywiol leoliadau o fewn yr Argaill, wedi ein tanio â'r awydd i lwyddo.

Elfen allweddol a geisiodd H-189 ei ddysgu yn yr Academi oedd parch tuag at aelodau eraill o'r tîm. Bob nos, byddem yn arsylwi'n fanwl ar ryw ymarferiad neu'i gilydd oedd wedi'i gyflawni gan gyd-sberm. Ar ein noson gyntaf yn yr Argaill cyflwynodd Taircynffon goreuon ei Sgwadron Semenaidd ef i ni. Ar ôl iddo eu cysylltu hwy'n rodresgar wrth ei dair cynffon, yna eu gollwng gyda hyrddiad ysblennydd o'i ddarn-canol, aethant o gwmpas eu pethau â chywreinrwydd disgybledig i'w ryfeddu ato.

Fe'm trawyd ar unwaith fod yna amrywiaeth eang o ran golwg corfforol i'r Rhwystr-Sberm i gyd. Roedd gan rhai gynffonnau wedi cyrlio ac roedd eraill â phennau wedi ymestyn. Rhai eraill drachefn yn berchen ar ddarnau-canol hynod eu siâp gyda thalpau yn ymwthio mas ar onglau rhyfedd, a wnâi iddynt edrych fel rhyw frîd rhyfedd o gamel-bysgod. Roedd un o'r rhain yn enwedig, sberm byrdew gyda darn-canol llydan iawn â dau dalpyn ar y naill ochr a'r llall, wedi hoelio sylw pawb. Dywedodd Taircynffon taw GAGGAS oedd enw'r sbermyn caled yr olwg yma a'i fod yn hanu o ardal lom yn y Pibenni-Canol o'r enw Twnnel Tarthog. Roedd mor gryf fel y gallai gario sbermyn ar bob un o'i bedwar talpyn. Wrth iddo wneud hynny byddai ei acrosom yn disgleirio ychydig, â'i duchan ystumgar yn troi'n wên glodforus. Gyda'r pedwar sberm oedd yn brigo mas ohono, yn amlwg yn rhyfeddu at ei gryfder, edrychai fel blodyn yn agor i'r haul mewn gorfoledd.

'Y brigo sy'n bwysig,' dywedodd Triphen wrthym, 'Wrth i ni gyrraedd ceg y groth, dyna pryd y'n ni'r Rhwystr-Sberm yn ein helfen. Rhaid i ni ffurfio cymaint o rwystrau â phosib, gan stopi cymaint o'r semen ag y gallwn ni rhag syrthio nôl lawr fel ôl-lifeiriad faginaidd.'

'Mae sbermyn yng ngheg y groth werth dwy filiwn fel ôl-lifeiriad faginaidd' cynigiodd H-189, gydag un o'i ddywediadau mwyaf hirwyntog.

'Yn gwmws' meddai Triphen, 'felly hira'n byd y gallwn ni gysylltu fel cadwyni gwrthsefyll, lleia'n byd fydd y siawns caiff SAThAAG ei fwrw'n ôl lawr gan ddisgyrchiant neu ôl-lifeiriad faginaidd.'

Edrychodd o amgylch y gynulleidfa, er mwyn sicrhau fod ei sylwadau'n taro deuddeg, yna diolchodd ef am ein hamynedd, gan ddymuno nos da i ni.

'Melys-freuddwydion i chi i gyd – a dim breuddwydion gwlyb i Mr Morgan!'

Roedd y rhan fwyaf o'r sberm yn dal i chwerthin ar y ffraetheb hon wrth iddynt nofio'n llawen i'w cartrefi dros dro newydd. Pantiau cymharol eang o fewn leinin yr Argaill oedd y rhain. Roeddynt yn orffwysfeydd cyfforddus, gyda digon o le i'ch galluogi i gysgu â'ch cynffon wedi'i ymestyn – moethusrwydd na chlywyd mo'i debyg yn y rhan fwyaf o geilliau, mae'n debyg. Y peth gorau amdanynt, fodd bynnag oedd y ffaith eu bod nhw i gyd yn benagored. Golyga hyn y medrem wthio'n pennau mas drwy'r blaen a siarad ymysg ein gilydd tan yr oriau mân. Sylweddolais yn fuan fod yr arferiad cymdeithasol yma o glebran neu hel clecs yn rhan annatod o fywyd sbermyn, ac yn allweddol i'w ffyniant hir dymor.

Wrth i mi orwedd ar ddi-hun y noson gyntaf honno, sylweddolais taw peth ffôl oedd barnu sberm yn ôl eu golwg. Pan wnes i gyfarfod Triphen a Taircynffon am y tro cyntaf, er enghraifft, er i ganu y naill a champau corfforol y llall greu argraff arnaf, roedd rhyw deimlad ar ymylon fy nghnewyllyn yn gwneud i mi amau taw ffyliaid oedd y ddau ohonynt yn y bôn. Ni allai'r argraff gyntaf hwnnw fod yn fwy camarweiniol. O flaen y tri deg sberm o dan eu gofal yn gynharach y noson honno, roeddynt wedi bod yn gaffaeliad o'r radd flaenaf. Wrth i Taircynffon ddatgelu cymhlethdodau ymarferion y Rhwystr-Sberm, mi fyddai Triphen yn arwain eu Sgwadron Semenaidd i'w safleoedd er mwyn egluro'r pwyntiau a godwyd. Heb amheuaeth, roeddynt yn dîm effeithiol. Ymfalchïwn fod eu pantiau gorffwys yn union gyferbyn â'm un i. Daeth hi'n amlwg ar y noson gyntaf honno o orffwys yn yr Academi eu bod ill dau yr un mor chwilfrydig amdanaf innau. Roedd Taircynffon, yn enwedig, wedi cynhyrfu.

'Wyt ti'n meddwl am yr Wy drwy'r adeg?' gofynnodd, gan gorddi leinin feinwe ei bant yn gyffrous â phob un o'i gynffonnau.

'Na,' chwarddais, 'basen i'n mynd yn wallgo' pe bawn i.'

Wrth sylwi fod ef a tri phen Triphen yn dal i syllu arnaf yn ddisgwylgar, ceisiais ymhelaethu.

'Mae'n rhywbeth mae H-189 yn treial ei ddysgu i mi – i ymlacio, er mwyn arbed cymaint o'm hegni ag y gallaf.'

'"Amynedd yw mam pob sbermyn doeth"' ychwanegais, mewn dynwarediad gwael o lais gryg H-189.

'Eto!' meddai Taircynffon yn wawdlyd.

'"A ddwg at Wy, a ddwg at fwy!"' dynwaredais drachefn. 'Wyt ti wedi bod yn gwneud dy ymarferion ymestyn y pen?' gofynnodd Triphen mewn ymgais i'm callio.

'Ydw. Maen nhw wedi gwneud lles hefyd. Diolch. Mae'n edrych fel se'r frech wedi mynd.'

'Cadwa i'w gwneud nhw' meddai Triphen, 'ma' nhw'n helpu ti i fod yn sionc.'

'Rhagor o lafarganu?' gofynnodd Taircynffon, gan rwtio'i acrosom yn ffwdanus yn erbyn pwll bach o ddŵr tu fas i'w bant.

'Dyna ddigon, Taircynffon,' meddai Triphen yn swrth.

'Na, wy'm yn credu' atebais, 'Pru'n bynnag, os y'f i'n llafarganu ai peidio, beth yw hynny i wneud â thi?'

'Yn gwmws,' meddai Triphen, 'Nawr wy'n siŵr bod

SAThAAG wedi blino, felly dewch i ni gyd gael bach o gwsg,' ychwanegodd, gan giledrych yn ddig ar Taircynffon.

Ond roedd Taircynffon yn amlwg ar bigau drain.

'Wy' ddim yn licio cadw cyfrinachau oddi wrth yr Wyddaliwr, dyw e'm yn iawn.'

'Cau hi, wnei di,' meddai Triphen, gan bwyso allan ag un o'i bennau, fel ei fod e'n ceisio atal unrhyw fynediad mas o bant Taircynffon.

'Mae'n oreit, Triphen. Wy' ddim mo'yn Rhwystr-Gadfridog anhapus ar fy nghnewyllyn.'

Casglais gymaint o egni ag y medrwn ynghyd cyn anelu fy acrosom yn unionsyth at Taircynffon a syllu i fyw ei gnewyllyn.

'Pa gyfrinachau?' gofynnais.

Roedd Taircynffon yn gwrido o ddu i lwyd i felyn i lwyd i ddu a nôl eto. Doeddwn i ddim wedi gweld cymaint o embaras ar sbermyn.

'Dyw e ddim byd, mwy na thebyg,' mwmiodd yn dawel.

'Nagyw ddim. Beth bynnag yw e, wy mo'yn i ti gael e oddi ar dy ddarn-canol. Fyddi di'n teimlo'n well o'r herwydd yn y bore,' pwysleisiais.

'Jest bod 'na si yn mynd o gwmpas rhai o'r Lladdwyr-Sberm bod ti . . . wel . . . bod ti'n diodde' o ddiffygion . . .'

'Diffygion?' gofynnais, yn y wich anfwriadol uchel yna sy'n fy meddiannu'n aml pan fyddaf dan bwysau.

'Diffygion mewn canolbwyntio. Dywedodd Cadfridog ASThAThTh dy fod ti'n dueddol o golli dy allu i ganolbwyntio weithiau; ac fel ddywedodd H-189 heddiw, gallai un camgymeriad beryglu'r cyfan.'

Erbyn hyn, roedd Triphen yn claddu ei bennau mewn meinwe gyswllt. Roedd Taircynffon yn amlwg wedi mynd yn rhy bell.

'Ti'n meddwl oedd e'n cyfeirio ata' i?' gofynnais.

Nodiodd Taircynffon.

'Jest si ar led yw e, ond ro'n i'n teimlo dylet ti wybod.'

'Diolch, Taircynffon,' dywedais yn werthfawrogol. Aeth Taircynffon yn ei flaen, diolch i'r drefn.

'Wedi'r cwbl, os wyt ti'n mynd i gael dy daflu mas mewn i . . .'

'Cau hi!' gwaeddodd Triphen, gan rwystro acrosom Taircynffon yn sydyn â dau o'i bennau.

Gan 'mod i'n gryndod i gyd tu fas i'r pantiau yn y feinwe wagleol, cynigiodd Triphen ganu cân, er mwyn i mi ymlacio. Ond doedd gen i ddim awydd newid y pwnc.

'Mae'n chwerthinllyd nad yw e'n gwybod!' galwodd llais myglyd Taircynffon o'i bant.

'Wel?' dywedais, gan wthio fy nghynffon i'r llawr ac edrych yn ddig ar Triphen, 'Wyt ti'n mynd i ddweud wrtha' i neu beth?'

Roedd Triphen yn hymian yn nerfus i'w hun, cyn penderfynu dweud wrthyf y cwbl y gwyddai am y sefyllfa.

'Wy'n siŵr fod gan H-189 ei resymau dros dorri pethau i ti'n raddol, ond mae'r stori'n dew – nid jest ymhlith yr uwch-swyddogion, ond ymysg y werin yn ogystal. 'Se well 'da fi bod ti'n clywed wrthom ni, yn hytrach nag oddi wrth rywun arall. Allai hynny fod yn ddrwg o ran ysbryd y Gymdeithas.'

'Beth?!' sgrechais.

Pwniai fy narn-canol fel ffrwydryn.

'Ry'n ni wedi clywed gan ffynhonnell ddibynadwy o Gymdeithas Had-dafliad arall, sydd â chysylltiadau o fewn yr ymennydd, bod Iwan Morgan a'i gariad yn gobeithio cael merch.'

'Ie?' ymatebais, gyda hanner ohonaf yn gandryll a'r hanner arall yn llawn rhyddhad â bychander 'datguddiad' Triphen. Yn wir, fel cariwr-X fy hun, os oedd unrhyw wirionedd yn hyn, yna byddai'r si yn achos balchder yn hytrach na phryder.

'Ry'n ni'n poeni falle bod 'na ambell anghysondeb yn y broses o ddethol' meddai Taircynffon yn ddwys, wrth iddo ymddangos o'i bant.

'Ystyria'r peth' meddai Triphen, 'Ry'n ni yng nghaill chwith darlithydd Hanes. Mae ei wraig yn arbenigwraig meddygol. Ma' nhw'n bobl ddeallus – dy'n nhw'm yn dwp ynglŷn â chynllunio eu dyfodol.'

'Yn ôl ffynhonellau yn yr ymennydd mae hi mor benderfynol o roi genedigaeth i ferch, wneith hi unrhywbeth!' meddai Taircynffon.

'Unrhywbeth o gwbl!' ychwanegodd Triphen, yn amlwg mor llawn panig â'i gyd Rwystr-Gadfridog erbyn hyn.

Nid oeddwn yn llawn ddeall arwyddocâd yr hyn roedden nhw'n ei ddweud o hyd. Falle fod Taircynffon yn iawn. Roedd gen i broblem canolbwyntio.

'*In vitro*' meddai Triphen mewn sain stereo o ansawdd ardderchog.

Yn ddiarwybod o sydyn, crychiodd sŵn crawclyd i'm gwddwg wrth i mi geisio pwyso a mesur goblygiadau difrifol honiad Triphen.

'Does bosib . . . ' dywedais, yn amlwg wedi synnu.

Nodiodd Taircynffon a Triphen eu pennau lluosog yn ddwys. Roedd y ddau air syml Lladin hynny bron cynddrwg â'r gair 'wanc' i sberm. Mi fyddai ein tynged yn cael ei dynnu'n greulon oddi wrthym. Byddai ffrwythloni llwyddiannus, os yn digwydd o gwbl, yn ddibynnol ar sgiliau mympwyol fel pwy fuasai'n creu'r argraff orau ar sleid microsgop neu bwy fyddai'r cyflymaf i ddadlaith ar ôl cael ei rewi. Ac i beth? Er mwyn gwarantu embryo benywaidd? Pam na allen nhw adael i Natur ddilyn ei hynt? Roedd yr ods yn gyfartal ta beth!

'Pam fod hi mo'yn neud hyn? Oedd eich ffynhonnell yn gwybod?' gofynnais, yn dal i simsanu braidd ar ôl y sioc.

'Mae yna si ar led ei bod hi'n bwriadu cyhoeddi papur ymchwil wedi ei seilio ar ei beichiogrwydd ei hun! Glywais di shwt beth erioed?' gwaeddodd Taircynffon.

'Cadwa dy lais lawr,' meddai Triphen.

Mae sïon a chlecs bob amser yn rhemp ymhlith sberm.

Paranoia yw ein cyflwr naturiol. Ceisiais ymlacio ac wfftio honiadau'r Rhwystr-Gadfridogion. Ceisiais eu sicrhau nhw nad oedd unrhyw sylfaen iddynt hyd yn oed. Roedd ffrwythloniad *in vitro* yn felltith i ni i gyd. Yn enwedig, fel yn yr achos hwn, pan oedd y fenyw yn holliach. Roeddem yn byw ac yn marw yn y gêm beryg o genhedlu. Ond gwyddwn y rheolau ac roedd pawb yn cael cyfle i chwarae eu rhan. Y Gymdeithas Had-dafliad orau wnaiff ennill y dydd! I'r gad – i'r had! Os oedd eu honiadau'n wir, yna roedd hyn yn newyddion drwg iawn. Yn ddiarwybod, roeddwn i'n gollwng olew edefyn echelog i feinwe gyswllt fy mhant. Yn synhwyro 'mod i'n pryderu go iawn o dan fy llonyddwch allanol, dechreuodd Triphen ganu cân rap er clod i'r wybib fenywaidd. 'Dyma'r ffordd i fro ffrwythlondeb, pont cenedlaetholdeb, a'r wobr ar ben draw'r daith yw cariad a gobaith, ie ie, dyma'r lôn i anfarwoldeb, priffordd tragwyddoldeb, a'r wobr ar ben draw'r daith, yw cariad a gobaith . . . '

Gwrandewais ar lais peraidd Triphen mor dawel fy ysbryd ag y medrwn, gan geisio fy ngorau i arghoeddi'n hunan taw jest rhyw glecs pwrslyd di-sail oedd y cwbl. Er hynny, yn ddwfn yn fy is-ymwybod roedd rhyw aflonyddwch yn corddi. Roedd y gair *vitro* yn troelli'n ystyfnig ddidrugaredd o amgylch fy nghnewyllyn. Yna, sylweddolais – y gair Lladin am wydr oedd hwn. Am y tro cyntaf ddechreuais gredu nad oeddwn i'n mynd i deithio ar y lôn i anfarwoldeb wedi'r cwbl.

5

Ychydig ddiwrnodau yn ddiweddarach, helpodd ASThAThTh H-189 i drochi fy acrosom mewn cymysgedd trwchus o ensymau. Bu raid i mi gadw'n hollol lonydd wrth deimlo'r hylif gludiog yn araf dreiddio fy mhilen allanol ac yn llifo i'm sytoplasm. Am unwaith, roedd yn brofiad anniddig. Roedd y proteinau mor gryf nes iddynt ymddangos fel pe baent yn llidio fy mhen wrth iddynt swisio o gwmpas yn afreolus. Roedd fy acrosom wedi chwyddo i'r fath raddau nes ei fod yn pwyso'n uniongyrchol yn erbyn fy nghnewyllyn. Teimlais fy mod i'n mogi. Yn dyheu am ocsigen ac wedi fy llethu gan ryw benboethder dechreuais ymaflyd, gan ysgwyd fy nghynffon yn ffyrnig mewn ymdrech gynddeiriog i ffoi. Ond roedd fy mhen wedi ei sodro yn yr unfan, yng nghynnwrf fy nghwrs cyntaf o gynhwyseddu.

Ceisiais ymlacio, ond rown ni'n ffwndro mewn dim o dro. Caledodd yr hylif jelïaidd a chwyddo i'm cnewyllyn, gan wneud i'm mhen ffrwydro. Hedfanodd miloedd o enynnau amddifad drwy'r Argaill yn fy ffantasi ffyrnig. Glynodd rhai wrth gromosomau darfodedig, gan ffurfio haid o feirysau parasitig. Gan swagro'n ddirmygus, turiwyd drwy bilenni celloedd â rhwyddineb trawiadol. Edrychent fel nytiau a bolltiau mewn siacedi lledr, yn faleisus hyrddio'u haint drwy gnewyll ar hap. Yn hollol ddigywilydd, gosododd eraill hysbysebion mewn rhyw fisolyn o'r enw *Gair i Gaill* fel oncogenynnau canserachosol. Roedd yn rhaid i mi feddwl am rywbeth arall. Unrhywbeth arall – yn glou.

Mor ddigyffro ag y medrwn, ceisiais ganolbwyntio ar un peth penodol, yn hytrach nag ar y pwnc llosg llythrennol tu fewn i'm mhen. 'Hylif jelïaidd,' dywedais. 'Hylif jelïaidd, hylif jelïaidd' drosodd a throsodd. Nid oedd yn gwneud synnwyr. Jeli, solid. Hylif, hylif. Gall solid fod yn hylif? Gall. Gwydr. Eithriad i'r rheol. Mae gwydr yn hylif, ond yn solid mewn tymheredd ystafell. Hefyd arian byw – metal, ond yn hylif mewn tymheredd ystafell. Arian byw mewn gwydr. Mesur pwysedd. Atomau gwydr yn afreolus, heb unrhyw batrwm trefnus hir dymor. Pwysedd yn cynyddu. Pwysedd uchel yn dod i mewn o'r gorllewin. Aaaaaaaaaaaaa. Yn sydyn, teimlais fy hun yn cael fy ngorchuddio mewn gwain lysnafeddog. Roeddwn i'n cael fy llyncu; roedd rhyw sach bilennog wedi goresgyn fy nghnewyllyn, gan falu fy DNA. Doedd dim amheuaeth – roeddwn i'n cael fy ffagosyteiddio!

Teimlais gorddiad aflednais yn fy narn-canol a chwydais ffrydlif o fflem cawslyd mas o ran blaen fy mhen. Wedi llwyr ymlâdd, llithrais yn ddiarwybod i gysgu.

Pan ddihunais yn y man, sylwais ar boster ar len fewnol fy mhant. Poster lliw o Wy ydoedd. Roedd arddangosiad ei sytoplasm brith a'i sona peliwcida ysblennydd yno i godi fy nghalon mae'n debyg; i'm cyfareddu'n lled-rywiol. Yn hytrach, halodd e fi nôl i gysgu. Roedd jest meddwl am orfod treiddio Wy yn ddigon i roi hyd yn oed fwy o ben tost i mi.

Yn synhwyro y gallem gael mwy o hunllefau pe bawn i'n cysgu, eisteddodd H-189 ar fy narn-canol, gan arllwys ychydig o ddŵr mawr ei angen i mewn i'm sentriol uchaf. Gan deimlo mymryn yn fwy effro, llwyddais i eistedd i fyny a dechreuodd H-189 fy holi am y rhan gyntaf o'm cynhwyseddu.

'Ge's di dy ffagosyteiddio, yndo?' meddai, heb arlliw o gonsýrn.

'Sut y gwyddoch chi?' dywedais, gan grynu, â'r atgof yn dal i godi ias arnaf.

'Dyna'r hunllef mwya' cyffredin yn ystod y rhan gyntaf o gynhwyseddu. Mae gan yr asiant lytig y secretwyd i dy acrosom di rai nodweddion cemegol tebyg i lysosom, sy'n cynnwys ensymau sy'n dryllio tresmaswyr estron yn ystod ffagosytosis.'

'Chi'n dweud 'mod i wedi dychmygu fy mod i'n rhywbeth estron o fewn fy nghorff fy hun?'

'Yn gwmws' meddai H-189, gan wenu wrth iddo godi oddi ar fy narn-canol. 'Cred ti fi, ma' fe'n neud synnwyr' ychwanegodd. 'Yn enwedig o gofio'r holl ymarferion ysgydwadau rwyt ti wedi bod yn neud yn ystod y dyddiau diwethaf 'ma.'

Roedd hi'n ddigon gwir bod fy nghyfnod cyntaf yn yr Academi wedi ei neilltuo er mwyn i mi baratoi fy hun ar gyfer amryfal drychinebau a allai ddigwydd ar fy ffordd i'r Wy. Gelwir hyn yn Ymarferion Ysgydwadau – dyma oedd *Modiwl 1* o'm cwrs. Golyga gynefino â phob math o senario peryglus: dod ar draws newidiadau sydyn mewn tymheredd neu pH; dysgu sut i adnabod feirysau cudd; hunanamddiffyn rhag ofn i mi daro ar draws Lladdwyr-Sberm estron; synhwyro os oes yna waedgell wen lechwraidd yn chwilio am ysglyfaeth, ac wrth gwrs, y senario mwyaf echrydus ohonyn nhw i gyd (gan fy mod i wedi ei freuddwydio) – mynd ar fy mhen i grafangau ffagosyt wrth nofio i fyny'r wybib. Roedd cymaint o bethau allai fynd o'i le yn ystod fy siwrnai fel nad oeddwn wedi cael amser i feddwl ymhellach am si Triphen a Taircynffon am ffrwythloni *in vitro*. Ro'n i wedi bod cyn brysured â hynny.

Roedd H-189, fodd bynnag yn athro penigamp. Gallai rywun ddigaloni'n hawdd wrth ystyried y peryglon niferus oedd yn bosibl ar fy nhaith i'r Wy. Ond roedd cael gwybod am y peryglon hynny wedi meithrin rhyw wytnwch ynof a oedd yn werthfawr iawn. Hyd yn oed pe baech yn teimlo bod rhai o wirebau odlog H-189 braidd yn blentynnaidd, roeddech yn dal i'w cofio – a dyna, fel y gwyddai ef yn iawn, oedd yn bwysig. O ran ymbaratoi i oroesi, y diwrnodau cyntaf hynny a dreuliais yn gwrando ar H-189 yn y neuadd ddarlithio fechan honno ar hyd leinin y capwt argaill, heb os, oedd y rhai mwyaf buddiol o'm holl gyfnod yng nghaill chwith Iwan Morgan.

Wrth i mi ymestyn yn fy mhant a throi ar fy ochr, sylwais am y tro cyntaf fod ASThAThTh yn bresennol hefyd.

Sylweddolodd fy mod i newydd sylwi arno gan iddo edrych arnaf yn siriol a'm llongyfarch i ar fy nghynhwyseddu cychwynnol.

'Oes 'na unrhyw gwestiynau hoffet ti ofyn, SAThAAG?' meddai H-189.

Nid oedd rhaid i mi feddwl am hir. Roedd cwestiwn wedi bod yn rhyw gylchdroi o amgylch fy nghnewyllyn ers i mi ddihuno.

'Oes rhaid i mi fynd trwy 'na eto?' gofynnais, ar bigau'r drain.

'Ddim yn hollol,' meddai H-189, 'Mae'r rhannau cemegol i gyd yn eu lle nawr. Yn gorfforol, rwyt ti'n sbermyn aeddfed, SAThAAG – llongyfarchiadau.'

Teimlais fod 'na 'ond' yn llechu o amgylch y feinwe gyswllt – roeddwn i'n hollol gywir.

'Ond mi fydd yna ddau gyfnod penodol arall o weithgaredd prysur iawn yn dy acrosom. Yn yr wybib, yn union cyn yr Wy-Drawiad ac yn ystod yr Wy-Drawiad ei hun, jest cyn ffrwythloni, mi gei di Adwaith Acrosom. Mae'r manylion i gyd yn hwn.'

Trodd H-189 mewn hanner cylch a chwydodd lyfryn o'i ochr. Er nad oedd e'n lyfryn trwm, mae'n rhaid ei fod e'n dipyn o straen i gemegolyn ei gario. Fel pe bai'n cadarnhau hyn, pecialodd H-189 yn uchel, gan adael cymaint o ocsigen mas nes iddo godi reit i fyny i nenfwd y pant fel balŵn ddi-liw. Gan ddilyn esiampl diweddar Taircynffon, igam-ogamodd drwy'r awyr ar ei ffordd nôl lawr, gan lanio'n glec mewn i ddarn-canol ASThAThTh.

'Esgusodwch fi,' meddai, gan ddosbarthu defnynnau o ddŵr yn slwtslyd dros y llawr a llenwi'i hun â dognau helaeth o ocsigen.

Ffliciais y llyfryn i fyny i'm mhen â'm cynffon, ac edrychais ar y clawr blaen. *Modiwl 2 – Aeddfedu* oedd y teitl di-fflach.

'O'n i'n meddwl wedoch chi 'mod i'n sbermyn aeddfed

nawr,' dywedais, gan geisio peidio ag edrych yn rhy ddryslyd.

'Yn gorfforol' meddai ASThAThTh.

Crebachodd y belen o'r chwarren bitwidol, fel pe bai'n cytuno. O'r diwedd, diolch i'r drefn, ymhelaethodd.

'Mae dy baratoadau corfforol bron ar ben. O hyn ymlaen rhaid i ti ganolbwyntio ar aeddfedu'n feddyliol. Dysgu sut i beidio â gwastraffu dy egni. Dysgu sut i fod yn gyfrwysach nag Wy-ddalwyr eraill.'

Roeddwn i'n hanner amau yr ateb, ond mi ofynnais y cwestiwn 'run fath.

'Bydda i'n cwrdd ag Wy-ddalwyr eraill?'

'Wrth gwrs.'

'Faint?'

'Fydd hynny'n dibynnu ar dy safle dechreuol ar y grid. Ry'n ni wedi anfon dy esiampl o nofio lap ymarfer mewn 12.4 eiliad ar hyd Sarn Sgrotaidd i Bwyllgor Penodi y Brif Rwydwaith Nerfol.'

Synhwyrodd ASThAThTh yr awgrym lleiaf o bryder ar fy nghnewyllyn.

'Dylai fod yn ddigon da i gael ti'n agos at flaen y ciw fas' meddai'n gefnogol.

'Neu hyd yn oed i'r Dd. Ff. ei hun,' meddai H-189, gan dalfyrru'r ddwythell ffrydiol i'w enw mwy poblogaidd ar lafar gwlad.

Gwenais, gan werthfawrogi eu hanogaeth. Ond roeddwn i'n dechrau sylweddoli bod y rhan fwyaf o'm hyfforddiant yn prysur ddirwyn i ben. Hyd yn oed o gysegrfan gymharol bell yr Argaill, medrwn gael fy ngalw i faes y gad yn hawdd unrhyw eiliad. Roedd yn gyfangwbl ddibynnol ar ansawdd orgasm Iwan Morgan. Doedd e ddim i'w weld yn iawn rywsut bod cell soffistigedig fel fi yn dibynnu ar beirianwaith mor elfennol â chyfangiad cyhyrol. Nawr oedd yr adeg i ofyn mwy o gwestiynau. Mentrais yn betrusgar ar yr un oedd yn fy nghadw i'n effro gyda'r nos.

'Ym . . . faint o . . . ym . . . Wy-ddalwyr eraill, yn gwmws?'

Ciledrychodd ASThAThTh a H-189 ar ei gilydd, yn union fel y gwnaethant y bore hwnnw y cyfarfyddais â hwy am y tro cyntaf – y bore wedi'r noson gynt yng nghlwb nos *Androgen*. Crebachodd H-189 ryw fymryn, gan edrych yn anodweddiadol o bryderus cyn nodio ar ASThAThTh.

'Ry'n ni'n disgwyl i ti gael gorffwysfan yn yr wybib ar Had-dafliad fel na fydd angen gwastraffu fawr o egni yn nofio,' meddai ASThAThTh, yn osgoi'r cwestiwn.

Mi droiais i edrych ar H-189. Gallai weld 'mod i angen gwybod y gwir.

'Mewn Had-dafliad cyffredin o dri chan miliwn sberm, mae yna ar gyfartaledd ryw dair miliwn o Wy-ddalwyr.'

Tair miliwn? Tair *miliwn?* Mae'n rhaid bod yna ryw gamgymeriad. Edrychais wedi fy llethu gan banig wrth i mi sylweddoli yr hyn a olygai wrth yr 'un y cant lwcus'. Ysgydwai fy nghynffon yn afreolus. Beth ddiawl oedd mor lwcus am gael tair miliwn yn cystadlu yn eich erbyn?!

'Paid becso SAThAAG. Fel wedodd ASThAThTh jest nawr, ry'n ni'n disgwyl i ti gyrraedd gorffwysfan yn yr wybib ar Had-dafliad.'

'Gyda dy amser nofio di fyddi gyda'r cyntaf yn y ciw. Does dim amheuaeth,' meddai ASThAThTh.

Ond roedd ei lais yn swnio'n or-gefnogol – fel pe bai'n ceisio cwato rhyw ofid.

'Faint o Wy-ddalwyr fyddech chi'n disgwyl i gyflawni hynny? I fynd yn syth i'r wybib?'

Prin y gallwn gael y geiriau mas yn glir. Roedd fy acrosom ofnus wedi hen fynd i'w gragen. Edrychodd ASThAThTh ac H-189 ar ei gilydd unwaith eto. Roedd hi'n amlwg nad oeddynt wedi disgwyl i mi ofyn cwestiynau mor berthnasol i'm tynged. Roedd y posibilrwydd o ymgyrch aflwyddiannus yn bwnc gwaharddedig.

'Ma' 'na'n wybodaeth gyfrinachol nad oes angen i ti ei wybod ar hyn o bryd, SAThAAG,' meddai H-189.

'Gwrandwch 'ma' atebais yn glou, gan wthio fy nghynffon afreolus i mewn i lawr fy mhant, 'Allen i gael fy Had-daflu unrhyw eiliad. Y'ch chi'm yn meddwl bod e'n rhywbeth mae gen i'r hawl i wybod?'

'Hawl?!' crawciodd H-189, gan slwtsian dŵr tuag ataf yn fwriadol.

Ymyrrodd ASThAThTh wrth iddo synhwyro y gallai haerllugrwydd yr hormon achosi ffrwgwd go iawn.

'Wy'n siŵr na fase SAThAAG yn datgelu'r union ffigurau i unrhyw un,' ymbiliodd.

Tawelodd H-189.

'Hyder yw popeth. Eto' meddai.

Ailadroddodd ASThAThTh a minnau ei orchymyn. Craffai'r ddau ohonom arno, yn ysu am gael gwybod yr ods ar ymgyrch lwyddiannus ai peidio.

'Ry'n ni'n disgwyl tua dau gant o Wy-ddalwyr i fynd yn syth i'r wybib ar had-dafliad,' meddai, mewn rhyw lais ffwrdd-a-hi, fel pe bai e ddim yn becso dam.

Dau gant i un. Er nad oeddent yn rhyw ods arbennig o dda roedd hi'n ryddhad cael gwybod y ffeithiau. Sylwais ar ASThAThTh ac H-189 yn syllu arnaf, yn amlwg yn bryderus ynglŷn â'm hymateb. Ceisiais beidio edrych yn rhy ddigalon.

'Cara'r Wy heb amau, wedyn caiff hedyn ei hau,' meddai H-189 yn gryg. 'Eto.'

'Cara'r Wy heb amau, wedyn caiff hedyn ei hau,' dywedais mewn goslef hyderus, croyw.

'Ti'n cofio'r noson honno yng nghlwb *Androgen* SAThAAG? Pan wedest ti bod hi'n bwysig cael arwr – rhyw fath o fodel rôl?' gofynnodd ASThAThTh.

'Ydw,' dywedais, gan edrych lan arno.

Ac wrth i mi edrych lan ar yr esiampl ysblennydd yma o Laddwr-Sbermyn o ardal lom Esgair Capwt, a wnaeth fy mhorthi a darllen storïau i mi tra o'n i'n sbermatid ifanc ar fy nhyfiant, sylweddolais ei fod e'n edrych arnaf yn llawn edmygedd, yn addolgar bron, fel pe bawn i'n dduw.

Sylweddolais drachefn bod ein rhannau yn nrama fawr y ffrwythloni yn wyrthiol wedi cyfnewid rywfodd neu'i gilydd.

'Ti oedd fy arwr py'rny, ASThAThTh,' dywedais.

'Ond ti yw'n harwr i nawr, SAThAAG. Ti yw arwr y Gymdeithas gyfan. Mae cant o sberm yn disgwyl i ti i wneud eu haberth nhw'n werth chweil. Paid a'n siomi ni.'

Gwridodd ASThAThTh ei liw unigryw o lwyd. Teimlais fel ei gofleidio â'm cynffon, ond rywsut nid oedd hynny'n rhywbeth roedd arwyr yn ei wneud.

6

Gadawodd H-189 ac ASThAThTh ychydig funudau'n ddiweddarach a gosodais y llyfryn *Modiwl 2* dan fy ngobennydd o sytoplasm darfodedig. Troais i edrych i fyny ar y bêl felen anferthol ar y poster o'm blaen. Edrychai ei chnewyllyn fel rhyw lygad rhyfedd yn syllu ar fy holl symudiadau. Ond nid mewn ffordd annifyr chwaith. Yn hytrach, roedd hi fel edrych ar y lleuad drwy sytoplasm llawn sêr. Ac ar wyneb y lleuad roedd tair cromosom ar hugain yn aros i ddawnsio. Y bêl unllygeidiog yma yn hongian ar leinin fy mhant oedd y grym cryfaf oll yn natblygiad dynol ryw. Roedd ganddi ryw ysblander unigryw, cyfrin, oedd yn hollol fenywaidd. A sicrwydd pwrpas a oedd yn hollol estron i garchar testosteronaidd-ormesol y pwrs.

Mwynheais edrych i fyny ar lun yr Wy. Roedd sberm yn gyffredin. Tri chan miliwn y tro. Roedd wyau'n wahanol o gryn dipyn. Dim ond tua phedwar cant bydd yn cael eu creu mewn bywyd cyfan unrhyw fenyw. Ond (ac mae'n 'ond' fawr) dim ond *un* ar y tro. Dychmygwch y grym sydd gan yr Wy yna! Dim un Wy arall yn cystadlu yn eich herbyn. Dim rhyfedd ei fod yn edrych mor hollalluog, ac yn syllu arnaf â'r fath ddirmyg ffroenuchel.

Meddyliais am yr Wy am oriau y noson honno. Er cymaint fy hoffter o edrych arno, gwyddwn na allwn amgymffred ehangder Wy go iawn trwy edrych ar boster tila ar wal fy ystafell wely. Edrychais am 'Wy' ym mynegai fy llyfryn *Modiwl 2* gan droi i'r cyfeirnod 'maint' ar dudalen deuddeg. Roedd Wy ar gyfartaledd yn wyth deg pum mil gwaith yn fwy na'r sbermyn cyffredin. Ciledrychais ar y poster a cheisiais roi rhyw fath o berspectif ar hyn; wrth reswm, methais. Nid oedd hi'n syndod darllen bod sberm yn aml yn marw o sioc yn yr wybib wrth iddynt gael eu cipolwg cyntaf o Wy wedi llawn ofylu.

Edrychais ar y poster eto a cheisiais ddychmygu ei ansawdd jelïaidd. Dychmygais dwrio trwy'r llinell amddiffyn allanol, y cwmwlus, yna treiddio'r sona trwchus deniadol, pilen allanol yr Wy ei hun, gan droi fy acrosom yn bigyn a gwthio fy hun ymlaen â'm cynffon. Yna, yn olaf, ffarwelio â'm cynffon am byth, claddu fy mhen drwy linell derfyn y ras, y bilen felynwy ei hun. Byddai'r wobr wedyn o fewn fy nghyrraedd: coflaid felys fy nghariad maint planed. Yn sownd i'n gilydd byddem yn cau pob ardal o'r bilen felynwy; cau'r cyrtens; rhoi'r arwydd 'dim mynediad' i fyny. Bydde ail a thrydydd sberm gwangalon yn rhwygo'i gilydd i farwolaeth yn ngorffwylltra eu rhwystredigaeth. Dim medal arian neu efydd, dim ond aur ar lwyfan melyn. Dim ond hedyn heini sy'n cael Wy yn gwmpeini.

Y peth hynod am syllu ar yr Wy oedd y mwyaf y buaswn i'n craffu arno y mwyaf unig y buasai'n ymddangos. Ceisiais ddychmygu fy hun fel yr Wy, ac wrth i mi wneud hynny fe sylweddolais nad oedd yr Wy yn hollalluog o gwbl. Dim ond un dymuniad oedd ganddo: peidio â marw'n hesb. Roeddwn i nôl i'r hyn a alwodd ASThAThTh yn ysfa i oroesi.

Wrth i mi feddwl fwyfwy am y peth, gallwn weld bod y daith o'r ofari i'r wybib yn llawn peryglon hefyd. Amseru Had-dafliad, amseru ofylu – roedd y ddau yn allweddol. Roedd ffordd o fyw yr Wy-gariwr hefyd yn hollbwysig. A beth petai sbermyn llwyddiannus yn berchen ar enynnau gwallus neu angheuol? Roedd yr holl beth yn waeth na gêm o gwato yn y tywyllwch ar eich pen eich hun.

Nid fi oedd yr unig un i fethu cysgu y noson honno. Medrwn weld trwy fynediad fy mhant bod yna olau gwan yn siambr Triphen wrth iddo ddal ei leinin gyswllt i fyny i adael golau trwyddo o lwmen y cawda. Hyrddiais fy hun i fyny ar fy nghynffon i bipo trwy'r mynediad er mwyn cael gwell golwg ohono. Gwelais ei fod ef yn darllen hefyd. Wrth i mi ddechrau meddwl a oedd e'n dysgu rhyw gân newydd trodd un o'i bennau a sylwodd arnaf yn craffu arno.

Gwthiodd ei hun yn dawel tuag at fynediad fy mhant.

'Beth wyt ti'n darllen?' sibrydais.

'Dim ond map o'r stadiwm. Yr agosa' ewn ni i'r diwrnod mawr y mwya' rwy'n teimlo bod angen i mi wybod mwy' meddai Triphen.

'Ie, wy'n gwybod. Wy'n teimlo 'run fath.'

'Fydde ots 'da ti roi prawf i mi?' gofynnodd Triphen, 'Wy'n gwybod dylset ti fod yn safio dy egni, ond roeddwn i'n gweld bo' ti'n ffaelu cysgu chwaith.'

Ymestynnais fy narn-canol mewn ymdrech wan i ddylyfu gên.

'Wneith e ddim cymryd yn hir. Plîs. Allen i neud â dy help. Mae pedwar pen yn well na thri.'

Codais y map o'r stadiwm (fel yr adweinir y fagina ar lafar) â'm cynffon a thynnu fy hun i fyny er mwyn edrych ar ganol y dudalen. Fel mae'n digwydd, roedd hi'n ardal gyfarwydd, ceg y groth neu'r serfics. Pwnc un o ddarlithoedd cyntaf H-189 yn yr Academi oedd yr union wyrth yma o gynllunio gynecolegol. Os byddai popeth yn mynd yn ôl y disgwyl yna byddwn i ddim yn hongian ambwti ceg y groth o gwbl – heblaw rhai o'm cromosomau ar y ffordd nôl mâs eto mewn naw mis, os o'n i'n lwcus. Ond fe gawsom y ddarlith 'run fath, rhag ofn. Yn wahanol i mi, fodd bynnag, ceg y groth oedd pen y daith i Thripen. Syllais yn syth i gnewyllyn ei ben canol a gofyn beth oedd y ffordd orau o osgoi cael eich bwrw mas fel ôl-lifeiriad faginaidd? Edrychodd yn blês. Roeddwn wedi gofyn cwestiwn oedd yn amlwg wrth ei fodd.

'Canfod sianel gul yn ffeibrau ochr y llysnafedd serfigol. Pwyso fy mhennau i un ochr, fy nghynffon i'r ochr arall. Dala 'mlaen a gobeithio'r gorau!'

Chwarddodd Triphen mor dawel â phosib, ond wrth wneud hynny syrthiodd ymlaen dros ei gynffon, gan daro'i bennau drwy fynedfa fy mhant. O fewn eiliad roedd Taircynffon yno hefyd, ac am wybod beth oedd achos y sŵn.

Sylwodd ar fap y stadiwm ar y llawr ac ar y llyfryn *Modiwl 2* wrth fy ochr.

'Wela i,' meddai'n smala, gan helpu Triphen i godi ei gynffon, 'Dosbarth adolygu, yn mynd 'mlaen tu ôl i'm cynffonnau. Wel, mae'n ddrwg 'da fi, gyfeillion. Os nag y'ch chi'n gwybod be sy'n eich hwynebu chi erbyn hyn, fyddwch chi byth yn gwybod.'

'Dwyt ti ddim yn ofnus o gwbl?' gofynnais.

'Na' meddai Taircynffon, yn pigo'r map i fyny, 'Dim o gwbl, os y'n ni'n mynd i ben ein siwrnai yn ôl y daith arferol. Y daith ymweld â phrofdiwb ar y ffordd fydde'n peri gofid i mi.'

'Paid â dechrau hynna eto,' meddai Triphen, yn adfer ei hunafeddiant, 'Ti'n gwybod rhoddodd H-189 ei air i ni taw si aflednais, hollol ddi-sail oedd hynna.'

'Ac rwyt ti'n ymddiried yn y belen chwyddedig 'na?' gofynnodd Taircynffon, gan ysgwyd ei ben yn syn.

'Wel, ma' fe o'r ymennydd,' dywedais, fel se hynny'n ei osod ef uwchlaw unrhyw gerydd.

'Yn gwmws' meddai Taircynffon â goslef amheus.

'Paid cymryd sylw ohono, SAThAAG,' meddai Triphen yn swrth.

'Ond heblaw'r posibilrwydd o gymryd rhan mewn Hadddafliad di-stadiwm, ti ddim yn poeni o gwbl?' gofynnais, gyda goslef anghrediniol.

'Had-dafliad di-stadiwm!' meddai Triphen, yn ffrwydro'n floedd sgrechlyd o chwerthin, nes bron iddo gwympo unwaith eto, 'Sa' i 'di clywed neb yn galw fe'n hyn'na o'r blaen!'

'Nage wanc o'n i'n meddwl,' dywedais, gan symud fy acrosom nôl ac ymlaen yn ffug-geryddgar.

'Dyw marwolaeth rwber ddim yn neis, 'sbo' meddai Taircynffon yn synfyfyriol, 'Mae sgrechen y sberm sy'n llosgi o effeithiadau'r sbermladdwr yn annioddefol, mae'n debyg.'

Fel arfer llwyddodd y pwnc tabw marwolaeth drwy

gondom i ladd unrhyw sgwrs. Roeddem i gyd yn rhyw syllu'n ddigyfeiriad rywsut, ond synhwyrais bod y ddau Rwystr-Gadfridog yn meddwl yr un peth â mi. Onid oedd y condom rwber yn rhyw ddyfais fytholegol? Nid oedd y fath beth yn bodoli; roedd tu hwnt i unrhyw resymeg. Mae'n rhaid bod y myth wedi tyfu dros y blynyddoedd fel dyfais i annog gochelgarwch. Er mwyn popeth, does bosib bod unrhyw ddyn mor ddwl â mynd i'r drafferth o roi cala â chodiad arni i mewn i fenyw ffrwythlon, cynhyrchu tri chan miliwn o sberm iachus ac wedyn eu had-daflu nhw i mewn i rwystr rwber? Doedd e jest ddim yn neud synnwyr . . .

Llwyddais i atal dylyfiad gên bryderus a ffliciodd Triphen ei hun i fyny oddi ar ei gynffon, gan ddymuno nos da i mi drwy chwifio'i bennau. Piciodd Taircynffon nôl mewn i'w bant gan adael i mi bendroni am ei senarïo sadistaidd latecs. Er gwaethaf y pwyso a mesur diflas yma, ceisiais fy ngorau i gysgu, gan hoelio fy sylw ar yr Wy hudolus a addurnai feinwe gyswllt erchwyn fy ngwely.

Efallai am ei bod hi mor hwyr, neu efallai am fy mod i wedi blino, wn i ddim, ond pasiodd yr ychydig oriau niwlog nesaf i'r tir ansicr hwnnw pan y'ch chi ddim yn effro, ond ddim cweit yn cysgu chwaith. Clywais sŵn rhywbeth yn chwythu o amgylch fy mhant. Gan ryw led-ganolbwyntio ar fy nghnewyllyn, mi welais rywbeth gwyn yn hedfan yn araf tuag ataf ar draws y siambr. Yn sydyn, heb ddihuno'n iawn sythais mewn ofn wrth i ddalen wen daro blaen fy acrosom. Ffliciais fy nghynffon i fyny a gadael i'r tresmaswr llachar orwedd ar fy narn-canol. Wrth imi sylwi ar y logo trawiadol o ddau Rwystr-Sberm heb bennau yn ffurfio X ddemocrataidd, sylweddolais ar unwaith mai pamffled wleidyddol ydoedd.

Mewn llythrennau bras du datganodd 'WY-DDALWYR – CACHWYR ELITAIDD!' Yna, oddi tano, mewn ysgrifen flêr, galwyd am refferendwm i sefydlu Bil Hawliau Had. 'Pam dioddef llywodraeth ganolog yr Ymennydd? Gadewch i geilliau cael grym! Democratiaeth yw'r ffordd ymlaen i'r hil hadol! Esblygiad drwy chwyldro!'

Roedd yr awch polemig heb os yn creu argraff. Nid oedd awdur y darn yn meddwl rhyw lawer o sberm breintiedig fel fi, roedd hynny'n amlwg – roedd yr ystadegau yn argyhoeddi; ugain y cant o holl sberm ddim yn ddigon iach i adael y ceilliau ac yn trengi mewn marwolaeth pwrslyd, unig a brawychus. Ardaloedd anghenus (enwyd Esgair Capwt) i bob pwrpas yn hollol amddifad, heb unrhyw obaith ar y gweill i genedlaethau newydd o sberm. Dim ond un y cant, Wy-ddalwyr fel fi, oedd â'r gallu i ffrwythloni Wy. Roedd y peth yn hurt, meddid. Gyda dyfodiad technoleg genynnau newydd, ni allai Wy-ddalwyr guddio tu ôl i'w breintiau etifeddol mwyach. Roedd yn bosibl, gyda'r cyfleoedd genynnol cywir, i unrhyw sbermyn i ddatblygu'n Wy-ddaliwr pe dymunent hynny – dim ond newid agwedd oedd angen ar ran y llywodraeth ganolog. Doedd dim esgusodion yn yr oes sydd ohoni. Roedd yn rhaid i'r Ymennydd wrando ar ewyllys gwleidyddol y sbermlu – y naw deg naw y cant a orfodwyd i gaethwasiaeth gan yr Wy-ddalwyr ffiaidd!

Wrth ymyl y gornel waelod chwith roedd logo arall, un coch 1/99. Roedd hwnnw'n cyfeirio at gwmni theatr gwleidyddol a hannai o'r Pibenni Had-ddygol Ganolig. Dangosai'r hysbyseb bod sioe rad ac am ddim i'w llwyfannu bob nos mewn clwb o'r enw *Hadgarwch*, ychydig filimedrau i'r chwith o Dwnnel Tarthog.

O gofio bod fy nghnewyllyn yn chwil-droelli â'r wybodaeth yma ac fy mod i'n teimlo dan fygythiad mewn ryw ffordd annelwig, synnais fy hun wrth syrthio mewn i drwmgwsg arall.

Mae'n rhaid bod y bamffled wedi fy effeithio, fodd bynnag. Am y tro cyntaf ers sawl noson ro'n i'n ymwybodol o'r gerdd a oedd yn peri mi 'whysu'n oer lysnafeddol. *'Ni wnaethpwyd neuadd mor orchynnan, mor fawr, mor orfawr i gyflafan: Dyrllyddud meddud, Morien tân!'*

Yn wahanol i'r bamffled roedd y geiriau yma fel pe baent wedi cerfio'n dragwyddol i'm DNA. Prin oedd rhaid meddwl o gwbl er mwyn eu dwyn i gof. Roeddynt yno bob tro, yn barod, bob amser yn cael eu hynganu'n berffaith mewn llais nodweddiadol, benywaidd. Yn nyfnderoedd fy isymwybod, wedi eu rhaglennu i grynswth fy hunaniaeth. Pob sill wedi ei garthu o ryw orffennol hynafol na wyddwn amdano.

Gan wthio fy nghynffon yn orffwyll yn fy nghwsg llafarganais farddoniaeth arwrol fel y dylid ei lafarganu – yn uchel, yn ogoneddus, yn anrhydeddus. Mae'n rhaid 'mod i wedi adrodd y gerdd yn ei chyfanrwydd oherwydd pan ddihunais, roedd hi'n hwyr iawn y bore. Symudais fy mhen yn dyner, gan addasu i'r golau gwahanol a sylwais nad oeddwn i'n medru symud fy narn-canol o gwbl. Teimlais bendro yn fy acrosom ac yna rhyw gyfog anghyfarwydd.

Roedd fy mhant wedi llenwi â drewdod unigryw marwolaeth.

Edrychais i lawr ar fy narn-canol anhyblyg. Roedd yna ddarn-canol arall yn gorwedd yn groes iddo. Roedd ganddo ddau dwmpyn trawiadol ar y ddwy ochr. Yna sylweddolais beth, neu'n hytrach pwy, oeddynt yn fy atgoffa. Edrychais ar lawr fy mhant a gwingo mewn ofn. Yno, wedi'i falu'n ddarnau ar y feinwe gyswllt, oedd pen pydredig digamsyniol GAGGAS, y stwcyn o Rwystrwr a ddiddanodd y Gymdeithas mor lwyddiannus dim ond ychydig nosweithiau'n ôl.

Wrth glywed sŵn main yn dod oddi yno mentrais edrych ar fynedfa fy mhant. Yn sefyll yno'n syth, yn anrhydeddus, yn ogoneddus, fel arwr-filwr o'r chweched ganrif, gydag halen hufennog gwenwynig yn diferu o bigyn ei acrosom, oedd ASThAThTh.

7

Plygodd y llawr o feinwe gyswllt dan bwysau'r deg mil a oedd wedi llwyddo i wasgu i mewn i'r neuadd ddarlithio. Yn Y-gariwyr bron yn ddieithriad, roeddynt wedi cyffroi â'r bradlofruddiad arfaethedig o weithredwr gwleidyddol a arestiwyd yn ystod y nos. Sodrwyd y sbermyn heini yr olwg o uchelfannau Pen Cawda â phen hir tenau i'r wal gefn gan ddau Laddwr milain yr olwg o'r Sgwadron Semenaidd. Roedd miloedd o sberm digyswllt, sberm nad oedd wedi canfod Cymdeithas yn ei watwar yn groch ac yn taflu darnau mân o sytoplasm darfodedig tuag ato. Trawodd rai y targed, ond ceisiodd y carcharor edrych yn ddi-hid. Dim ond y ffrwd o olew edefyn echelog a grynai drwy ei gynffon oedd yn ei fradychu. Roedd yn dychryn am ei einioes.

Roedd gweld cymaint o Y-gariwyr dilyffethair yn udo am ei ben wedi dod â chwlwm o dyndra i'm sentriol uchaf. Beth bynnag oedd ei farn wleidyddol, nid oedd yn haeddu hyn. A phru'n bynnag, onid oedd H-189 wedi ein hannog i ofyn cwestiynau yn ystod ein harhosiad yn yr Argaill? Onid gofyn cwestiynau oedd sylfaen unrhyw wleidyddiaeth?

Cododd H-189 oedd yn ddwys iawn yr olwg ei hun i fyny i'w bodiwm arferol o fraster melyn. Ymestynnodd flaen ei ben fel pen ungorn, i ddynodi tawelwch. Roedd y distawrwydd disymwth a ddilynodd yn arwydd clir o'r cywair disgwylgar, llawn tyndra, a lenwai'r neuadd.

'Gyfeillion, Cymdeithas-Gadfridogion, ein hannwyl Wyddaliwr' dechreuodd H-189. Teimlais fy hun yn gwrido wrth i ran fwyaf o'm Cymdeithas edrych lan arna'i, eu gobaith mawr, eu hysbrydoliaeth.

Eu cachwr elitaidd.

'Wy'n falch iawn i gyhoeddi ein bod ni wedi dal arweinydd gwrthryfel pathetig. Ei enw, gyfeillion, yn addas dros ben, yw GAGAAA!'

Chwarddodd deng mil o sberm mewn undod llabystaidd.

Sylwais ar ASThAThTh yn gwylio fy wyneb digyffro a cheisiais wenu, ond gwyddwn ei bod hi'n edrych fel gwen gam wrth i'r bilen a amgylchynai fy mhen wrthod ildio i'm rhagrith. Ymhlith y dorf mi sylwais ar globyn o sbermyn yn syllu arnaf. Roedd ganddo ben anghyffredin o fach, a chilwen annifyr ar ei gnewyllyn a halodd ias oer i redeg lawr fy nghynffon. Ni wyddwn ar y pryd, ond hwn oedd y sbermyn a fyddai'n chwarae rhan flaenllaw yn ystod fy nhaith. Wrth edrych yn ôl, cofiaf rhyw deimlad o godi cyfog yn ei bresenoldeb hyd yn oed bryd hynny. Tra oedd pob sbermyn disgyswllt arall yn edrych yn awchus ar y carcharor, roedd hwn yn hoelio'i sylw arna' i.

Wrth gwrs, erbyn meddwl, roedd e'n gwneud hynny am mai Wy-ddaliwr oeddwn i. Er gwaethaf maint bychan ei ben, roedd y sbermyn rhyfedd yma'n Wy-ddaliwr hefyd. Yn allweddol, yn Wy-ddaliwr heb Gymdeithas.

Parhaodd H-189, gan dasgu pwdeli o ddŵr dros y rhesi blaen wrth iddo ganfod rhyw rythm rethregol.

'Mae'r radical honedig yma a welwch o'ch blaenau, gyfeillion, yn meiddio cwestiynu Y Drefn. Yn meiddio amau dilysrwydd neb llai na'r Chwarren Bitŵidol ei hun!'

Wedi i'r chwerthin dilornus ddechrau tawelu, atseiniodd gwestiwn trwy'r dorf mor glir â rhybudd adrenalin.

'Ond rown i'n meddwl ein bod ni i fod i ofyn cwestiynau?'

Edrychais o amgylch y neuadd, gan geisio gweld pwy oedd wedi gofyn y cwestiwn. Er mawr arswyd i mi, sylwais fod pawb yn syllu arna' i, a deallais mae'n rhaid taw fi oedd wedi gwneud.

Wedi ei daflu oddi ar ei echel braidd, llwyddodd H-189 i adfer ei hunanfeddiant yn gyflym, gan gynhyrchu un arall o'i chwerthiniadau bras, nodweddiadol eironig.

'Da iawn, SAThAAG. Ond y pwynt yw mae'n rhaid taw'r cwestiynau *iawn* y'n nhw!'

Trawodd miloedd eu cynffonnau'n fodlon ar y llawr i

ategu yr hyn ddywedodd H-189. Safodd rhai eraill ar eu pennau, gan chwifio'u cynffonnau fel arwydd o'u cefnogaeth. Clywyd bloeddiadau o 'ie', 'wrth gwrs', a 'lladdwch yr anghydffurfiwr' yn dod o sawl cyfeiriad i gyfeiliant amneidio gorffwyll. Yn amlwg wedi llwyr adfer y sefyllfa, sugnodd H-189 ychydig olew o'r podiwm oddi tano cyn edrych yn hael arnaf.

'Wy'n meddwl bod e'n wych bod ein Wy-ddaliwr yn medru rhoi cystal esiampl o'i eironi' meddai, gan syllu i fyw fy nghnewyllyn.

Treiddiodd rhyw biffian chwerthin atgas o'r blaen i gefn y neuadd mewn cawod o gytundeb. Trwy gornel fy acrosom sylwais fod y sbermyn pen-bach yn dal i graffu arnaf. Yna gwelais fod GAGAAA yntau hefyd yn edrych ar y sbermyn pen-bach. Trodd yr olaf ei ben tuag at y carcharor gan fflicio'i acrosom fel pe bai'n rhoi gorchymyn.

'Y'ch chi'n gwadu fod terfysgoedd wedi digwydd yn Esgair Capwt neithiwr?' gwaeddod GAGAAA yn sydyn.

Nofiodd ASThAThTh yn gynddeiriog tuag ato ar gyflymdra neges nerf gan daro'i ben i mewn i ran mwyaf bregus GAGAAA, sef ochr ei ben. Medrem weld o'r ffordd y syrthiodd ei ben yn swp fod cnewyllyn GAGAAA wedi ei niweidio'n barhaol. Clywyd bloedd o gymeradwyaeth a chynffonnau'n fflapio drwy'r holl neuadd ddarlithio. Gwyddwn, os o'n i'n bwriadu goresgyn o gwbl y byddai'n rhaid i mi ymladd y llif o ddicter oedd yn llenwi fy ngwddwg. Llwyddais i drechu'r goranadlu oedd yn bygwth fy llethu diolch i'r drefn.

'I ateb cwestiwn y gwrthryfelwr' meddai H-189, 'roedd yna ryw fân-aflonyddwch yn Esgair Capwt. Yn ystod y nos ac yn gynnar bore 'ma lladdwyd cyfanswm o saith sberm dan orchmynion uniongyrchol y Lladdwr-Gadfridog ASThAThTh am droseddau gwangalonni. Wnaeth un pamffledwr gwallgof a lwyddodd i ymdreiddio i'n Cymdeithas Had-dafliad fentro mor bell â lloches ein hannwyl Wy-ddaliwr hyd yn oed.'

Wrth glywed hyn rhoddodd y dorf ebychiad o anghymeradwyaeth unffurf a wnâi i'r deng mil o sberm oedd y tu blaen i mi swnio fel un creadur; pob adwaith yn adwaith *en masse*. Roedd ymddygiad affwysol o ddisgwyliadwy y sberm di-Gymdeithas yn enwedig yn fy nigalonni. Pwysodd H-189 ymlaen yn fwriadol a phwrpasol, gan fwynhau pob eiliad felys, simsan, o'i *coup de grace*.

'Pan ganfuwyd yr ynfytyn cafodd ei ddienyddio'n syth gan Cadfridog ASThAThTh ei hun!'

Llenwyd y neuadd â bonllefau croch yn canu clodydd ASThAThTh. Mae'n rhaid bod yna sawl mil yn llafarganu ei enw 'ASThAThTh, ASThAThTh' gan bwyntio'u cynffonnau i'w gyfeiriad. Nid oedd gwahaniaeth yn y byd nad oedd e'n Lladdwr-Gadfridog ar y mwyafrif helaeth ohonynt. Gorfoleddent mewn angau. A'r rhai hynny oedd yn gyfrifol am angau. Gwridodd cnewyllyn ASThAThTh i'w arlliw cyfarwydd o lwyd. Ond rywsut nid oedd yn ddeniadol mwyach.

Neidiodd H-189 oddi ar y podiwm melyn a rhowlio draw at y carcharor. Gan nad oedd Taircynffon yn awyddus iddo ddwyn ei driciau fel petai, dilynodd ef â chwlwm Houdiniaidd o amgylch ei ddarn-canol. Yna'n sydyn, rhyddhaodd ei gynffonnau i gyd ar unwaith ac edrychai fel octopws yn hedfan. Roedd y dorf wrth eu boddau, yn hwtian eu hasbri. Cilwenodd y sbermyn â'r pen bach yn gyfrwys arnaf unwaith eto.

Ymestynnodd H-189 blaen ei ben unwaith yn rhagor. Wrth i dawelwch cyffrous lenwi'r neuadd aeth i fyny at acrosom GAGAAA a dweud yn ei lais gryg 'Ody hynna'n ddigon o eglurhad i ti, GAGAAA? Yr hen hurtyn hanner call dwlal gaga o dwp a dwl â thi, GAGAAA!'

Trodd H-189 i gyfarch y dorf, gan godi ei ysgwyddau'n wawdlyd.

'Dyw e ddim fel se fe'n clywed fi!' meddai, yn gwenu.

Yna, mor glou â had-dafliad, newidiodd ei osgo'n gyfangwbl a dywedodd yn ysmala-faleisus wrth ASThAThTh: 'Cwblhewch y gwaith da, Cadfridog.'

Doedd ASThAThTh ddim angen ail gyfle. Twriodd ei ben i mewn i'r hyn oedd yn weddill o un GAGAAA, gan saethu'r halen angheuol o'i acrosom yn syth i gnewyllyn GAGAAA. Crebachodd ei gorff tenau, heini, gan grynu'n don, cyn darfod yn drwsgl wrth daro'r llawr. Roedd rhai o'r sberm tua'r cefn wedi dechrau ymladd ymhlith ei gilydd yn eu trachwant i weld y trengi.

Nodiodd ASThAThTh ar y ddau Laddwr oedd wedi bod yn dal GAGAAA a'i godi i fyny o'r llawr. Trawodd un ohonynt ei gynffon yn ffyrnig yn erbyn sentriol uchaf GAGAAA, gan fwrw ei ben i ffwrdd. Driliodd y llall ei acrosom i mewn i'r ddau sentriol isaf gan ryddhau'r gynffon yn hawdd. Pigodd ASThAThTh y darn-canol rhydd i fyny'n ddeheuig â'i gynffon. I gyfeiliant cyfarthiadau enbyd o gymeradwyaeth taflwyd y darn i ganol y dorf, yna taflodd un o'r Lladdwyr gynffon GAGAAA atynt yn ogystal.

Wedi hynny rholiodd H-189 ben pydredig GAGAAA i mewn i'r rhes flaen. Gwyliais yr anwaredd oddi tanaf ag atgasedd; ymladdai miloedd â'u gilydd am y cyfle i chwilota'n rheibus drwy ben GAGAAA. Wrth weld hyn, pwysodd H-189 ymlaen gan arllwys cawod o ddŵr dros y cnewyllyn oedd wedi chwalu. Golchwyd yr olion olaf o'r haint hallt ymaith, gan ryddhau'r cynnwys fel pryd y dydd i'r haid o Y-gariwyr ysglyfaethus oedd newydd gyrraedd eu nod. Roedd rhai wrthi'n llowcio proteinau o'i acrosom yfflon yn barod, gan lafoerio'n drachwantus yn y wefr o fwyta 'gelyn'. Rhwygwyd edeifion o gromosomau fel mwclis o'i gnewyllyn chwilfriw yn hollol ddi-hid. Ceisiodd rhai o'r Y-garwyr mwyaf haerllug eu gwisgo fel mwclis o amgylch eu darnau canol. Roedd corff GAGAAA wedi troi mewn i wledd farus. Yn synhwyro rhyw ffieidd-dod o'm rhan i, galwodd H-189 trwy'r dorf: 'Rhowch deirbloedd i

SAThAAG, Hip hip!'

'Hwrê' bloeddiasant yn benderfynol. Yn dilyn anogaeth gan Triphen ar ôl y bumed floedd mi lwyddais i ysgwyd fy nghynffon. Am ennyd neu ddwy arswydus ro'n i'n ofni eu bod nhw am fy nghario yn yr awyr. Nid y math yna o arwr oeddwn i – os yn arwr o gwbl.

Hebryngodd H-189 fi yn ôl i'm pant yn bersonol, gan fynnu na ddylid tarfu arnom oni bai fod yna argyfwng. Ymestynnais ar hyd y llawr a llenwodd H-189 y fynedfa gylchog. Syllom mewn tawelwch ar ddim byd penodol am rai munudau. Os oedd e'n aros i mi ei longyfarch ar ddofi rhyw fath o fân-chwyldro yna byddai'n cael ei siomi'n ddirfawr. Yn y man, fe darfodd H-189 ar y tawelwch.

'Does dim byd tebyg i ddienyddiad cyhoeddus i uno'r criw,' meddai, gan arllwys ychydig o ddŵr mas o wagolyn ar ei ochr tra'n crechwenu. 'Roedd yr holl beth wedi'i drefnu ymlaen llaw, wrth gwrs. Gwirfoddolodd y Brawd GAGAAA, y Brawd GAGGAS a'r chwech arall a laddwyd i gyd wirfoddoli ar gyfer gwrthryfel ffug.'

Synhwyrais ei fod yn syllu i'm cnewyllyn, yn ceisio gweld a oedd ei eiriau'n cael unrhyw effaith arnaf. Ceisiais fy ngorau i beidio â dangos dim, ond roedd hi'n amlwg braidd nad o'n i'n credu gair o'r hyn roedd ef newydd ddweud. Roedd Taircynffon yn iawn. Doedd dim modd ymddiried mwyach yn y belen yma o'm blaen. Mae'n debyg ei fod e'n cuddio rhywbeth nad oedd am ei ddatgelu oddi wrth yr Ymennydd. Ac roedd fel pe bai wedi newid yn ddiweddar hefyd – wedi mynd yn llawer mwy creulon.

'Wedi'r cwbl,' ychwanegodd, gan arllwys mwy o ddŵr slwtslyd i'm pant wrth siarad, 'roedden nhw i gyd yn mynd i farw o fewn y diwrnodau nesaf yma, pu'n bynnag. Ystyria'r peth – oni fydde'n well gan unrhyw sbermyn nad oedd yn Wy-ddaliwr i gael y sicrwydd o farwolaeth anrhydeddus er lles yr ymgyrch, yn hytrach na wynebu'r dyfodol ansicr oedd o'u blaen?'

'Nid 'mod i'n deall y meddylfryd yna, wrth gwrs,' ychwanegodd yn gyflym, 'Ond dyna ni, mae'r werin i gyd yn wallgo', nagy'n nhw? Maen nhw fel 'se nhw'n credu fod 'na rhyw glod anhygoel i'w gael o farw'n anrhydeddus. Efallai taw rhywbeth diweddar yw e, ti'n gwybod . . . rhywbeth Cristnogol, dioddef ar y groes ac yn y blaen. Ry'n ni'n dou'n gwybod gwell, ondy'n ni 'rhen *signore?*'

Doedd o erioed wedi 'ngalw i'n 'signore' o'r blaen. Roedd ei lais hefyd yn rhyfedd, fel parodi gwael o Eidalwr mewn cartŵn. Wrth ystyried y peth, ymddangosai fel hormon hollol wahanol yn ystod yr oriau diwethaf yma.

'Fydde Triphen a Thaircynffon ddim yn gadael i un o'u Rhwystrwyr gorau gael ei aberthu'n ddiangen fel'na,' dywedais o'r diwedd, gan fflicio gwaelod fy nghynffon yn ddig.

'Doedden nhw ddim yn gwybod unrhyw beth amdano fe, *signore*. Ddim yn un ohonom ni, mmm?' 'P'un bynnag,' parhaodd, 'beth wyt ti'n golygu "yn ddiangen"? Dwyt ti ddim yn talu sylw SAThAAG, dyna dy drafferth di. Wnaeth un o'm rhagflaenwyr ddim dweud taw'r hyn sy'n gwthio esblygiad yn ei flaen yw'r gwrthdaro hanfodol rhwng anarchiaeth a threfn? *Mama mia* rwyt ti newydd weld esiampl *bueno* o anarchiaeth bosibl yn creu trefn gryfach. Fedra' i ddim ei roi'n gliriach i ti, signore.'

'Rhoswch funud,' dywedais, yn eistedd i fyny gan orffwyso gwaelod fy mhen ar fy narn-canol, 'Beth y'ch chi'n meddwl "un o'ch rhagflaenwyr"?'

Chwarddodd H-189 gymaint nes oedd yn rhaid iddo grebachu'n sydyn rhag ofn iddo ddisgyn, a chwydu defnynnau bach o amino-asidau ar hyd leinin fy mhant wrth wneud. Roedd y chwerthiniad yma, a oedd unwaith mor heintus o dwymgalon, nawr yn hala fy mitocondria i fod ar bigau'r drain. Yn sydyn trodd rownd mewn hanner cylch a gwthio'i ben ôl i'm hwyneb. Yno, wedi'i argraffu mewn inc glas trawiadol, oedd ei gyfeirnod hormonaidd: H-304. Trodd o'i amgylch i'm hwynebu unwaith eto, wrth ei fodd â'm golwg ddryslyd.

'Mae diniweidrwydd y sbermyn cyffredin yn fy rhyfeddu,' meddai mewn acen dros-ben-llestri o Eidaliadd, gan rwbio blaen ei ben yn erbyn to mynedfa'r pant.

'Chi'n dweud wrtha' i fod 'na gant un deg chwech o wahanol hormonau yn rheoli ein hymyrch?' gofynnais yn syn.

Crebachodd H-304 amnaid. 'Ry'n ni i gyd 'run ffunud, wrth gwrs. Ond fe allwn ni altro. Ma' anghydbwysedd hormonaidd yn dod i ni gyd, weithiau; adborth negyddol; hala ni'n ddwl bared. 'Ni ond yn gallu para ychydig o oriau cyn i'n cefnder pell, Inhibin – yr un yn y gôt wen, ddod i'n symud ni ymaith.'

Yn sydyn newidiodd tôn ei lais, a disodlwyd ei grygni arferol gydag ynganiad croyw, taer.

'Gwranda, fe ddo' i at graidd yr hyn sydd gen i i'w ddweud, oherwydd fydd raid i mi ganu'n iach mewn ychydig o funudau, *signore*.'

Roedd e'n dadhydradu'n ofnadwy ac yn siarad ag acen Eidaliaidd mor rhonc nes i mi sylweddoli naill ai fod y pwysau oedd ar H-304 i gynnal ei ddyletswyddau wedi gwneud iddo gracio dan y straen neu ei fod yn hynod o graff. Pan ddaeth o hyd i bibell a baco yn ei wagolyn ochr a dechrau ysmygu, penderfynais mai'r ddamcaniaeth flaenorol oedd biau hi. Eisteddais i fyny, gan ddangos 'mod i'n rhoi fy holl sylw iddo.

'Rydw i braidd yn bryderus dy fod wedi llyncu'r holl rwtsh 'ma wnaethon ni ddyfeisio ar gyfer y bamffled gwelaist ti,' meddai H-304, gan grafu top ei ben yn erbyn mân-flewiach y silia ar do'r pant yn nerfus.

Gallwn weld fod y diawl yn dweud celwydd. Nid gwrthryfel ffug mohono. Roedd GAGAAA yn ferthyr dilys gogyfer ag ad-drefnu geilliol – yn arwr yn ei ffordd ei hun, a oedd am agor y pwrs i'w lawn botensial a'i wneud yn bwrs cyhoeddus, fel petai. Er gwaetha'r ffaith bod mwg ei faco yn ddiflas gosi fy sentriol uchaf, ceisiais gadw'n ddigynnwrf ac ymresymu â'r hormon y tu blaen i mi.

'Wel, mae'n bwynt digon teg, nagyw e? Yn ddelfrydol, mi ddylai cymdeithas gynnwys pawb – mae'n ffordd decach na'r drefn sy'n bodoli yn y gaill chwith ar hyn o bryd.'

'Does ganddo ddim i wneud â thegwch neu annhegwch, 'rhen goes. Dyna fel y mae hi; digwyddaist ti gael dy eni'n Wy-ddaliwr, braidd yn dwp efallai, ond un heini, iachus. Gwyddai trwch trigolion Esgair Capwt nad oedd ganddynt unrhyw obaith o gymryd rhan mewn Ras Wy o'r dydd y ganwyd hwy. Dethol naturiol. Parhad y trechaf, y mwyaf heini. Rwyf i'n heini dros ben, *primo macho*. Pawb drosto'i hun. Galwa di fe be fynni di. Y pwynt yw mae dynoliaeth yn ei hanfod yn hunanol, 'rhen gyfaill.'

'Wy' ddim yn credu hynna!' gwaeddais heb feddwl bron, yn synnu fy hun 'mod i'n cymryd yr ynfytyn dreflog yma gymaint o ddifri', 'Alla' i ddim credu hynna. Wy' wedi gweld gormod o arwiredd, gormod o garedigrwydd i allu credu hynna. Mae sberm yn sylfaenol hunan-aberthol, yn fodlon gwneud unrhyw beth er lles y gymuned gyfan. Allwch chi ddim gweld taw dyna'r ffordd wnaeth y ddynoliaeth esblygu, wedi selio ar frawdgarwch naturiol a chydweithrediad yn hytrach na gelyniaeth a chaethwasiaeth?'

'Dim ond rhywun o'r Ceilliau allai bregethu'r fath *bollocks*, *signore*!' meddai H-304, gan daflu cipolwg dros ei ysgwydd chwith cyn poeri talpyn o faco ar lawr y pant.

'Wy'n dy rybuddio di 'rhen goesissimo, os gymri di'r agwedd naïf yma i'r fas defferens gei di dy lyncu'n fyw yn llythrennol. Mi fyddi di, fel 'dach chi'r Cymry'n dweud – yn fwyd a diod iddyn nhw, *signore*.'

Edrychais i lawr ar fy nghynffon yn ddigalon, wedi'm llenwi â rhyw golled brudd, anesboniadwy.

'Dyw e ddim lan i fi, wrth gwrs. Ond sut fedra' i ddweud hyn? Wedi bod yn clywed bach o falihw ynglŷn â dy nosweithiau di-gwsg. Llafarganu yn dy gwsg, mmm? Nid dyna'r ffordd, 'rhen goes. Nid dyna'r ffordd o gwbl. Gymri di ddiod, *si?*'

Yn sydyn estynnodd H-304 botel o wirodydd a dau wydr o'i wagolyn ochr. Pan welais ef yn arllwys y botel gyfan trwy dwll yn ei ganol meddyliais 'mod i'n dechrau gweld pethau neu'n cael rhyw fath o bwl pryder. Cadarnhaodd y mwstás trwchus a dyfodd ar unwaith uwchben y twll ei fod newydd yfed potel gyfan o destosteron pur.

'Beth bynnag rwyt ti 'di bod yn rwdlian yn dy gwsg, 'rhen goes' meddai H-304 mewn acen drom Siapaneaidd y tro hwn, gan fwytho'i fwstas newydd a dod reit i fyny at fy acrosom, 'anghofia fe, tafla fe mas o'r cawl sy'n ffrytian yn dy gawdel o feddwl felltigedig. Jest rhyw enynnau o fewn dy gnewyllyn sy'n chwarae triciau arnot ti, dyna chwbwl. Does dim mawredd mewn marw neu fethu. Eto.'

Wn i ddim o ble ddaeth y dewrder, ond am y tro cyntaf erioed wnes i wrthod ufuddhau gorchymyn hormon. 'Eto!' gwaeddodd H-304, gan daro'i ben mewn i fy un i. 'Rwy'n dy rybuddio di! Gei di dy ddwyn o flaen Llys Ymenyddol am wrthod ufuddhau!'

Eisteddais yno, heb symud, yn mwynhau fy ystyfnigrwydd wrth iddo ddechrau sgrechen yn uchel mewn rhyw oslef Siapaneaidd annealladwy. Roeddwn bron â thorri 'narn canol eisiau chwerthin, gan ei bod hi'n hollol amlwg erbyn hyn fod H-304 yn gyfangwbl wallgo'. Ysgwydai'n ffyrnig o ganlyniad i yfed cymaint o destosteron cryf. Yn sydyn, aeth yn fwyfwy gorffwyll, gan chwydu peth wmbredd o ddŵr yn syth drwy fy nghellbilen. O weld yr olwg wyllt ar ei wyneb sylweddolais ei fod e'n ceisio chwyddo fy sytoplasm i'r fath raddau nes fy mod i'n ffrwydro.

Yna'n sydyn, newidiodd ei ymarweddiad unwaith eto, gan roi gwên gyfarwydd, fel pe bai'n ymddiheuro am ei orffwylledd. Heblaw am y mwstás, edrychai'n debycach i H-

189, fy hen gyfaill o athro a chynghorwr. Roeddwn i ar fin ymlacio eto pan wthiodd ei hun ar fy mhen gan ysgwyd â chynddaredd a sibrwd yn lloerig: *'C'e poco tempo, Signore Iwan!* Yffarn dân! Alli di ddim gweld taw ffrwyth dy *malo imaginato* ydw i?!'

Diolch i'r drefn, fe gyrhaeddodd ASThAThTh mewn pryd i dynnu'r belen wallgo' oddi arnaf. Llwyddodd i wthio H-304 mas drwy'r fynedfa â'i ben, gan ysgwyd ei gynffon gyhyrog yn drawiadol o flaen fy nghnewyllyn. Erbyn hyn, roeddwn i'n ebychu am ocsigen ac yn gollwng cymaint o ddŵr ag y medrwn mas o'm sytoplasm. Yn y pellter clywsom rybudd adrenalin yn cychwyn yn bell i fyny rhannau uchaf y fas. Heb hyd yn oed droi i ffarwelio â ni, llithrodd H-304 i lawr hyd y cawda argaill, gan rolio'n blith draphlith mor glou ag y gallai oddi wrth ei gefnder hormonaidd a oedd newydd gyrraedd, cylch wedi ei orchuddio ag emylsiwn gwyn, yn cario darn o bapur crychlyd.

Cyrhaeddodd prif swyddogion fy Nghymdeithas wrth lwmen y cawda, gan aros yn bryderus amdanaf.

'Dyma ni 'te,' dywedais wrth ASThAThTh, mor hyderus ag y medrwn. 'Ie' meddai ASThAThTh. 'Os ewn ni'r holl ffordd, paid gadael i'r semen dy daflu di oddi ar dy echel. Mi fydd e braidd yn ludiog i ddechrau ac ychydig yn alcalinaidd, ond fydd e'n iawn unwaith ddoi di'n gyfarwydd ag ef.'

'Yffach,' ebychais, 'Had-hyrddiad i'r fas yw hwn, nagefe? Ni ddim yn rhan o Had-dafliad, does bosib?'

'Paid becso. Ti'n iawn. Mwy na thebyg jest Had-hyrddiad i'r fas yw e, er mwyn cael ymuno â'r ciw. Ond ma' 'na wastad y posiblrwydd, os caiff Iwan Morgan gynhyrfiad orgasmig eithriadol o dda gallen ni . . . '

Gyda'm darn-canol yn dyrnu fel drwm, cysylltais fy nghynffon ynghyd â Thaircynffon gorau medrwn i. Glynodd ASThAThTh wrth fy nghnewyllyn gwerthfawr a'i amddiffyn fel pe bai ei fodolaeth gyfan yn dibynnu arno. Roedd gan Triphen jest digon o amser i ymuno â ni cyn i'r afon adrenalin ein taflu ni i'r chwyrligwgan o biben droellog a fyddai'n gartref newydd inni.

Wrth i mi gael fy ngharío i ffwrdd o'r cawda argaill ar don ar ôl ton o gyd-sberm cynhyrfus, gan lynu wrth fy Nghymdeithas y gorau gallwn i, sibrydais i'm hunan drosodd a throsodd drachefn: 'Does dim mawredd mewn marw neu fethu, does dim mawredd mewn marw neu fethu.'

Dan yr amgylchiadau, mi fyddai'n ddwl i mi feddwl yn wahanol.

8

Ni allai unrhyw beth fod wedi fy mharatoi ar gyfer anhrefn llwyr y fas defferens. Dim ond ar ôl i mi ddechrau cynefino â'r tymheredd oedd fymryn uwch y sylweddolais 'mod i wedi fy ngwahanu oddi wrth fy Nghymdeithas Had-dafliad. Am y tro cyntaf erioed teimlwn yn hollol unig. Wrth reswm, roedd hyn yn wirion am fod cynifer o sberm yn cadw cwmni i mi fel na fedrwn i symud. Roedd rhai yn wyneb i waered â'u cynffonnau crynedig yn pwyntio i fyny fel seirff syn ac eraill ond yn medru gwasgu mewn trwy ddynnu eu cynffonnau nôl i'w darnau canol. Edrychent fel sbringiau cylchog yn paratoi i sboncio'n bendramwnwgl dros y môr o sberm o'u cwmpas. Gallem glywed cannoedd yn colbio'i gilydd yng nghefn y ciw wrth i'r sberm ieuengaf ymrafael am well safle yn y gymanfa sbwnc oddi tanaf. Wrth i mi wrando arnynt yn diawlio'i gilydd teimlais bwniad siarp yn fy sentriol isaf chwith. Ni fedrwn weld beth oedd yn ei achosi am rai eiliadau. Yna, wrth imi deimlo pwniad arall, caletach, sylweddolais 'mod i'n cael fy nghodi gan rywbeth neu rywun. Am ennyd wnes i obeithio taw Taircynffon neu ASThAThTh oedd yno. Ond wrth i'm pen gamu'n ddwbwl tra'n gwthio yn erbyn wal ucha'r fas adnabyddais dendronau cedyrn nerfgell yn cau'n dynn o amgylch fy narn-canol.

'Enw?' gofynnodd y nerfgell mewn llais anhygoel o ferchetaidd.

'SAThAAG' dywedais.

'Adnabyddiaeth?'

'Beth y'ch chi'n meddwl?'

'Fydd e ar dy docyn, blodyn.'

'Tocyn?'

'Yn cadarnhau dy safle sboncio.'

Dechreuodd y gronynnau Nissi o gwmpas ei gnewyllyn sgrialu'n wyllt o amgylch ei gellgorff. Roedd e'n amlwg yn dechrau colli'i limpyn.

'Ti'n dod lan fan hyn, heb docyn? Alli di'm gweld pa mor llawn yw hi? Pa rifau Hormon ge's di?'

'Ym . . . 189 i 304, wy'n meddwl.'

Pasiodd y nerfgell ychydig negeseuon ar hyd ei acsonau, gan edrych arnaf fel pe bawn i'n ynfytyn.

'Os oedd rhywun ar fai, yna mae'n siŵr taw H-304 oedd hwnnw' ychwanegais yn lletchwith, 'Be wy'n treial gweud yw na ddylai H-189 gael ei feio o gwbl, os o'n i fod i gael tocyn . . . '

Yna sylweddolais gan fod y cant un deg chwech o hormonau o'r ymennydd oedd wedi cyfrannu at fy ymgyrch yn gwmws yr un fath o ran strwythur fy mod i'n siarad rwtsh.

'Neu 190, 191, 192, 193, 194 . . . chi'n gwybod, ym, be wy'n treial gweud yw taw'r un olaf, H-304, oedd y drwg yn y caws. O leia', 'na'r argraff ge's i . . . '

Edrychodd y nerfgell arnaf yn hollol ddigyffro cyn cyflawni dylyfiad gên fwriadol rodresgar, er mawr ddigrifwch i'r sberm oedd naill ochr i mi.

'Paid treial rhoi'r bai ar yr hormonau, cariad. Jest neud eu gwaith o'n nhw. Does dim hanner digon o staff 'da nhw, 'run peth â'r gweddill ohonom ni.'

'O'n i'm yn rhoi'r bai ar neb. O'n i jest yn treial egluro pam nad oes gen i docyn. O'n i ddim yn deall bod rhaid cael un.'

'Wyt ti'n cofio amser dy nofiad lap ymarfer?'

'Deuddeg pwynt pedwar eiliad,' atebais.

Edrychodd y sberm oedd y naill ochr i mi yn anghrediniol wrth i'r nerfgell wichian yn watwarus.

'Glywoch chi 'na, blods?' meddai, yn gwenu, 'Ma' Pen Mawr fan hyn yn meddwl taw pysgodyn yw e!'

Dechreuodd miloedd o sberm chwerthin. Gallwn weld o'u cynffonnau sigledig bod hyd yn oed y rhai oedd wyneb i waered yn ymuno yn yr hwyl.

'Ma' fe wedi'i gofrestri gan Bwyllgor Penodi y Brif System Nerfol. Allwch chi gysylltu â nhw, os y'ch chi mo'yn!' atebais yn flin.

'Dyw hynny'n golygu dim byd, bach. Dyw'r Brif Swyddfa ddim yn gwybod pa ddiwrnod yw hi! 'Sdim syniad 'da nhw sut mae hi ar y gweithlu go iawn.'

'Ond allwch chi brofi'r peth, yn gallwch chi?' gofynnais yn nerfus.

'Iawn. Wna i 'ngorau, pwt. Ond falle gymrith hi sbel fach. Yn y cyfamser, fydd rhaid i ti aros ar y llain galed.'

Cyn i mi gael cyfle i ofyn beth oedd e'n golygu teimlais fy hun yn cael fy llusgo ar hyd ochr y fas cyn cael fy ngollwng i mewn i ddarn o feinwe hyblyg a hongiai oddi ar y to oedd yn sownd wrth res o silia cryfion. Wnes i ddim achwyn. Hyd y gwelwn i, dim ond un sbermyn arall oedd yn y gilfach aros dros-dro yma. Roedd hynny'n fendith ynddo'i hun. Pe bawn i wedi aros am lot hirach yn y sbermdagfa, bydden i'n sicr wedi cael pwl pryder.

Yn ddiarwybod bron mi wingais yn sydyn wrth i fflach o olau daro fy nghnewyllyn. Wrth grynu ac ysgwyd fy mhen, sylwais fod yna ryw fath o wn yn fy wynebu. Roedd y nerfgell yn ei ddal yn ofalus â blaenau ei dendritau ac yn syllu ar ddarlleniad a ymddangosodd yn raddol ar ei wain fyelin.

'Sytosin-Adenin-Thymin-Adenin-Adenin-Gwanin. Reit. Wel, mi wyt pwy ti'n dweud wyt ti, ta beth.'

'Wrth gwrs. Pam fyddwn i'n dweud celwydd am hynna?'

'Ddrwg gen i, blodyn. O'dd rhaid neud siŵr, t'wel. Os y'n i'n mynd i redeg prawf manylion arnot ti yn y Brif Swyddfa wy' mo'yn neud yn siŵr bod y ddou ohonom ni'n siarad am y 'run boi, on'dyfe.'

'Beth yw hwnna, ta pu'n i?' gofynnais, gan fflicio fy nghynffon i gyfeiriad y gwn, a oedd y dal i bwyntio tuag ataf.

'O, jest enw-ddatgelydd. Allith e ddarllen yr enw-arwydd sy' 'di amlygu'i hunan ar dy DNA mewn llai na phum eiliad. Fyddet ti'n synnu cymaint o sberm sy'n rhoi enwau ffug neu sydd wedi dwgyd tocyn rhywun arall er mwyn ceisio jwmpio'r ciw.'

Edrychais lawr ar hyd y fas mor bell ag y medrwn. Roedd y biben yn orlawn o sberm, oedd yn sownd i'w gilydd, ac yn methu symud.

'Ody hi wastad mor wael â hyn?'

'Nagyw, dim o gwbl' meddai'r nerfgell, gan ysgwyd ei gorffgell yn flin, 'I fod yn onest wy'n credu bod 'na rhywbeth mawr o'i le yn y Brif Swyddfa. Dy'n nhw jest ddim yn ateb y ffôn hyd y gwela' i.'

'Falle bod 'na nam ar y llinell?' cynigais, wrth imi synhwyro fod y nerfgell yn dechrau cynhyrfu.

'Nag oes' mynnodd, 'dim ond ddoe gaethon ni'r peiriannwyr mas i gael golwg ar niwrodrosglwyddyddion ein nobiau synaptig.'

Nodiais yn raslon, heb ddeall gair.

'Es i drwyddo cwpwl o oriau yn ôl a ti'n gwybod be wedodd y twpsyn yr ochr arall?'

Ysgydwais fy mhen ac edrych yn nerfus ar y gwn oedd yn dal i bwyntio tuag ataf.

'Beth ddiawl y'ch chi'n neud yn hala negeseuon o'r ceilliau ar adeg fel hyn? Ma' 'da chi nerf!' Ti'n gallu credu shwt beth?! O'n i'n teimlo fel gweud "Grwanda, gyfaill, nerf *ydw* i! Ac rwy'n gneud jobyn anodd ar faes y gad, lle ma' fe'n golygu rhywbeth. Nage'n cwato tu ôl i ryw ddesg ymenyddol yn pendroni am ystyr bywyd!" '

Gwthiodd y nerfgell y gwn yn ôl ac ymlaen er mwyn pwysleisio'r dicter oedd y tu ôl i'w eiriau. Roeddwn i'n dechrau pryderu.

'Allech chi bwyntio'r peth 'na at rywbeth arall?'

Gan roi'r enw-ddatgelydd nôl yn ei gnewyllyn parhaodd ar yr un trywydd, gan fwrw'i lid tuag at y Brif Swyddfa, sef, yn ôl pob golwg, yr ymennydd.

'Yffach, ma' nhw'n meddwl bo' nhw'n rhywun lan fan'na, ti'n gwybod! Se nhw ond yn gwybod cymaint o waith y'n ni'n 'neud, wedyn bydde nhw ddim mor hollwybodus, alla' i weud 'tho ti! Ma' 'da nhw'r hyfdra i weud wrthon ni bod nhw'n rhy fisi! Rhy fisi! Wyt ti'n gwybod faint sy'n gweithio yn y Brif Swyddfa?'

Ysgydwais fy mhen.

'Dere 'mlaen, Pen Mawr, dyfala.'

'Pum can miliwn?'

Rhuodd y nerfgell chwerthiniad bras gan daro fy narn-canol yn chwareus.

'Deg biliwn,' sibrydodd, gan ysgwyd ei ben yn ddirmygus, 'Wel, os nag yw 'na'n ormod o staff, gelli di lyfu fy nobyn synaptig fel lolipop, blodyn!'

Chwarddais yn uchel, gan garthu pelen fflemaidd o sytoplasm darfodedig drwy fy acrosom, er mawr ddigrifwch i'r nerfgell.

'Gan bwyll nawr, bach. Ti ddim fod poeri ar lôn gyhoeddus!'

Erbyn hyn, ro'n i'n gallu gweld bod e'n ysgwyd cymaint gan chwerthin fel bod ei wain fyelin yn bownsio lan a lawr ar ei acson.

'Hei, fi *yn* licio ti, ti'n gwybod!' ychwanegodd, gan dwrio'i dendritau niferus i'm pilen allanol: 'Ma' rhaid i ni sticio 'da'n gilydd yn does e, ni'r celloedd arbenigol, mmm?'

Amneidiais, gan geisio'n galed i atgoffa fy hun fod y gell o'm blaen yn uwch-swyddog hebrwng traffig yn y fas defferens.

'Na, o ddifri nawr, wy'n gwybod bo' fi'n lico achwyn, ond mae'r Brif Swyddfa wedi bod yn hala ni'n wallgo'n ddiweddar. Paid â 'nghamddeall, wy'n gwybod bod 'da nhw job i'w wneud hefyd. Ond yn yr ymgyrch hysbysebu newydd 'ma maen nhw wedi bod yn hala trwyddo, sa' i'n deall y peth – ma' fe'n ddwl bost.'

Stopiodd yn stond a syllu'n syth i'm darn-canol. Wrth blygu drosodd i edrych, er mawr braw i mi, gwelais fy mod i'n troi'n binc.

'O yffach!' sgrechais.

'Be sy'n bod, Pen Mawr?' gofynnodd y nerfgell.

'Ma' fe'n . . . ma' fe'n binc!' atebais, gan bwyntio at fy narn-canol â'm darn-terfyn.

'Paid â becso. Ma' pinc mewn, yn bendant i ti. Gad i mi ddangos rhywbeth i ti.'

Gan ddefnyddio dau neu dri o'i dendronau mi dynnodd fy mhen tuag ato a gadael i'm cnewyllyn syllu mewn i'w sytoplasm. Wrth imi edrych yn fanylach, gallwn weld fod ei gronynnau Nissi i gyd yn binc.

'Ge's i nhw 'di neud wythnos diwetha' meddai'r nerfgell â balchder, gan fy ryddhau i'm safle blaenorol.

'Be ti'n feddwl?' gofynnodd yn obeithiol, 'Ma' sytoplasm yn medru bod mor ddiflas. Ma' bach o liw yn gallu neud byd o wahaniaeth, ti'm yn meddwl?'

'Mae'n neis iawn,' mwmiais, wrth fecso am fy narn-canol.

'Ti ddim jest yn gweud 'na, wyt ti? Wyt ti wir yn meddwl bo' fe'n siwtio fi?'

'Ydw. Ma' fe wir yn siwtio chi.'

'Wel, diolch i ti, SAThAAG. Gyda llaw, NM-4000003 ydw i' meddai'r nerfgell, wrth iddo fy nghofleidio mor dynn nes i mi feddwl bod fy mhilen allanol ar fin byrstio.

'A phaid ag edrych mor ddigalon, Pen Mawr. Fe wna i 'ngorau glas i ti,' ychwanegodd.

'Mae'n ddrwg gen i,' dywedais, 'ond y tro diwethaf y trodd fy narn-canol yn binc roedd rhywun yn y bar o'n i'n yfed ynddo wedi llygru fy niod. Mae'n peri gofid braidd, pan nad ydych yn gwybod yn gwmws be' sy'n mynd 'mlaen tu fewn i chi.'

'Rwyt ti'n *real* un am boeni, nagwyt ti? Wir nawr – ma' fe'n adwaith naturiol i'r enw-ddatgelydd. Gwna'n fawr ohono fe, blodyn. Fydd y pinc 'na'n pylu cyn bo' hir. Co, ma' fe'n dechrau mynd yn barod.'

Pwysais ymlaen i edrych ar fy narn-canol, ac yn wir, mi oedd yn dechrau adfeddiannu eu ffurf ddi-liw, diolch byth. Gan ochneidio'n swnllyd yn llawn rhyddhad codais fy mhen lan a gwenu ar NM-4000003.

'Wnaeth rhywun lygru dy ddiod ti, do fe?' meddai, gan gwrlio rhai o'i dendritau yn ddigywilydd. 'Ti'n edrych yn fwy o'r math tawel, cryf, myfyrgar na'r teip gwyllt sy' mas yn clwbio bob nos i fi.'

'Pam 'chi'n meddwl 'na?'

'O, wy' 'di gweld miloedd o sberm yn y job 'ma, bach. Ta pu'n i, ti'n trafaelu ar ben dy hunan. Mae'n od iawn i Wyddaliwr beidio bod gyda'i Gymdeithas Had-dafliad mor bell nôl â hyn. Ti bownd fod yn tipyn o dderyn unig.'

'Nage fi ddewisodd hynny. Gollon ni'n gilydd pan gaethon ni'n hyrddio lan o'r Academi.'

'Rwy'n gweld.'

'Wy'n gweld eu heisiau nhw'n ofnadwy. O'n i'n meddwl gofyn i chi, os ddowch chi o hyd iddyn nhw byddwch chi'n medru dweud wrthyn nhw 'mod i lan fan hyn. Ma' rhai ohonyn nhw'n edrych yn eithaf trawiadol – fy Rhwystr-Gadfridogion, er enghraifft; mae un gyda thair cynffon ac yn dipyn o acrobat ac mae'r llall yn canu lot ac mae gydag e dri–'

Stopiais ar hanner y frawddeg wrth imi weld yr olwg boenus ar NM-4000003. Roedd hi'n amlwg yn gais anobeithiol.

'Fe gadwa i'n synapsau'n sensitif i ti, blodyn, ond paid â chodi dy obeithion. Ti'n gallu gweld bod miliynau lawr fan'na. Ti 'di clywed am y dywediad 'fel edrych am genyn mewn cnewyllyn'?'

Amneidiais yn siomedig.

'Aros di fan hyn a ddo' i nôl cyn gynted ag y galla' i. Wna 'ngorau i sortio rhyw bapurau mas i ti.'

'Diolch.'

'Hwyl, Pen Mawr.'

Gwthiodd NM-4000003 ychydig dendronau i do'r fas a sboncio nôl yn barod i adael. Jest cyn iddo adael y llain galed, trodd tuag ataf a gofyn os oedd y ffaith i mi nofio ar hyd Sarn Sgrotaidd mewn 12.4 eiliad yn wir. Mae'n amlwg wnaeth fy ateb cadarnhaol greu cryn argraff arno. Yna mi fachodd hi nôl lawr y briffordd fel mellten, gan adael sawr yn debyg i wynt llosgi i ymlwybro'n ddrewllyd i do'r fas.

9

Yn ystod fy nghyfarfyddiad ag NM-4000003 sylwais nad oedd y sbermyn arall ar y llain galed wedi hyd yn oed troi i gydnabod presenoldeb yr un ohonom. Gyda'i gynffon wedi'i phlygu'n daclus oddi tano eisteddai ar ddolen o feinwe gyswllt, yn syllu ar y sbermdagfa oddi tanom. Nofiais draw ato a chyflwyno fy hunan.

'Shw'mai, SAThAAG ydw i, Wy-ddaliwr, yn wreiddiol o Bibenni'r De yn y gaill chwith.'

Parhaodd y sbermyn tawel i syllu i lawr oddi tano fel pe bawn i ddim yn bodoli. Doeddwn i ddim mewn hwyl i gael fy nhrin â'r fath ddirmyg.

'A phwy y'ch chi, yn gwmws?' gofynnais yn uwch.

'Pam?' atebodd, yn dal i beidio â thrafferthu edrych arnaf.

'Wy' jest yn treial cynnal sgwrs,' dywedais yn bigog, 'O bosib fydd y ddau ohonom yn sownd fan hyn am amser hir. Falle bydde hi'n fwy dymunol 'se ni'n siarad â'n gilydd.'

'Pam?' oedd ei ateb unwaith eto, yn yr union 'run oslef undonog a difater.

'Pam lai?' atebais.

Parhaodd y sbermyn i syllu oddi tano, a synfyfyriodd am ychydig eiliadau cyn ateb.

'Pam?' gofynnodd.

'Pam lai?' dywedais eto, gan baratoi fy hun ar gyfer gêm bryfoclyd o bing-pong geiriol.

'Pam?'

'Ai 'na'i gyd alli di 'weud? "Pam"?' gwaeddais, wedi ildio'n barod.

'O's 'na rywbeth arall werth 'i ddweud?' atebodd, gan ddriflan ffrwd o ddŵr yn ddirmygus drwy ei acrosom.

'Wy' ddim yn deall,' dywedais.

'Mae hynny'n amlwg' atebodd, gan droi ei sylw unwaith eto at y dorf oddi tanom.

'Ma' ganddoch chi diddordeb mawr yn y traffig,'

parheais, 'Mae'n debyg bod y dagfa'n waeth nag arfer.'
'Y'ch chi wedi gofyn pam?' gofynnodd y sbermyn.
'Na.'
'Os nag oes ots 'da chi fi siarad yn blaen â chi, chi'n ymddangos yn uffernol o dwp, yn enwedig o ystyried mai Wy-ddaliwr ydych chi. Nid fod hynny'n golygu unrhyw beth yn nhrefn rhagluniaeth. Nid fod yna drefn rhagluniaeth, wrth gwrs.'

Am y tro cyntaf gadawodd y sbermyn wên frysiog i lithro ar draws ei gnewyllyn, cyn gwthio'i ben i mewn i leinin to'r fas. Cydiodd mewn ychydig edefynion o feinwe gyswllt, gan weu crogwely munud olaf i'w hun yn ddeheuig. Tra oedd ef ar fin dringo i mewn iddo, i gysgu am wn i, teimlais ysfa i siarad ag ef. Gallwn weld o'i gorff heini a'i ben anferth ei fod yntau mwy na thebyg yn Wy-ddaliwr hefyd. Gan nad oeddwn i erioed wedi siarad yn iawn â chyd-gystadleuydd, fel petai, roeddwn i'n llawn chwilfrydedd amdano. Ta beth, roedd ei sgeptigaeth eithafol wedi dechrau fy swyno.

'Plîs,' dywedais, gan rwto'i ddarn-canol ag ymyl fy un i, 'Rhaid i fi siarad â rhywun. Mae'r holl aros yma yn hala colled arna' i.'

'Dylet ti ddefnyddio yr hyn ddysgais di yn *Modiwl 4* felly' meddai, gan eistedd i fyny yn ei orffwysfan newydd.

Ni wyddwn fod yna *Modiwl 3* heb sôn am *Modiwl 4*. Ceisiais fy ngorau i smalio drwyddi.

'A ie. Wrth gwrs. Ond dy'ch chi'm yn teimlo bod y Modiwlau . . . wel, eu bod nhw i gyd yn . . . beth yw'r gair, yn ddamcaniaethol?'

'Na,' atebodd, gan ymestyn ar hyd ei grogwely.

Yna saib fer cyn i'r sbermyn barhau; roedd ei lais braidd yn aneglur, gan fod yn rhaid iddo dreiddio'r llinynnau o silia a oedd yn llenni deniadol i'w wely cyffordus.

'A dweud y gwir, ffeindiais i'r rhan ar ddirfodaeth yn arbennig o ddefnyddiol mewn ffordd ymarferol. Wy'n cytuno'n llwyr taw dim ond un broblem wirioneddol athronyddol sydd.'

'Sef?'

Do'n ni ddim mo'yn dweud e. Wnaeth e jest slipo mas. Doedd fawr o wahaniaeth, ynta. Roedd e'n meddwl mod i'n 'uffernol o dwp' ta beth.

'Hunan-laddiad, wrth gwrs,' meddai, gan boeri'r geiriau mas yn bedant.

'Wrth gwrs,' atebais.

Crynais yn feddyliol. Does bosib oedd e'n ystyried lladd ei hunan? Beth oedd e'n ei wneud fan hyn, ta beth?

'Golloch chi'ch tocyn, do fe?' mentrais, 'ai dyna pam gaethoch chi'ch stopi?'

'Na. Wedais i wrth y ffedog 'na o niwron motor nad o'n i am drafferthu i dreial mynd trwy hynna'

Ffliciodd ei gynffon yn ddig tuag at y miliynau o sberm gorffwyll oedd wedi ymgynnull oddi tanom. Yna ymhelaethodd, â'i lais bron yn annealladwy tu ôl i'r lliain o silia a hongiai dros erchwyn ei wely. Estynnais fy ngwddwg mor bell ag y gallwn, gan straenio i wrando'n astud.

'Chi'n gallu gweld 'ych hunan, beth yw'r blydi pwynt?' parhaodd, 'Maen nhw'n pathetig. Gwthio'i gilydd er mwyn cael gwell lle yn y ciw; ymladd ymhlith ei gilydd, fel se'r peth yn berthnasol o gwbl i'w tynged. Pa!'

'Ond dy'n ni ddim mo'yn cael ein gadael ar ôl, y'n ni?'

'Wy' mo'yn.'

'Chi'n meddwl 'na, nagy'ch chi?' dywedais, wedi'm syfrdanu â'i agwedd.

'Wrth gwrs. Wy' erioed wedi bod yn sicrach o unrhyw beth. Sa' i'n deall pam fod y rhacsyn dandïaidd 'na sy'n galw'i hun yn nerf yn trafferthu â mi. Y'ch chi'n gallu credu'r peth? Roedd e'n mynnu bod 'da fi ryw ddiffyg seicolegol!'

'Wir?' dywedais, gan lwyddo i fygu gwên a cheisio fy ngorau i edrych yn syn.

'Mae'n debyg ei fod e wedi mynd i nôl cyffuriau i mi; i'm trydanu â seretonin. 'Aildanio dy awydd i fyw, blodyn' fel wedodd yr ynfytyn. Â bach o lwc fydda' i wedi marw erbyn deith e nôl.'

'Chi o ddifri' yn bwriadu lladd 'ych hunan?'

Roeddwn i'n falch o'i weld e'n eistedd i fyny eto, oherwydd medrwn ei glywed yn gliriach. Amneidiodd yn ddiffwdan fel ateb i'm cwestiwn.

'Sut?' gofynnais, yn hanner gobeithio na fyddai'n datgelu gormod o fanylion echrydus.

'Fy nghynllun gwreiddiol oedd i fod mor bell nôl a phosib cyn yr had-daflu fel 'mod i'n medru hongian ymlaen i welydd yr wrethra gyda diferion olaf y semen pan ddaw yr alwad.'

'Peidio gadael y cala o gwbl?' gofynnais mewn goslef anghrediniol.

'Ddim yn y semen, na.'

'Sut 'te?'

'Yn y piso. Yr unig le anrhydeddus i sbermyn cydwybodol i farw.'

Mae'n rhaid fy mod i wedi ochneidio wrth glywed y gosodiad hurt yma, gan ei fod, o fewn eiliadau wedi pwyso draw ata' i yn fygythiol, a gwneud pigyn o'i acrosom reit o flaen fy mhen.

'Mae eich realiti chi a'm realiti i yn bethau gwahanol, gyfaill. Parchwch f'un i, fel rwyf i'n parchu'ch un chi.'

Nodiais yn nerfus a gorweddodd yntau'n ôl yn ei grogwely, oedd wedi ei gwato y tu ôl i'w len o silia. Ar ôl ychydig eiliadau, ymhelaethodd ar gynllun ei farwolaeth arfaethedig.

'Y drafferth yw sa' i'n credu bod fy nghynllun gwreiddiol yn bosib rhagor. Fydd raid i mi feddwl am un arall.'

'Pam lai? Chi'm yn meddwl eich bod chi'n ddigon pell nôl?'

Clywais ef yn chwerthin y tu ôl i'r haenau tenau o silia â'n gwahanai. Prin yn glywadwy, gofynnodd a oeddwn i'n Wyddaliwr go iawn. Atebais fy mod i. Yn wir, roeddwn i'n aros am ganiatâd i fynd i flaen y ciw.

'Ond fedrwch chi ddim gweld bod eich achos chi'n anobeithiol? Mae'r holl beth yn ffiasco llwyr.'

Tynnodd ei hun i fyny ar ei eistedd unwaith yn rhagor, gan dynnu'r llenni byrfyfyr yn ôl cyn edrych i ganol fy nghewyllyn.

'All unrhyw un â hanner cnewyllyn weld bod y darlithydd bethchingalw, 'ry'n ni'n byw yn ei bwrs e, yn ffaelu cael codiad.'

Ebychais ryw chwerthiniad nerfus anfwriadol a cheisiais gofio'r hyn oedd H-189 (os yn wir taw efe ydoedd) wedi dweud am ddycnwch meddyliol. 'Dysgu sut i fod yn gyfrwysach nag Wy-ddalwyr eraill'. Ai dyna oedd hyn? A oedd y sbermyn hynod yma yn ceisio fy nhanseilio? Os mai dyna oedd ei fwriad, roedd e'n dechrau llwyddo. Byddai'n rhaid i mi bwyso arno ymhellach am fwy o wybodaeth.

'Ond mae'n rhaid bod Iwan Morgan yn gallu cael . . . gallu cael . . . ' protestiais mewn rhyw sgrech uchel a fwriedid i fod mewn llais dwfn, awdurdodol yn llawn pendantrwydd.

'Pam?'

'Pam y'ch chi'n meddwl bod e'n ffaelu?'

'Dyfalwch. Dyle fe ddim dod fel sioc enfawr. Wedi'r cwbl, 'ry'n ni yn siarad am ddyn sydd yng nghanol ei bedwardegau fan hyn. Dyw e'm yn laslanc o bell ffordd.'

Gwnes i 'ngorau i beidio ag edrych yn frawychus a cheisiais gnoi cil am y wybodaeth newydd yma mor rhesymegol ag y medrwn. Yn sydyn, teimlais ryw gonsýrn anferth tadol am y genynnau yn fy nghnewyllyn, gan gofio seminar wych a fynychais yn yr Academi pryd wnaeth H-189 (neu ba hormon bynnag ydoedd ef erbyn hynny) ddangos graffiau a siartiau yn egluro taw yr hynaf oedd corff y cynhaliwr a fodolem ynddo, yna byddai'r tebygolrwydd o gael gwallau genetaidd yn ein DNA yn cynyddu.

Wrth i mi geisio cysuro fy hun â'r atgof fy mod i wedi cael sgan DNA llwyddiannus, sylwais fy mod i'n nerfus dwrio tolc bach yn nho'r fas â'm cynffon. Oedd, roedd H-pa-rif-bynnag wedi fy sicrhau nad oeddwn angen unrhyw ymchwiliad genynnol pellach, ac roedd ASThAThTh hefyd wedi fy sicrhau. Ond dyna fe, mi fydden nhw, yn byddent? Na, na, wiw i mi adael i'r creadur rhyfedd yma fy mwrw oddi ar fy echel! Roedd gen i DNA ifanc, bywiog – dyna pam wnaethon nhw 'newis i fel ei Wy-ddaliwr yn y lle cyntaf . . .

Beth ddiawl oedd yn digwydd i mi? Os oedd y bastard darlithydd yn ffaelu cael codiad, yna fyddai waeth i'm genynnau fod yn sytoplasm darfodedig! Ro'n i i gyd yn mynd i farw! Roeddwn i'n teimlo'n dost ac yn hunandosturiol iawn; wedi fy nghloi mewn carchar pwrs gwybodusyn geriatrig! Gallwn deimlo ffrwd o olew edefyn echelog yn diferu lawr hyd fy nghynffon. Roedd rhaid i mi ymdawelu a cheisio casglu mwy o dystiolaeth yn ymwneud â gwendid honedig Iwan Morgan, a hynny'n glou. Yn wir, profi'r gwrthwyneb os yn bosib.

'Pam?' gofynnais. (Nid oeddwn i'n gallu credu'r peth, dyma oedd y gorau medrwn i'w ddweud?!)

'Yn gwmws' atebodd y sbermyn yn 'smala, gan fygu gwên hunanfoddhaus.

'Na na, pam y'ch chi'n meddwl bod e'n ffaelu cael codiad?' (Dyna ni – wedais i fe!) 'O's gyda chi unrhyw dystiolaeth?' dywedais.

'Wel, heblaw am y ffaith fod ein eunuch deallusol heb ddod yn ystod y bythefnos diwethaf, jest edrychwch oddi tanoch, gyfaill. Mae hynna'n hen ddigon o dystiolaeth i mi.'

Roedd y miliynau o sberm oddi tanom wedi eu cywasgu mor beryglus o dynn yn erbyn ei gilydd nes bod ambell derfysg wedi cychwyn; defnyddiodd nerfgelloedd eu gynnau llonyddu mewn ymdrech ofer i atal eu dicter rhwystredig. Roedd meddwl pu'n ai oedd ASThAThTh neu Triphen neu Taircynffon yn eu plith yn gwneud i mi deimlo'n brudd. Yn sydyn, neidiodd fy nghyd-breswylydd oddi ar ei grogwely a fflicio'i gynffon cyn ei phwyntio lan at grych yn y feinwe, ychydig filimedrau yn y pellter.

'Neu os y'ch chi mo'yn awgrym o'r hyn sydd i ddod . . . ' meddai, yn fy annog i edrych i'r cyfeiriad ble roedd e'n pwyntio.

Plygais fy ngwddwg er mwyn i mi fedru gweld yn gliriach. Dychrynais wrth weld yr hyn oedd yn fy wynebu. Roedd gweddillion darfodedig cannoedd o gyrff sberm wedi arnofio i fyny a cheulo'n un clwstwr Mediwsaidd ar do'r fas.

'Dim ond y dechrau yw hynna,' meddai'r sbermyn yn ddrwgargoelus.

Sefais mewn mudandod syfrdan am amser hir, gan deimlo rhyw gorddi o fewn fy narn-canol, heb allu dynnu sylw fy nghnewyllyn oddi ar y bwndel o bydredd oedd nes lan ar do'r fas.

'Beth y'ch chi'n meddwl ddigwyddodd iddyn nhw?'

'Fe laddon nhw ei gilydd. Gwyliais i nhw wrthi. Ac mae'n mynd i waethygu; pan wnewn nhw sylweddoli o'r diwedd taw marwolaeth ddiystyr a phoenus sydd o'u blaen nhw, wnewn nhw i gyd droi at drais. Yn bersonol, mae'n well gen i elfen o ddewis – mae hunanladdiad yn llawer mwy urddasol, chi'm yn meddwl?'

Carthwyd llinellau o ryw orffennol hynafol i fyny o'm cnewyllyn ar yr union eiliad honno; caent eu darllen yn dyner a syml mewn llais nodweddiadol, benywaidd: *'O nerth y cleddyf claer y'm hamug, O garchar anwar daear y'm dug, O gyfle angau, o angar dud, Cenau fab Llywarch, ddihafarch ddrud.'*

Syllais yn ddwys ar y sbermyn a edrychai lan ar y rwbel pydredig o gyrff celain yn y pellter, gan feddwl a oedd yntau hefyd yn clywed goslef angylaidd y llais a oedd bob amser yn llwyddo i'm denu fel magned. Edrychodd y sbermyn yn ofidus.

'Mae rhai o'r pennau rhydd 'na'n beryglus. Allen nhw fod yn gollwng o'u cnewyll. Ambell i enyn rhydd a byddai feirws go iawn ar garlam ar hyd y lle 'ma.'

Doeddwn i ddim hyd yn oed yn gwrando arno'n iawn.

Roeddwn yn canolbwyntio ar yr hyn a ddysgais yn yr Academi. Hyder oedd popeth. Roedd yn rhaid i mi ganolbwyntio ar y gorchwyl dan sylw. Ta beth, pam ddyliwn i gymryd unrhyw sylw ohono? Dim ond damcaniaeth oedd ei theori ynglŷn â gallu Iwan Morgan i gynnal codiad. Nid oedd ganddo unrhyw dystiolaeth dilys o bwys.

Ond er i mi geisio 'ngorau i gael gwared o'r cysyniad o ffaelu cael codiad yn gyfangwbwl allan o'm cnewyllyn, roedd yn rhaid i mi gyfaddef fod hyn yn groes i'r graen a bod y ddamcaniaeth o leiaf yn un credadwy. Roedd hi'n amlwg fod yna larwm adrenalin go iawn wedi ei weithredu. Ond mwy na thebyg esgorwyd ar hynny gan gala hanner-codiad – rhyw fin dŵr. O ganlyniad crewyd y dagfa-sberm fwyfwy treisgar oddi tanom. Dechreuodd posiblrwydd arswydus arall wawrio arnaf – gallai fy Nghymdeithas Had-dafliad, ynghyd â miloedd o rai eraill, fod wedi cael eu hyrddio i fyny i'r fas defferens o flaen eu hamser. Am nad oedd Iwan Morgan, yn ôl pob golwg wedi had-daflu ers o leiaf pythefnos, roedd ei bibenni cenhedlu yn orlawn o sberm dig.

'Peidiwch becso, SAThAAG. Lotri greulon oedd y cwbl, pu'n bynnag,' meddai'r sbermyn, gan eistedd yn ôl ar ochr ei grogwely.

Amneidiais, ond ro'n i'n dal i wrthod derbyn methiant.

'Roedd yr ods o gyrraedd yr Wy wastad yn wael iawn. Mae'n rhaid bo' chi 'di sylweddoli hynny?'

Amneidiais eto, ond roeddwn i'n ysu iddo gau'i acrosom. Dechreuodd chwerthin ac mi daflais gipolwg arno, gan geisio'i dawelu.

'Mae'n ddrwg gen i' meddai, 'Ond alla' i byth peidio â chwerthin. Y'ch chi'n gwybod beth yw'r peth mwyaf dwl am y Ras Wy?'

Ysgydwais fy mhen.

'Hyd yn oed pe bai chi neu fi, yn erbyn yr ods, yn llwyddo i gyrraedd yr Wy, y cyntaf yno, croesi'r linell, yn cymryd baner sgwariog buddugoliaeth, fe allai ein gwrthod. Jest fel'na. Na, sa' i'n ffansïo hwn. Pen rhy fawr, pen rhy fach, pen rhy bigog, pen ddim digon pigog, mae'n pwnio'n rhy galed, dyw e'm yn pwnio'n ddigon caled! Mae'n hollol hurt!'

Cododd ei gorff lan a lawr gan chwerthin mor aml nes i'r meinweoedd oedd yn ffurfio'i grogwely bron â dymchwel dan y pwysau. Allen i ddim dioddef rhagor.

'Allech chi fod yn dawel, plîs?'

'Be' sy'n bod? Ddim yn ddigon "dymunol" i chi?'

Eisteddodd i fyny ac edrych i lawr ar y dorf o sberm oddi tanom. Syllodd arnynt yn union yr un ffordd ag y gwnaeth yn gynharach, a'i gynffon hir wedi ei phlygu'n daclus oddi tano gan roi golwg aruchel, gwell na'r rhelyw iddo.

Penderfynais ei anwybyddu, fel y dyliwn fod wedi ei wneud pan wnaeth ef fy nhrin â'r fath ddirmyg o'r dechrau. Syllais i lawr ar yr afon chwyrlïog o bennau cynddeiriog a lenwai'r fas defferens. P'un ai oedd amheuaeth fy nghydsbermyn am allu Iwan Morgan i gael codiad yn wir ai beidio, mi wnaeth i mi feddwl am beth oedd ffawd wedi paratoi i ni gyd yn ystod ein hoe fer yma. Hyd yn hyn roedd rhaid i mi gyfaddef nad oedd fy arhosiad yn y fas defferens wedi bod yn un addawol iawn. Roeddwn i wedi colli fy Nghymdeithas Had-dafliad gyfan ac fy unig gwmni o bwys hyd yma oedd nerfgell oedd â diddordeb mewn ffasiwn ac Wy-ddaliwr hunanladdol. Ychydig a wyddwn fod yna waeth, llawer gwaeth, i ddod.

10

Roeddem wedi ymgolli cymaint yn y sbermdagfa gynyddol dreisgar oddi tanom nes i ni bron â pheidio sylwi fod 'na sbermyn arall wedi ymlusgo i fyny y tu ôl i ni. Ei symudiadau araf oedd yr arwydd cyntaf ei fod e'n dost. Cadarnhaodd sisial aneglur ei leferydd y diagnosis.

'O'sss otsss 'da chi osss wna i orffwyssss fy mhen tossst fan hyn?' sisialodd.

'Pam?' meddai'r proffwyd tranc, yn ôl y disgwyl.

'Na, dim o gwbl, gwnewch eich hun yn gartrefol,' atebais.

Nodiodd y newyddian yn werthfawrogol cyn cwympo'n ffradach ar esgair o feinwe hyblyg. 'Ma' fe'n un rhyfedd iawn, peidiwch â chymryd sylw ohono,' sibrydais wrth flaen ei ben gan synhwyro gwynt annymunol ger ei acrosom.

'Mewn gwirionedd, gan eich bod chi'n dost,' dywedais mewn llais uchel, 'pam na wnewch chi orwedd lawr fan hyn am ychydig?'

Pwyntiais at grogwely byrfyfyr y sbermyn sinigaidd.

'Diolch yn dalpiau i chi. Chi'n ssssobor o garedig' meddai'r sbermyn sâl, gan ddringo'n araf arno ac ymestyn cyn troi ar ei ochr i'n hwynebu.

'Fy lle i yw hwnna,' meddai'r sberm sinigaidd wrth ddod draw.

'Pam?' gofynnais.

'Fi wnaeth e mewn i wely. Fy syniad i oedd e. Nawr well i chi . . . '

Yna, tra oedd ef ar fin towlu'r sbermyn sâl o'i wely, stopiodd yn stond, fel pe bai wedi ei fesmereiddio, wrth i'r newydd-ddyfodiad wthio'i ben mas drwy'r llen o fân flewiach y silia. Syllodd y sbermyn sinigaidd arno mewn syfrdandod. Crebachodd ei gnewyllyn ryw ychydig, fel pe bai'n canolbwyntio'n galed ar rywbeth. Ysgydwodd ton o bryder i lawr hyd ei gynffon. Gwelodd, yn amlwg wedi ei synnu â'r hyn oedd yn hoelio'i sylw. Ciledrychais ar ben y sbermyn sâl, gan geisio dirnad beth oedd achos y fath bryder. Roedd rhyw arlliw o borffor golau yn llenwi'i sytoplasm, ond am ei fod wedi dweud wrthym nad oedd yn teimlo'n dda, roedd hynny i'w ddisgwyl. Cofiwn weld sberm wedi llwyr ymlâdd o'r blaen mewn cwrs cynefino yr Academi ac roedd rheiny â ryw olwg go debyg. Blinder, meddyliais. Ceisiais ystwyrian fy nghyd-Wy-ddaliwr o'i berlesmair.

'Nawr well i chi beth?' gofynnais yn herfeiddiol.

'Dim' atebodd, gan grawcian y gair â chryn drafferth, gyda chwlwm o dyndra'n cau'n dynn am ei sentriol uchaf.

Yn dal wedi delwi gan ofn, yn methu canolbwyntio ei gnewyllyn ar unrhyw beth arall, dechreuodd y sbermyn sinigaidd nofio tuag yn ôl, gan fynd yn beryglus o agos at ymyl y ddolen yn y to.

'Gwylia ble ti'n mynd!' gwaeddais.

O'r diwedd edrychai fel pe bai'n dadebru o'i lesmair ac edrychodd arnaf gydag arswyd yn llenwi ei ben anferthol.

'Gwrandewch, SAThAAG, os ddeith y nerfgell 'na nôl, gwedwch wrtho fe 'mod i'n teimlo'n well nawr. A 'mod i wedi dychwelyd i'r Argaill, iawn?'

'Beth? Allwch chi ddim mynd 'nôl. Wnewch chi fyth gyrraedd. Fyddwch chi'n mynd i'r cyfeiriad anghyw . . . '

'Jest gwnewch e!' sgrechodd, gan dorri ar draws.

A chyn i mi gael cyfle i'w holi'n bellach, roedd wedi ffoi, gan abseilio i lawr leinin y fas tra'n glynu wrth yr ymyl â'i gynffon.

'Sssbermyn sssur, sssymud nôl i'r Argaill' meddai'r sbermyn sâl.

'Sssori, methu sssiarad yn sssynhwyrol,' ychwanegodd, rhag ofn nad o'n i wedi sylwi.

''Sdim rhaid siarad,' dywedais, 'cysgwch chi fan'na a byddwch chi fel y boi mewn dim o dro.'

'Dim fod cysssgu, SSSAThAAG. Wedi bwrw 'mhen . . . ysssgytwad. Gorffwysss yn unig. Dim cwsssg. Fy enw i yw SSSSSSSSSAThA.'

Rhoiais amnaid o gydnabyddiaeth, gan feddwl tybed sut y gwnaeth ef fwrw ei ben mor wael.

'Roedd 'na derfysssg' eglurodd, 'ymladd gwyllt yn dilyn ffrae am sssafleoedd ar y grid. Dygodd rhyw walch ysssgeler fy nhocyn. Mae 'na annhrefn sssobor lawr 'na. Doesss 'na ddim digon o nerfgelloedd i ddisssgyblu'r disss . . . '

Oedodd i lyncu'r dŵr a ddiferai o do'r fas. Yn anffodus mi daflodd hyn ei rediad bloesg, ond penderfynol.

'Doesss ddim digon o nerfgelloedd i ddisssgyblu'r disss . . . disss–'

Roedd yn amlwg yn cael problem â'r gair. Dim digon o nerfgelloedd i ddisgyblu beth? Disgyblion? Discoddawnswyr? Llwyddais i atal y demptasiwn i'w helpu.

'Disssss . . . dissssstrywyr dissssynnwyr,' poerodd o'r diwedd, gan chwistrellu'r to â chawod o ssiaid.

Yn sydyn dechreuodd wylo'n hidl gyda diferion mawr o hylif hallt yn tasgu o'i acrosom.

'Be sy'n bod?' gofynnais.

'Wna i ddim gwireddu 'mreuddwyd mwyach. Wna i byth gyrraedd yr Wy,' meddai.

Am 'mod i'n methu gwrthddweud gwirionedd ei osodiad roeddwn i ar goll braidd wrth geisio'i gysuro.

'Licen i helpu chi i gyrraedd yr Wy,' parhaodd, gan edrych lan arnaf yn frawychus. Bassswn i'n teimlo fod 'na ryw bwrpasss i'm bodolaeth truenusss wedyn o leia'.

'Sut allwch chi fy helpu?'

'Ma' gen i ensssym sssbesssial wedi'i ssstorio yn fy acrosssom. Rhodd fy hormon ffoligl-sssymbylol ef i mi pan o'n i'n sssbermatid. Cymysssgedd arbennig, sydd ond i'w gael ei ddefnyddio yn ysssstod rhuthr ola'r rassss yn yr wybib. Hoffech chi sssssip?'

Arllwysodd hylif trwchus ar y crogwely gan edrych arnaf yn ddisgwylgar, fel pe bai wedi paratoi pryd chwaethus o asiant lytic cawslyd. Es i fyny'n betrusgar at y crogwely ac edrych i lawr ar yr hylif tew, stemiog. Cyn i mi gael cyfle i'w ofyn beth oedd y cynnwys teimlais rywbeth yn gafael o amgylch fy sentriol uchaf fel feis. Roedd y sbermyn sâl yn ceisio gwthio fy mhen lawr i'r hylif, gan glochdar a hisian yn wyllt!

'Cymer ssssip! Mae'n flasssssssussssssssssssssssssss!'

Gwthiais fy mhen yn ôl yn erbyn ei gynffon afaelgar a cheisio fflicio fy hun yn rhydd o'i grafangau ond heb fawr o lwyddiant. Cawn fy ngwthio'n nes ac yn nes i'r hylif oedd wedi'i wasgaru ar y gwely munud olaf o feinwe. Mewn ymdrech olaf i'm rhyddhau fy hun casglais gymaint o egni mitocondriaidd ag y gallwn er mwyn chwyddo fy narn-canol yn y gobaith y byddai'n ansefydlogi fy ymosodwr. Cododd ei ben yn uwch, gan hisian yn hy wrth iddo chwarae â'm tynged.

Yn sydyn, plymiodd acrosom siâp nodwydd yn ddisymwth o glou drwy'r awyr, gan saethu halen gwenwynig i mewn i flaen pen SSSAThA, a'i glwyfo i'r byw. Teimlais SSSAThA yn llacio'i afael cyn iddo fy ngollwng yn gyfangwbl wrth iddo gwympo'n gynddeiriog i'r llawr gan ddal i hisian yn haerllug.

'Cadwa draw o'r hylif 'na, SAThAAG,' gwaeddodd lleisiau cyfarwydd Triphen.

Cyn i mi gael cyfle i ddirnad beth oedd yn digwydd, fe'm cipiwyd o'r crogwely gan bâr o Bendoncwyr dwys iawn yr olwg. Yn y cyfamser, wrth i'r acrosom siâp nodwydd dynnu nôl mewn i'w ben, gallwn weld er mawr ryddhad taw ASThAThTh oedd wedi fy achub unwaith yn rhagor. Gyda chymorth hanner dwsin o Rwystr-Sberm eraill roedd Taircynffon yn gollwng SSSAThA ar y crogwely'n hollol ddiseremoni. Gwyliais wrth iddynt lapio mân flewiach y silia a'r leinin meinwe darfodedig dros y crogwely er mwyn ynysu ei weddillion celain. Llenwyd yr awyr yn sydyn â hisian sgrechlyd a darfododd yr un mor sydyn.

'Wyt ti'n iawn?' gofynnodd ASThAThTh wrth i'w gynorthwywyr fy ngollwng i lawr yn ofalus.

Nodiais, gan gadw i giledrych ar y sbermyn oedd yn mudlosgi yn ei amdo o feinwe gyswllt. Y sbermyn o'n i newydd ymladd ag ef.

'Does dim rhyfedd bod nhw'n cael eu galw'n nadredd,' meddai Triphen wrth ddod draw.

'Bod pwy'n cael eu galw'n nadredd?'

'Does bosib nad o't ti'n sylweddoli taw feirws oedd e?' gofynnodd ASThAThTh.

Cyn i mi fedru ateb adleisiodd sgrech erchyll oddi ar do'r fas. Troiais i weld Taircynffon yn ebychu'n grac gan fod mymryn o'r hylif stemiog wedi tasgu drwy'r meinwe a'i daro yn ei ddarn-canol. Ac wrth farnu gwingo Taircynffon roedd yr hylif yn amlwg wedi treiddio trwy ei bilen allanol, gan ddiferu i'w sytoplasm. Dechreuodd Triphen ruthro draw yn reddfol i helpu'i gyd-Gadfridog, ond cafodd ei atal yn ddeheuig o glou gan ASThAThTh.

'Wyt ti mo'yn cael dy lygru hefyd?' gofynnodd i Triphen yn swta.

Crymodd Triphen ei dri phen i gyd yr un pryd, gan sylweddoli ar unwaith fod ASThAThTh yn llygad ei le.

'Mae'n olreit. Cadwch draw. Wn i beth sydd raid i mi wneud,' galwodd Taircynffon.

Edrychodd Triphen ag ASThAThTh yn brudd ar ei gilydd, gan ofni'r gwaethaf.

'Fe gymera i'r chwech Rhwystrwr yma gyda mi. Ddyle hynna fod yn ddigon,' gwaeddodd Taircynffon. 'Wna i ollwng ef draw fan'co, gyda'r lleill' parhaodd, gan gyfeirio at y talpyn Mediwsaidd o gyrff ymhellach ymlaen ar y to, a oedd yn prysur dyfu'n sbermfynwent.

'Ti'n hollol siŵr taw TG yw e?' galwodd Triphen draw'n ddagreuol.

'Ydw!' atebodd Taircynffon, 'mae'n iawn, wna i ddelio ag e.'

Crymodd Triphen ei dri phen i'r llawr unwaith eto. Aeth ASThAThTh draw ato i'w gysuro.

'Allwn ni ddim aros fan hyn gyda transgriptas gwrthol yn tasgu i bobman. Os taw retrofeirws oedd ef, yna gallai fod 'na ychydig o oncogenynnau hyd yn oed yn crwydro'n rhydd yn y feinwe. Ti'n gwybod fod e'n neud y peth doeth, Triphen.'

Nodiodd Triphen ei dri phen a galw ASThAThTh draw at Taircynffon – 'Fyddwch chi angen gosgordd, Rhwystr-Gadfridog?'

'Dim angen,' galwodd Taircynffon 'nôl.

Aeth Taircynffon i'r afael â'r dasg o gario corff SSSAThA â chywreinrwydd trawiadol. Roedd yn orchwyl bregus, gan fod carcas y sbermyn, wedi'i lapio yn y silia a'r meinwe gyswllt â ffurfiodd crogwely'r sbermyn sinigaidd yn gynharach, wedi ei wasgaru'n anwastad. Gan gyfarwyddo tri Rhwystr-Sberm yn ofalus y naill ochr i'r bwndel, yn y man llwyddodd i lapio un o'i gynffonnau ei hun o amgylch darn talpiog o gynffon SSSAThA. Yna, gan ddefnyddio'r naill a'r llall o'i gynffonnau sbâr fel pwlïau, llusgodd y corff yn araf mas o'r crych ac ar hyd to'r fas. Gan gydbwyso wyneb i waered yn ofalus, aeth y saith Rhwystr-Sberm o amrywiol siapiau ymlaen yn simsan ar hyd y to, gan stopio bob deg eiliad er mwyn sicrhau na fyddai yna berygl o ollwng diferyn o'r ensym feirws-gyfeillgar.

Erbyn hyn roedd ychydig ddwsenni o'r lleill oedd yn fy Nghymdeithas Had-dafliad wedi cyrraedd ac yn syllu'n syn ar yr ymgyrch ddiheintio oedd yn cael ei gweithredu ychydig filimedrau i ffwrdd. Roedd cyferbyniad amlwg rhwng y tawelwch llethol o'n hamgylch, wedi ein hudo â'r hyn yr oeddem yn syllu arno, a'r bloeddiadau pell, rhwystredig, llawn rhegfeydd oedd oddi tanom.

Sylwais drwy ochr fy nghnewyllyn fod Triphen wedi troi ei bennau i ffwrdd am nad oedd yn medru gwylio rhagor. Ychydig funudau'n ddiweddarach, wrth i orymdaith Taircynffon ddiflannu i'r sbermfynwent mi drois at ASThAThTh, gan roi gwên o ryddhad.

'Wel, o leia ry'n ni i gyd 'nôl gyda'n gilydd eto,' dywedais, mor gadarnhaol â phosib.

Roedd saib hir cyn i unrhyw un ateb. Llenwyd y lle gyda thawelwch parch – y math o ddistawrwydd dwys y byddwn yn dod i'w adnabod yn dda, gwaetha'r modd. O'r diwedd torrwyd ar y tawelwch gan leisiau soniarus, croyw Triphen wrth iddo ddweud yn syml: 'Odyn, rhaid i ni fod yn gadarnhaol, codi'n pennau, dyna fydde dymuniad Taircynffon.'

Wrth sylwi ar amnaid difrifol ASThAThTh yn cydsynio sylweddolais na fyddai Taircynffon yn dychwelyd.

11

Roedd ASThAThTh a Triphen ill dau wedi eu syfrdanu gan golled eu cyd-Gadfridog. Bu Triphen druan yn ailadrodd dro ar ôl tro sut y gallai ef ei hun fod wedi'i heintio â'r trangriptas gwrthol yr un mor hawdd. Dim ond lwc oedd y cwbl. Pen neu gynffon, yn llythrennol yn yr achos hwn.

Ysgogodd hyn ryw ffrae fach rhwng dau aelod o Sgwadron Seminiaidd penigamp ASThAThTh. Roedd un sbermyn gwydn o'r enw GAThThATh yn ffyrnig yn erbyn y fath sentimentaleiddio ofergoelus, a chredai'n gryf fod tynged wedi ei bennu ymlaen llaw. Os oedd Cadfridog Taircynffon a'r chwe chyfaill arall a ddarfu gydag ef i fod farw, yna dyna ei diwedd hi.

Cythruddwyd AThThASS, Lladdwr oedd ag acrosom llydan iawn gan yr agwedd hwn. Gwaeddodd nad oedd wedi clywed y fath rwtsh penderfyniaethol ers amser maith, a'i fod yn synnu gweld cyd-Lladdwr â'r fath safbwynt hen ffasiwn o fywyd. Cyfres o ddewisiadau oedd bywyd, mynnai. *Dewisiodd* Taircynffon i gario'r feirws draw i'r crogwely. Fe *ddewisiodd* ei rwymo mewn meinwe gyswllt a silia.

'Ond pwy neu beth ddewisodd taw Taircynffon oedd i fod i ddewis?' tarodd GAThThATh yn ôl.

Fel arfer byddai'r fath drafod ymhlith y sbermlu yn cael ei hybu, wrth reswm, ond am i mi synhywro rhyw aflonyddwch o du Triphen, penderfynais y dylwn geisio canu i godi ysbryd fy Nghymdeithas.

'Dyma'r ffordd i fro ffrwythlondeb, pont cenedlaetholdeb, a'r wobr ar ben draw'r daith yw cariad a gobaith, ie ie, dyma'r lôn i anfarwoldeb, priffordd tragwyddoldeb, a'r wobr ar ben draw'r daith, yw cariad a gobaith . . . '

Wrth reswm, tybiais nad oedd unrhywun wedi trafferthu i ymuno â mi oherwydd eu bod nhw'n dal i alaru am eu cyfeillion colledig. Fodd bynnag, fel y sylweddolodd

ASThAThTh ar y pryd, roedd yna reswm perthnasol arall am yr awyrgylch digalon.

Doedden ni ddim yn mynd i unman.

Erbyn hyn roedd y clecs ynglŷn â gallu Iwan Morgan i gael codiad ai peidio wedi mynd yn rhemp. Roedd popeth fel 'se nhw ar stop, ac roedd y sgrechfeydd erchyll llawn panig oddi tanom yn y brif biben yn dechrau mynd yn annioddefol. Nid oedd modd osgoi'r fath bwnc llosg.

'Ody e'n ddyn neu beth?!' sgrechodd rhywun yn gynddeiriog oddi tanom.

'Yr unig beth ma' fe'n codi yw cywilydd!' sgrechodd un arall, gan chwerthin yn orffwyll.

'Ry'n ni i gyd yn mynd i farw! Ni wedi cael ein galw lan yn ddiangen! Ry'n ni i gyd yn mynd i farw!' llefodd rhywun arall eto.

"Sdim ots amdanom ni. Fe sy' wedi marw! Mae'r diawl wedi trengi arnom ni!' atebodd sbermyn hyd yn oed mwy gorffwyll, o bellter.

Ysgogodd y floedd olaf yma ASThAThTh i geisio adfer y sefyllfa, diolch i'r drefn. Gan glymu'i gynffon wrth flewiach y silia oedd yn hongian o'r to, llwyddodd i wthio'i hun lan i silff o feinwe gyswllt oedd yn bargodi o leinin y fas. Oedodd am eiliad i ystyried yn bwyllog cyn ein cyfarch.

'O'r gorau, wy'n gwybod nad ydych chi'n dwp. Mae'n amlwg fod 'na rywbeth yn rhwystro ein siwrnai. Falle gewn ni ryw newyddion pan ddeith NM-4000003 yn ôl.'

'Os deith e nôl' gwaeddodd ThThThASTh, Rhwystrwr nerfus yr olwg, o'r cefn.

'Wy'n hyderus iawn wneith e ddychwelyd. Wedi'r cwbl, ef wnaeth ein harwain ni i'n Wy-ddaliwr, ynte?'

Nodiodd ychydig Laddwyr ffyddlon yn y rhes flaen eu pennau blinedig i gyfeiliant mwmial cytuno cyffredinol. Sylwais fod Triphen ond yn edrych ar ASThAThTh gydag un o'i bennau ochr. Roedd wedi gosod ei gorff yn y fath fodd a awgrymai fod ei sylw ar rywbeth arall. Wnes i'm talu fawr o sylw i'r ymddygiad yma, oedd braidd yn anghwrtais ar y pryd, ac edrychais yn ôl ar ASThAThTh wrth iddo barhau.

'Wna i ddim esgus nad ydw i wedi'm siomi'n arw gyda'r oedi anghyffredin o hir sydd wedi bod hyd yma. Ddylen ni ddim gorfod aros cyhyd rhwng cael ein hyrddio i'r fas a chymryd rhan mewn Had-dafliad go iawn. 'Sdim synnwyr yn y peth. Ond rhaid i ni beidio digaloni; fydd raid i ni geisio perswadio ein ffrind niwrolegol fod SAThAAG yn haeddu lle ar flaen y ciw!'

Cafodd yr alwad olaf yma groeso brwd – cafwyd nifer o fonllefau cymeradwyol gyda sawl un yn taro eu cynffonnau'n swnllyd. Gwaeddodd rhai o'r Rhwystrwyr 'clywch clywch', a dechreuodd rhai aelodau o'r Sgwadron Semenaidd alw fy enw hyd yn oed, er mawr embaras.

'Ond yn bwysicaf oll, rhaid diolch ein bod ni wedi ffeindio SAThAAG unwaith eto. Dewch i ni ddysgu ein gwers a pheidio â chael ein gwahanu byth eto – yn enwedig pan fyddwn ni tu fewn i Catrin Owen!'

Derbyniodd ASThAThTh gymeradwyaeth wresog ac roedd ambell Bendonciwr cynhyrfus yn swingian yn orfoleddus ar hyd y silia erbyn hyn.

'Chi wir yn meddwl wnewn ni gyrraedd 'na 'te, syr?' gofynnodd GASThAG, Lladdwr â golwg syn iawn ar ei gnewyllyn.

'Ydw, mi ydw i,' atebodd ASThAThTh gydag argyhoeddiad.

'Ond rwyf am awgrymu, rhag ofn i ni golli'n gilydd eto, y dylsen ni drefnu man cyfarfod tu fewn i Catrin.'

Amneidiodd nifer o aelodau'r Sgwadron Semenaidd y tu blaen i mi.

'Wrth reswm, byddwn ni'n colli cysylltiad â mwyafrif ein Rhwystrwyr ger ceg y groth,' parhaodd ASThAThTh, 'ond awgrymaf y dylai'r Pendoncwyr sydd dan fy ngofal i, os y llwyddwch i osgoi'r ôl-lifeiriad faginaidd, drefnu i gwrdd eto ger mynedfa yr wybib sy'n cynnwys yr Wy. Fyddwch chi'n gwybod pu'n yw hi. Yr un fydd pawb ar ras i fynd i mewn iddi!'

Wrth glywed chwerthin iachus y sbermlu mewn ymateb i ffraetheb calonogol ASThAThTh dechreuais ymlacio unwaith yn rhagor. Roedd bod ymhlith fy Nghymdeithas yn bendant yn gwneud i mi deimlo'n well. Roedd hyn efallai yn amlwg i rywun tu fas i'r grŵp, ond nid oeddwn wedi sylweddoli i'r fath raddau roeddwn i angen eu presenoldeb. Yn wir, o'n i ar goll braidd hebddynt.

Nid dim ond rhywbeth llesiol yn feddyliol oedd hyn chwaith. Dechreuais sylweddoli bod teimlo'n rhan o gymdeithas yn angenrhaid biolegol sylfaenol ac yn gymorth mawr i fy aeddfedu yn hedyn gobaith.

Tra oedd ASThAThTh yn mwynhau clywed y rhan fwyaf o'r Gymdeithas yn chwerthin o'i flaen, yn sydyn edrychodd braidd yn bryderus, gan alw draw ar Triphen.

'Chi ddim yn cytuno, Cadfridog Triphen?'

'Â pha ddarn yn benodol?' atebodd Triphen, ychydig yn bell ei feddwl.

'Ein bod ni'n mynd i gyrraedd pen y daith,' atebodd ASThAThTh, wedi ei daflu oddi ar ei echel braidd.

'Ydw, wrth gwrs,' meddai Triphen, gan droi rownd yn ddisymwth o sydyn.

Ymatebodd y dorf gydag ochenaid mewn unsain yn eu syfrdandod i'r hyn a welsant. Bu bron i ambell Rwystrwr syrthio oddi ar y silff o feinwe, wrth iddynt dynnu nôl oddi wrth ein Cadfridog rhannol glwyfus yn reddfol. Gan fod Triphen wedi datgysylltu ei ddarn-terfyn o'i ddarn-canol, a'i rwygo'n dair rhan. Ceisiodd dawelu'r cynnwrf ar unwaith, gan lynu wrth y tri edefyn ger ei sentriol uchaf wrth siarad.

'Fodd bynnag, teimlaf fod angen un gwthiad ychwanegol, rhyw hwb i godi'r ysbryd ar y rhan hwn o'n siwrnai. Efallai taw gwasanaeth goffa i'r Cadfridog Taircynffon a'r chwe Rhwystrwr arall a fu farw fyddai'r sbardun angenrheidiol i'n bwrw ymlaen i'n cam nesaf.'

'Allwn i ddim cytuno mwy,' dywedais, yn synhwyro fod ASThAThTh wedi ei rewi'n fud gan weithred Triphen.

Aeth Triphen yn ei flaen i nofio'n beryglus o agos at ymyl yr esgair o feinwe gyswllt, cyn iddo godi ei hun i fyny i'r to gan ddefnyddio'r silia niferus i'w helpu. Gosododd dri edefyn ei ddarn-terfyn yn ofalus nesaf at ei gilydd a'u hasio ar y pen i wneud torch mewn ffurf tair cynffon. Wedi hynny, mi wasgodd hwy i mewn i do'r fas yn y man pellaf o'n lloches dros dro cyn iddo ofyn am eiliad o dawelwch. Gostyngasom ein pennau wrth ddal ymlaen i'r ddolen grog o feinwe. Er i'r bloeddiadau erchyll oddi tanom darfu ar y llonyddwch i raddau, roedd aberth syml Triphen yn gwneud synnwyr. Wrth iddo amneidio'n ddiolchgar i ddynodi diwedd y tawelwch, gwelwyd fflach sydyn o olau yn tasgu oddi ar do'r fas. Roedd NM-4000003 wedi dychwelyd.

'Helo blods. Be sy'n mynd 'mlaen fan hyn 'te? Rhywun wedi marw neu beth?'

Adroddais yr hyn oedd wedi digwydd yn glou wrtho, ac roedd NM-4000003 i'w weld yn wirioneddol falch ein bod ni wedi llwyddo i osgoi trychineb posib.

'Nefi wen, o'dd 'na bownd o fod yn uffernol. Ond o'dd e'n bownd o ddigwydd yn hwyr neu'n hwyrach, blods. Ni wedi'n gorweitho shwt gymaint ry'n ni ffaelu cadw golwg ar bopeth. Mae'n wirioneddol flin 'da fi – wir nawr!'

''Sneb yn beio chi,' dywedais, yn synhwyro pryder y nerfgell wrth iddo droi ei dendronau yn ofnus o flaen ei gnewyllyn.

'Fydd raid i mi riportio'r digwyddiad i'r Brif Swyddfa, wrth gwrs – rhag ofn fod 'na ragor o'r diawliaid. Www, sori am yr iaith, ond blydi feirws yn esgus bod yn sbermyn! Be nesa?!'

'Yn gwmws,' meddai ASThAThTh, gan graffu'n anesmwyth i gnewyllyn y nerfgell.

'Beth ma' fe'n meddwl Pen Mawr?' gofynnodd y nerfgell, gan ystumio i gyfeiriad ASThAThTh.

'Ble y'n ni'n mynd o fan hyn?' atebodd ASThAThTh. 'O'n i'n meddwl falle bo' ni'n haeddu ffafr' parhaodd, 'gan ein bod ni, fel wedoch chi, wedi helpu osgoi trychineb posib.'

'O ie, wy'n cytuno â chi fan'na. Ma' angen i mi dalu'r pwyth yn ôl, 'sdim dwywaith am hynny.'

'Aethoch chi trwodd i'r Ymennydd?' gofynnais, gan gymryd na allen ni fynd gam ymhellach heb y gwaith papur angenrheidiol.

Amneidiodd NM-4000003.

'A wnaethon nhw gadarnhau fy amser nofio o 12.4 eiliad?'

'Do, Pen Mawr' meddai'r nerfgell.

Ciledrychodd ASThAThTh arnaf, yn amlwg yn blês â'r cam mawr yma ymlaen, a sibrydodd sawl un o'r Rhwystrwyr a'r Lladdwyr yn frwd ymhlith ei gilydd. Roedd hyn yn bendant yn gam i'r cyfeiriad iawn. Wrth sylwi ar y cynnwrf sydyn plymiodd y nerfgell ei acson i do'r fas ac ysgwyd ei gellgorff er mwyn dala ein sylw unwaith eto.

'Nawr peidwch â chynhyrfu, da chi. Yn anffodus ge's i fy natgysylltu cyn iddyn nhw gael cyfle i roi rhif grid.'

'Does bosib fod 'na'n golygu ein bod ni'n sownd fan hyn?' gofynnais.

Gallwn weld o'r golwg llawn tyndra ar bennau Triphen a'r tensiwn yn sentriol uchaf ASThAThTh fy mod i wedi gofyn y cwestiwn o'dd yn pwyso ar gnewyllyn pawb.

'Be' licech chi gael gynta'? Y newyddion drwg neu'r newyddion da?'

'Y newyddion da,' dywedais.

'Y newyddion da yw na fydd raid i chi aros fan hyn. Wna i fynd â chi yn bellach 'mlaen yn y ciw.'

'Pa mor bell 'mlaen yn y ciw?' gofynnodd ASThAThTh, yn cynllunio yn barod.

'Reit i'r blaen, mewn i Glwb y Dd.Ff.'

'Clwb y Dd.Ff?' gofynnais, braidd yn nerfus, gyda rhyw frith gof o'r term a ddefyddiodd H-189.

'Clwb y Ddwythell Ffrydiol. Paid becso, cariad. Ma' nhw'n gweud bod hi'n braf iawn lawr fan'ny. Ma' 'na fwffe a bar a phopeth, dethol iawn.'

'A beth yw'r newyddion drwg?' gofynnodd Triphen.

'Wy-ddalwyr yn unig, gen i ofn, bach.'

Ciledrychais ar ASThAThTh, a oedd yn ceisio ei orau glas i gwato'i siom. Ond roedd ei orau glas yn troi yn llwyd nodweddiadol wrth iddo fethu â chuddio ei drallod amlwg.

'Dyw hi ddim yn deg!' gwaeddod ThAThThThA, Lladdwr ifanc iawn yr olwg.

'Tawelwch!' gwaeddodd ASThAThTh ar unwaith, 'mae hyn yn newyddion da ar y cyfan. Mi fydd SAThAAG mewn safle ardderchog adeg had-dafliad – mae hynny'n gam pwysig a sylweddol ymlaen.'

'Os llwydda i i gael ef i mewn, wrth gwrs,' meddai'r nerfgell.

'Ond, does bosib, gyda fy amser nofio i y dyliwn i fod gyda'r cyntaf yn y ciw, ta beth,' haerais.

'Wy'n cytuno, bach. Ac fe wna' i 'ngorau drosot ti. Er hynny, pwy y'ch chi'n 'nabod yw hi ar bwys y Ddwythell Ffrydiol mae gen i ofn. Bydd yn dibynnu'n gyfangwbl ar bwy sydd ar y drws.'

Ciledrychais unwaith eto ar ASThAThTh ac ro'n i'n gallu synhwyro ei fod ef yn meddwl y 'run peth â mi. Roedd ein tynged yn dibynnu ar p'un ai oedd gan y niwron motor hwn o'n blaen ni gysylltiadau yn y mannau iawn ai peidio.

Yn sydyn, mi gaeodd y nerfgell ei acson yn dynnach i'r to cyn ei ymestyn, er mawr syndod i ni am o leiaf milimedr, gan fwrw ymaith ambell aelod o'r dorf rhwystredig o sberm oedd eu pacio'n affwysol o dynn oddi tanom.

'Er mwyn y nefoedd, siapwch hi, os y'ch chi'n dod!' galwodd.

Ciledrychodd ASThAThTh ar Triphen a chiledrychodd Triphen arnaf innau. Gwyddwn nad oedd hyn yn rhan o'm cynllun gwreiddiol, ond roeddwn i'n dysgu'n glou fod bywyd yn llawn o ryw droeon annisgwyl. Cydio yn y cyfle pan ddaw e, dyna oedd y gamp. Rhwymais fy nghynffon o amgylch gwain ludiog NM-4000003, gan ystumio i weddill y Gymdeithas i wneud yr un peth. Hwn oedd yr unig gyfle roeddem yn debygol o gael.

Cyn gynted ag yr oedd Triphen wedi sicrhau fod pawb ar fwrdd y nerfgell trwy edrych yn syth i lawr yr acson ac i'r naill ochr a'r llall gwaeddodd ASThAThTh ar NM-4000003 fod pawb yn bresennol.

'Daliwch sownd!' galwodd yn ôl.

A bant â ni. Mae'n rhaid taw dim ond am ychydig eiliadau y parodd y cyfan, ond teimlai'n llawer hirach wrth i ni gael ein saethu blith-draphlith ar hyd cynhyrfiad trydanol. Sgrialasom ar hyd do'r fas mewn dolen o amgylch y bledren cyn sgrechen stopio'n stond mewn cysylltle rhwng chwysigen yr hadlif a'r chwarren brostad. Yr elfen waethaf o'r cyfan oll oedd ein diffyg rheolaeth. Teimlais fy mitocondria yn taro'n erbyn ei gilydd wrth i'r bendro feddiannu fy nghnewyllyn. Yn rhyfedd ddigon, wrth edrych yn ôl, rhaid i mi gyfaddef ei fod yn brofiad gwefreiddiol. Ond ar y pryd, mae'n rhaid fy mod i wedi pistyllio sawl meicrolitr o olew edefyn echelog ar y miliynau o sberm oddi tanom, cymaint oedd fy ofn.

Diolch i'r drefn mi bylodd y bendro wrth i ni ddisgyn ac medrwn weld drwy fy ngolwg ddigon niwlog fod NM-4000003 eisoes yn siarad â'r hyn a ymddengys fel niwron motor arall. Yn wir, roedd ein nerfgell ni'n mwytho rhai o dendritau ei gyd-nerf yn chwareus. Roedd ASThAThTh hefyd wedi sylwi ar hyn eisoes, a gwenai'n obeithiol tuag ataf. Gwrandawsom arnynt yn astud wrth geisio adfeddianu'n hunain yn dilyn ein taith annisgwyl.

'O'n i'n gobeithio taw ti fydde wrth y drws, bach. Ma' Pen Mawr fan hyn mo'yn pas mewn i'r clwb,' meddai NM-4000003, gan fflicio rhai o'i dendritau tuag ataf.

'O ie? A pham ddylen ni adael e mewn 'te, y ffedog

uffarn?' chwyrnodd y nerfgell arall, gan siglo'i ronynnau Nissi wrth iddo gael ei oglais gan NM-4000003.

'Oherwydd bo' ti'n licio fi, wrth gwrs,' atebodd NM-4000003.

'Beth 'yf i'n cael 'te?' gofynnodd y niwron newydd, gan dorri'n rhydd o'n niwron motor ni a syllu yn hy i'm cnewyllyn.

'Whara' di dy gardie'n reit a rwtia i dy nobyn synaptig di,' meddai NM-4000003, yn amlwg yn chwarae ei garden orau.

'Ma' 'na'n swnio'n addawol, nagyw e,' meddai'r niwron arall wrth iddo giledrych tu ôl i mi ar weddill y Gymdeithas.

'A beth am rhain? Ble ma' nhw'n mynd 'te?' parhaodd.

'O'n i'n gobeithio 'se ti'n gadael iddyn nhw hongian ambwti, fel bod nhw'n medru cadw golwg ar ei Wy-ddaliwr nhw, ondy'fe.'

Erbyn hyn, roedd ein tywysydd o nerfgell yn anwesu nobyn synaptig ceidwad y fynedfa yn hollol agored. Hyd yn oed o le yr oeddem ni'n aros gallech weld ei fitocondria yn rasio o gwmpas yn gyffrous, gan fwrw i mewn i'w chwysigod synaptig.

'O'n i'n meddwl falle se ti'n licio ymlacio 'm bach nes 'mlaen, ar ôl diwrnod caled wrth y drws,' parhaodd NM-4000003 yn ddigywilydd.

'Seretonin?' gofynnodd ceidwad y fynedfa yn lesmeiriol.

'Stwff da. Yn ffres o'r Brif Swyddfa' meddai NM-4000003, gan amneidio'n bwyllog.

Yn y man, gwelsom wên bleserus o du'r niwron motor; disgleiriai ei ronynnau Nissi yn frith serennog trwy ei gellgorff gwresog.

O'n i mewn.

Trois i gofleidio ASThAThTh, ac ystumiais â'm cynffon i gyfeiriad Triphen a gweddill y Gymdeithas, yn awyddus i fynd i mewn cyn i'r ceidwad newid ei feddwl. Syllais ar y clwb oddi tanaf ac fe'm syfdranwyd. Roedd y lle'n ferw o brysurdeb. Ar wahân i'r toreth o fwyd a diod oedd ar gael, gallwn weld fod yna ryw fath o sioe yn cael ei chynnal, yn ogystal. Swniai'r gân yn gyfarwydd. Roeddwn yn siŵr 'mod i wedi'i chlywed hi o'r blaen yn rhywle. Wrth i mi geisio ddyfalu ymhle, teimlais bigiad ysgafn ger fy sentriol uchaf. Trois i ganfod fod ceidwad y clwb wedi dodi rhywbeth ar fy ngwddwg.

'Peidiwch becso,' chwyrnodd, 'eich disg aelodaeth yw e. 'Sdim hawl i chi fynd mewn heb wisgo un. Rheolau'r clwb.'

Plygais fy acrosom er mwyn cael golwg iawn ar y disg pinc llachar, a sylwais ar y geiriau 'Clwb Dd.Ff. – Aelod: 09854327'.

'Wedes i fod pinc yn ffasiynol, yndo fe, blodyn?' meddai NM-4000003 wrth i mi ei basio er mwyn nesáu at y fynedfa.

'Shwt 'yf i'n mynd lawr fan'na?' gofynnais.

''Run ffordd â'r lleill,' atebodd y ceidwad.

'Sef?'

'Neidio,' meddai, yn gwenu tra'n gweu rhai o'i dendritau ynghyd â rhai NM-4000003.

'Cer 'mlaen Pen Mawr, cer amdani,' dywedodd NM-4000003 yn gefnogol.

Chwifiais fy nghynffon unwaith yn rhagor ar ASThAThTh, yn weddol anffurfiol y tro hwn, gan geisio fy ngorau i beidio â meddwl taw hwn efallai fyddai'r tro olaf i mi ei weld. Fel arfer, roedd e'n gallu darllen fy nghnewyllyn fel llyfr.

'Paid ti meddwl gei di eithrio dy hun o'r Gymdeithas mor hawdd â 'na,' meddai'n galonnog, 'Byddwn ni'n dy wylio di bob munud.'

Dan deimlad, nodiais fy mhen anferth cyn plymio i ddyfnderoedd y Ddwythell Ffrydiol.

12

Wrth i mi lanio mewn hylif hadlifol y Ddwythell Ffrydiol, oedd fymryn yn fwy alcalinaidd, rhaid cyfaddef fy 'mod i'n teimlo braidd yn annifyr. Er fy mod i yng nghanol fy nhebyg fel petai, fedrwn i ddim peidio â theimlo'n ddieithr. Doedd mân-ddrewdod y gwaddod semen yn y clwb yn fawr o help. Roedd ei gymysgedd rhyfedd o wynt diheintydd a pheli camffor yn gwneud i mi deimlo'n sâl. Ond codais fy nghalon rywfaint wrth i mi gofio un o'r darlithoedd a fynychais yn yr Academi. Yn ôl honno, roedd e'n beth da i gael rhyw ymdeimlad o ansawdd semen mor glou â phosib, pa mor fychan bynnag y bo. Ar ôl nofio i fyny i'r wyneb sylwais fod yr act *cabaret* newydd gwpla. Er mawr ryddhad, cofiais lle'r oeddwn i wedi clywed y gân o'r blaen – sef yn ystod y noson honno es i glwb nos *Androgen* gydag ASThAThTh. Canodd yr act drawswisgo am rywbeth ynglŷn â deiamwntau'n para byth bythoedd.

Yn ystod y gymeradwyaeth olaf, tybiodd Wy-ddaliwr fawreddog yr olwg oedd gyda darn-canol chwyddedig 'mod i'n newydd-ddyfodiad wrth iddo sylwi ar fy osgo ddryslyd. Nofiodd draw ataf a chyflwyno'i hun.

'Shw'mai, fy enw i yw AAGAThA. Croeso i'r Dd.Ff.'

'Diolch. SAThAAG y'f i.'

Edrychodd AAGAThA arnaf o'm corun i'm cynffon mewn ffordd anghysurus, fel pe bawn i mewn rhyw gystadleuaeth harddwch. Gallwn weld bod yna ddiferion olewog yn rhedeg i lawr ochr ei ben. Twriais fy nghynffon yn nerfus i feinwe meddal llawr y ddwythell.

'Maddeuwch i mi am fusnesa, ond dy'ch chi ddim yn dod o'r gaill dde, y'ch chi,' meddai AAAGAThA mewn ynganiad bachog hyderus a barodd i mi deimlo'n anniddig.

'Na, wy'n dod o'r gaill chwith,' dywedais, gan ysgwyd fy mhen fel cadarnhad pellach o'i ddamcaniaeth.

'O'n i'n meddwl nag oeddech chi, gydag acen fel'na'

meddai, gan fflicio'i gynffon yn chwareus yn erbyn fy narn-canol, fel pe bai'r ddau ohonom yn hen ffrindiau.

'Ry'ch chi wedi gwneud yn arbennig o dda i gyrraedd fan hyn, gyfaill. Heb weld rhyw lawer o'r chwith yma. Wy' wedi clywed bod 'na ychydig filoedd draw wrth y bar, cofiwch. Gwedwch wrtha' i, sut oedd hi arnoch chi, yn y gaill chwith? O'n i wedi clywed bod hi braidd yn gyfyng yno. Chi'n gwybod, gyda'r darlithydd Hanes yn mynnu gwisgo i'r chwith ac yn y blaen.'

Be' ddiawl oedd y llo nawddoglyd yma'n sôn amdano? Pa acen?

'O'dd hi'n iawn,' atebais, braidd yn chwithig.

'Odych chi'n siŵr? O'n i wedi clywed sïon bod 'na drafferthion wedi bod 'na.'

'O?'

'Ie. Terfysgoedd. Dienyddiadau cyhoeddus. Pob dim. Swnio'n warthus.'

'Glywais i ddim byd fel'na,' dywedais yn gelwyddog.

Wn i ddim yn iawn pam wnes i ddweud celwydd wrtho. Efallai nad oedd e'n cyfeirio at wrthryfel aflwyddiannus Esgair Caput p'un bynnag. O'n i jest ddim mo'yn siarad ag ef mwy na thebyg. Ceisiais newid y pwnc gan fwmian bod deiamwntau'n para' am byth bythoedd.

'Beth?' meddai AAGAThA yn groyw.

'Dalais i ddiwedd y gân,' eglurais.

'Pa! Deiamwntau am byth bythoedd! Rwtsh! Genynnau sy'n para' byth bythoedd! A dim byd arall!'

Chwarddodd AAGAThA yn iachus; siglai ei ddarn-canol sosejaidd lan a lawr wrth iddo chwerthin. Caledodd fy ngreddf wreiddiol o ryw anhoffter diddrwg-didda i lwyr atgasedd mewn eiliad, er i mi geisio fy ngorau i beidio â dangos hynny.

'Na, roedd y canwr yna'n warthus, mae gen i ofn. O'n i'n meddwl bod safon y bwffe'n wael, ond roedd y *cabaret* yn uffernol. Uffernol! Dim byd fel y daflen froliant welson ni yng Ngherrigydrudion o gwbl.'

'Cerrigydrudion?'

'Ardal foethus yn y gaill dde. Na, rhaid dweud, siomedig iawn. O'n i'n disgwyl casino a gwasanaeth gweini wrth y bwrdd, ac mae safon y sgwrs yn y lle yma yn druenus. Truenus!'

Edrychodd arnaf fel pe bai'n disgwyl i mi gytuno. Roedd hynny braidd yn wirion, gan taw dim ond am ychydig funudau o'n i wedi bod yma. Yn wir, yr unig sgwrs o'n i wedi gorfod dioddef hyd yma oedd ei arthio syrffedus ef. Amneidiais, yn cytuno ag ef, ond fe gollwyd eironi fy ystum wrth iddo barhau i lapan yn rhwysgfawr myfiol, gan daenu smotiau seimllyd ar draws fy nghnewyllyn wrth iddo glebran.

'Wy'n gobeithio nad wyt ti'n un o'r rheiny sydd jest yn siarad am nofio. Wn i o'r gorau ei fod e'n rhan o fywyd bob dydd sbermyn, ond dyna'r pwynt, ynte. Wy'n disgwyl gwell safon o sgwrs oddi wrth fy nghyd-Wy-ddalwyr. Na, a bod yn hollol onest, alla' i ddim aros i fachu hi o' 'ma. Cael bach o sbri yn chwilio am yr hen Wy, mmm!'

Siglodd ei ddarn-canol lan a lawr unwaith eto, wrth iddo chwerthin mor uchel nes beri i ryw ddwsin o sberm oedd yn eistedd o amgylch byrddau caws llyffant o feinwe i droi rownd i weld beth oedd achos y fath gynnwrf.

'Ond dyna ni, gewn ni'm sbri siobet rhagor, heb sôn am wyau.'

'Beth y'ch chi'n meddwl "rhagor"?' gofynnais yn bryderus.

'Wel, gwn ei bod hi'n bosib i gael cyfathrach rywiol mewn ysbyty ac rwy'n edmygu dy optimistiaeth di. Ond rhaid i ni wynebu'r ffeithiau. Mae pobl fel arfer mewn ysbyty pan fod rywbeth yn bod arnyn nhw.'

'Pwy sydd mewn ysbyty?' ebychais, gan obeithio na fyddai'n cadarnhau fy mhryderon.

'Iwan Morgan, wrth gwrs.'

Wedi'm syfrdanu â'r datguddiad diweddaraf yma syrthiais yn un swp ar soffa feddal o feinwe cyfagos, gan deimlo fy sentriol uchaf yn tynhau'n annioddefol.

'Sori, SAThAAG' meddai AAGAThA wrth iddo symud bant, 'O'n i'n meddwl fod pawb yn gwybod. Mae'r stori wedi bod yn dew yn y clwb ers diwrnodau.'

Ciledrychais ar draws y clwb ar yr Wy-ddalwyr eraill. Roedd rhai yn sgwrsio'n frwd wrth y bar, ac eraill yn cael prydau bwyd mwy ffurfiol gan eistedd mewn cylchoedd o amgylch y byrddau caws llyffant. Edrychai'r rhan fwyaf ohonynt fel pe baent yn mwynhau. Roedd rhai hyd yn oed yn chwarae math o geilys a ddyfeisiwyd o ddarnau o weddillion meinwe. Ymestynnais ar hyd y soffa feddal, gan edrych lan ar fynedfa'r clwb yn y gobaith gwag o weld ASThAThTh yn y pellter. Mewn ffordd, roeddwn i'n gobeithio na allai fy ngweld. Teimlwn yn ddigalon iawn. Roedd Wy-ddalwyr ym mhob man. Roedd gweld cymaint o'm darpar gystadleuwyr yn ddigon drwg, ond roedd mwy neu lai gwybod i sicrwydd ein bod ni i gyd yn ddiangen yn ddigon i wneud i fy acrosom lenwi â dagrau ensymol. Roeddwn i angen diod. Ar fyrder. Wrth i mi ddechrau meddwl am anelu at y bar daeth sbermyn tew gyda darn-canol trwchus iawn i fyny ataf. Casglai defnynnau o chwys o amgylch ei acrosom.

'Newydd gyrraedd?' meddai.

Amneidiais. Ro'n i'n rhy flinedig a dryslyd i siarad.

'Ma' ganddot ti ben da,' meddai'r sbermyn tew.

'Diolch.'

'Pen da ar gyfer busnes falle?' parhaodd y sbermyn tew.

'Mae'n dibynnu beth y'ch chi'n golygu wrth fusnes.'

'Wy'n gobeithio creu argraff o fewn y diwydiant bwyd' meddai'r sbermyn tew mewn llais meddal tawel nad oedd yn cyd-fynd â'i faint corfforol sylweddol, 'Wy'n ceisio dechrau rhyw fath o syndicet; rhannu adnoddau. Os oes diddordeb gyda thi wy' fel arfer yn y gornel co fan'co ar fy mhen fy hun, yn yfed dŵr wedi ei ddistyllu.'

Wrth iddo gwpla dweud hyn, sodrodd wên gyfrwys ar ei gnewyllyn a halodd ias trwyddof. Roeddwn i wedi gweld y wên hon o'r blaen. Y sbermyn pen-bach oedd ef, yr un a barodd i syllu arnaf trwy'r adeg yn ystod dienyddiad cyhoeddus GAGAAA.

'Nago'dd eich pen chi arfer bod . . . '

'Yn llai? Oedd. Ond wy' wedi llanw fe mas 'm bach nawr. Wedi stwffio fe'n llawn syniadau, fel petai. Fel fy mod i'n fwy derbyniol i Wy-ddalwyr eraill . . . fel ti.'

Er bod ganddo lais meddal roedd yna rywbeth milain am ei oslef. Ystyriais efallai fy mod i wedi ei sarhau yn anfwriadol.

'Doedd dim byd yn bod arnoch chi o'r blaen . . . ' dechreuais yn lletchwith, 'ym, jest dyna'r ffordd o'n i'n eich cofio chi o'r Argaill, 'na'i gyd.'

'Ond mi oedd 'na rywbeth yn bod. Rhywbeth mawr iawn bryd hynny. Doedd neb yn fy nghymryd i o ddifri fel Wy-ddaliwr adeg hynny. Che's i erioed fy nerbyn gan Gymdeithas.'

'Mae'n ddrwg 'da fi glywed 'na. Chi siŵr o fod yn gweld eisiau cael Cymdeithas Had-dafliad.'

'Na, dim o gwbl,' meddai'n oeraidd.

'Wy'n gwybod 'mod i'n gweld eisiau fy un i' dywedais, 'Yn enwedig fy ffrindiau. Mae fy Lladdwr-Gadfridog yn gyfaill da . . . '

Torrodd y sbermyn tew yma â'r llais melfedaidd ar fy nhraws yn hollol ddigywilydd, yn amlwg wedi ei gynhyrfu.

'Dyw rhai ohonom ni ddim yn gweld yr angen am Gymdeithas,' mynnodd, 'Mae rhai yn gweld y cysyniad o gymdeithas yn rhwystr.'

A gydag un arall o'i gilwenau oeraidd mi nofiodd bant i gyfeiriad newyddian arall, a oedd am wn i yn fwy diniwed. Gadewais fy hun i syrthio'n ôl ar y soffa, wedi ymlâdd. Synfyfyriais am yr hyn a olygwyd wrth sôn am 'ddiwydiant bwyd' ond ro'n i fawr callach. Nid dim ond y cilwenwr rhyfedd yma oedd achos fy mlinder chwaith. Roedd fy nghnewyllyn dal yn chwil o glywed y newyddion gwael am Iwan Morgan. Roedd rhaid i mi gael diod ar fyrder.

Wrth i mi nofio at y bar daeth Wy-ddaliwr heini iawn yr olwg gyda chnewyllyn anferth a chynffon fer, galed, draw ataf gan ddal yn fy narn-terfyn.

'Allwn i'm peidio â sylwi eich bod chi'n edrych 'di ypsetio'n lân rŵan,' meddai'n gydymdeimladol, gan ychwanegu yr ele fe i nol diod i mi.

'Diolch,' atebais, yn dal i deimlo fy sentriol uchaf yn tynhau.

'Be hoffech chi?'

'Unrhyw beth wneith i mi anghofio fy modolaeth druenus dros dro,' atebais.

'O wel, 'sa'r fath ddiod hyfryd yn bod, 'dach chi'm yn meddwl baswn ni 'di rhedeg allan ohoni ers meitin?' meddai'r sbermyn â'r cnewyllyn anferth yn lledaenu gwên ar hyd ei acrosom.

'Os felly, gaf i beth bynnag y'ch chi'n cael,' dywedais.

'Dau Bendonciwr Pendefigaidd a Chacen Ffrwctos fawr os gwelwch yn dda,' meddai'r sbermyn yn groyw wrth ymyl y bar.

'Beth yw Pendonciwr Pendefigaidd?' gofynnais yn amheus.

'Coctêl alcalinaidd, yn ffres o'r Ddwythell Cowper.'

Mae'n rhaid ei fod wedi sylwi ar fy edrychiad petrusgar am iddo wenu unwaith eto cyn egluro.

'Mae'n gwneud lles i chi. Fydd o'n gymorth i'ch amddiffyn wrth i chi basio trwy asidrwydd yr wrethra. Ac mae'r Gacen Ffrwctos, wel, yn tu hwnt o amheuthun. Yn flasus dros ben! Arbenigfwyd y dydd yw hi, wedi ei danfon bore 'ma o chwysigen yr hadlif.'

'Chi'n meddwl wna i gyrraedd yr wrethra, 'te?' gofynnais braidd yn sarrug.

'Wrth gwrs,' meddai'r sbermyn yn hwyliog.

Am ennyd fer gadewais i'n hunan feddwl taw rhyw feddwyn gwallgo' oedd AAGAThA. Ie, wrth gwrs! Iwan Morgan mewn ysbyty? Roedd y peth yn hurt! Ceisiais dangos fy hyder ffres o flaen fy nghyfaill newydd.

'Ma' 'na si ar led bod . . . wel, bod Iwan Morgan mewn . . . mewn . . . '

'Mewn ysbyty? Nid si mohono, mae gen i ofn.' atebodd y sbermyn, tra'n ddeheuig godi'r hambwrdd meinwe treuliedig a oedd yn dal y deisen a'n diodydd oddi ar y bar.

Ciledrychodd ar fy ngolwg siomedig wrth i ni nofio draw at ford gyfagos.

'Roeddwn i'n amau hyn pan welais i chi'n crio dŵr eich acrosom ar y soffa rŵan. Newydd ddarganfod 'dach chi, ia?'

Amneidiais wrth i mi eistedd gyferbyn ag ef.

'Fy enw i yw ThThThAAS gyda llaw. Dwi'n dod o ardal Hafn Hadog, ardal yng Ngogledd Cawda'r gaill chwith,' meddai yn ei acen frodorol, gan edrych yn ddwys.

Cyflwynais fy hun, ac heb wastraffu unrhyw amser holais perfedd ei gnewyllyn sylweddol ynglŷn â'r siomedigaeth ddifrifol diweddaraf yma.

'Ble mae'r dystiolaeth?' gofynnais, mewn goslef anfwriadol trahaus.

'Wel, yn un peth, cawsom ni gadarnhad lawr yma ddoe gan uwch-swyddog niwrolegol, fod Mr Morgan mewn ysbyty,' meddai ThThThAAS, 'Roedd angen cadarnhau'r ffeithiau er mwyn rhoi taw ar y sïon niferus, meddai fo,' ychwanegodd yn brudd.

'Wel, mi lwyddodd yn hynny o beth, naddo fe!' dywedais, gan ysgwyd fy mhen.

'Tydi hi ddim yn ddiwedd y byd, nacdi,' meddai ThThThAAS yn sionc, gan wasgu llond gwlad o'i Bendonciwr Pendefigaidd i'w acrosom. Dilynais ei esiampl, gan ddal y sbwnj a oedd yn cynnwys y ddiod uwchlaw fy acrosom a gwasgu nerth bôn cynffon nes ei fod fwy neu lai yn sych.

'Hei, gan bwyll rŵan,' chwarddodd ThThThAAS, 'mae o'n stwff cry' ar y naw, yn enwedig os 'dach chi heb 'i gael o o'r blaen.'

Llenwyd fy acrosom â dŵr wrth i'r toddiad alcalinaidd siffrwd yn bleserus o amgylch fy sytoplasm. Pwysais draw yn hamddenol, er mwyn gosod fy narn-canol ar y ford. Yn anffodus, mi fethais yn gyfangwbl a glaniais ar fy mhen ar y llawr.

'Deudais i, yndo,' meddai ThThThAAS yn gwenu fel giât wrth iddo fy helpu 'nôl lan i'r ford.

'Beth yw'r ots? I'r diawl â hi, dere i ni gael un arall. Ma' fe fod i neud lles i mi, nagyw e?' dywedais mewn llais llawer uwch na'r arfer, gan geisio fy ngorau i beidio pecial.

'Bwyta peth o'r gacen gyntaf,' awgrymodd ThThThAAS yn gall.

Sugnais y ffrwctos drwy fy mhilen allanol a theimlais ei flas yn llifo'n felys trwy fy acrosom.

'Bendigedig!' dywedais, gan godi'n barod i nôl mwy o ddiodydd.

Wedi sylwi yn barod ar system weddol ddyrys o bibau oedd y tu ôl i'r bar, roeddwn yn awyddus i weld a oeddynt yn cynnig eu cwrw arbennig nhw'u hunain ai peidio. Roeddwn i wedi blasu cwrw ensymol o'r blaen ac yn meddwl falle 'se fe'n para'n hirach na'r coctêls alcalinaidd mwy cryf.

'Ti 'whant cwrw?' gofynnais yn hy.

'Dim diolch,' meddai ThThThAAS, gan ysgwyd ei ben anferth yn egnïol. 'Tydi o ddim ar gael p'un bynnag' ychwanegodd, gan edrych braidd yn bryderus.

'Angen glanhau'r pibau, siŵr fod, 'na'i gyd,' awgrymais, gan fynd yn sydyn reit i fod yn arbenigwr ar facsu cwrw.

'Mae o'n cael ei bwmpio trwy biben yn syth o'r chwarren brostad' meddai ThThThAAS, 'tydy o'm 'di bod ar gael ers diwrnodau a 'dan ni wedi cael gorchmynion penodol o'r Ymennydd trwy'r Brif Rhwydwaith Nerfau i beidio cyffwrdd ag o.'

Chwarren brostad? Roedd yna rhywbeth ynglŷn â'r chwarren brostad oedd yn fy mecso. Ymdrechais yn galed i gofio, gan geisio palu rhyw ystadegyn meddygol o ddyfnderoedd fy nghnewyllyn i'r wyneb, ond yn ofer.

'Mae yna dîm o hormonau o'r chwarren bitẃidol wedi mynd mewn yno i ymchwilio, mae'n debyg. Mae rhaid iddyn nhw gael y pibau i weithio'n iawn neu fydd 'na ddim digon o hylif yn y semen ar Had-dafliad.'

'Fyddwn ni i gyd yn glynu wrth ein gilydd, ti'n meddwl?' gofynnais yn ysgafn.

'Ddaw hi ddim i hynny, bid siŵr' atebodd ThThThAAS yn ddwys.

'Gwranda, cystal i mi ddeud wrtha' chdi, dicin i, cyn i chdi ei glywed o o rywle arall,' parhaodd, braidd yn gyndyn.

'Beth?'

'Mae 'na un arall o'r sïon cythreulig 'ma yn mynd o amgylch y clwb . . . ' dechreuodd, gan ysgwyd ei ben yn ddigalon.

'Beth?' dywedais drachefn, yn eistedd lawr unwaith eto.

'Mae nhw'n deud bod y cwrw ddim ar gael oherwydd bod y chwarren brostad ei hun yn ddiffygiol, a bod Iwan Morgan yn yr ysbyty am fod ganddo ganser y prostad.'

Dyna ni. Dyna oedd yr hyn o'n i'n ceisio cofio. Canser. Canser y prostad. Un o'r canserau mwyaf cyffredin mewn gwrywod. Afiechyd melltigedig a oedd, yn ôl bob tebyg yn cael ei achosi gan gelloedd oedd yn tyfu'n wallus. Pam fyddai unrhyw gell yn tyfu'n wallus? Ni wnâi unrhyw synnwyr o gwbl. Yna mi gofiais am oncogenynnau, y genynnau canserachosol oedd â'r gallu i fwtadu genynnau cyffredin. A nawr roeddynt mwy na thebyg wedi mwtadu genynnau Iwan Morgan! Roedd fy mhen yn chwîl. Roedd y clwb dan ei sang gyda llu o bennau niwlog a chynffonnau seimllyd. Allen i weld bod ThThThAAS yn siarad â mi, gyda'i acrosom yn symud lan a lawr yn egnïol â golwg tanbaid ar ei gnewyllyn.

Ac mae'n rhaid taw tua'r adeg yma wnes i lewygu.

13

Wrth i mi'n raddol adfer rhyw ronyn o ymwybyddiaeth gallwn deimlo gwayw dolurus ger fy sentriol uchaf. Sylweddolais 'mod i'n gorffwys holl bwysau fy mhen ar fy nisc aelodaeth pinc, a oedd wedi cael ei lacio gan rywun, diolch byth. Roedd yna belen ddi-liw yn fy archwilio. Trodd tuag at ThThThAAS, gan ysgwyd ychydig ddiferion oddi ar ei bilen allanol wrth iddo ystumio tuag ataf.

'SAThAAG? Wyt ti'n iawn?' gofynnodd ThThThAAS, yn llawn consýrn.

Amneidiais yn araf gan deimlo'r gwayw dolurus unwaith eto. Sylwais fod torf fechan wedi ymgynnull wrth ford gyfagos a bod sawl sbermyn yn pwyntio i'm cyfeiriad â'u cynffonnau cyhuddgar.

'Beth . . . ? Beth . . . ?' stryffagliais yn ddryslyd.

'Mae'n olreit. Ti'n cael y gofal gorau. Dyma H-4723, aelod o dîm archwilio y brostad. Wnes i lwyddo i'w berswadio i ddod lawr i gael cip arnot ti.'

'Diolch,' atebais i'r hormon yn wan. Fodd bynnag, wrth i mi geisio ad-drefnu fy nghnewyllyn mewn i ryw fath o wên teimlais dalpau gwynion trwchus yn llithro lawr ochrau fy narn-canol fel peli eira.

'Beth ddigwyddodd?' gofynnais yn yr oslef nychlyd o gyfarwydd honno sy'n fy meddiannu bob tro rwy'n pryderu am rywbeth.

'Wnes di lewygu,' eglurodd ThThThAAS.

Ysgydwais ychydig mwy o'r stwff gwyn trwchus oddi ar fy narn-canol. Mae'n rhaid bod yr hormon wedi sylwi ar fy ngolwg ddryslyd.

'Ddyle chi fod yn iawn,' meddai H-4723, 'yn enwedig os cadwch chi'n ddigon pell o'r bar,' ychwanegodd gan ruo chwerthin.

Amneidiais, gan ddechrau cofio'r hyn yr oeddwn yn ei wneud yn y clwb cyn llewygu.

'Paid ag edrych mor ddigalon, SAThAAG,' meddai ThThThAAS yn sionc, 'Mae H-4723 wedi dod ag ychydig o newyddion da. Nid oherwydd unrhyw nam mae'r chwarren bitẁidol wedi anfon tîm archwilio i'r prostad.'

'Pam ydyn nhw yna, 'te? O'n i'n meddwl taw dyna pam o'dd dim cwrw tu ôl i'r bar.'

'Mae 'na gwrw tu ôl i'r bar. Ni wedi bod yn dala fe nôl, 'na'i gyd. Ond byddwn ni ei angen yn weddol glou nawr,' atebodd H-4723, 'A dweud y gwir' parhaodd, gan giledrych ar ThThThAAS, 'os nag o's gwahaniaeth gyda chi, well i fi siapo hi nôl lan 'na i roi help llaw â'r rhybudd llifogydd.'

'Na na, ewch chi ar bob cyfri',' meddai ThThThAAS, 'A chan diolch i chi am ddod lawr 'ma ar shwt fyr rybudd H-4723.'

'Rhybudd llifogydd?' ebychais, gan ddechrau dirnad arwyddocâd geiriau'r hormon, 'Chi'n dweud bod ni ar fin derbyn rhybudd llifogydd semen?'

Yn llawn cyffro nodiodd ThThThAAS ei ben anferth.

'Ond mae hynna'n golygu ein bod ni ar fin cael Haddafliad!' dywedais yn uchel gynhyrfus, gan bwyso fy narncanol yn erbyn cadair dros dro o feinwe gyswllt.

'Hen bryd hefyd!' crochlefodd AAGAThA, oedd yn amlwg wedi bod yn clustfeinio ymhlith y clwstwr o sberm ar y ford nesaf atom.

'Gallith Iwan Morgan ddim bod yn dost iawn 'te, gallith e?' sibrydais drwy bilen allanol ThThThAAS.

'Yn union,' atebodd ThThThAAS, gan rwto'i ben yn addfwyn yn erbyn fy un i.

'Fe af i 'sha thre 'te,' meddai H-4723, gan boeri siarad a pheswch o gyfeiriad mynedfa'r Ddwythell erbyn hyn.

'Ie. Hwyl fawr. A diolch unwaith eto,' meddai ThThThAAS, yn chwifio'i gynffon wrth i H-4723 rolio nôl lan ochr wal yn y clwb cyn diflannu, hyd y gwyddwn, i gyfeiriad cyffredinol y chwarren brostad.

'Diolch,' dywedais wrth ThThThAAS, gan nodi bod y

gwayw dolurus bron iawn wedi pylu'n gyfangwbl erbyn hyn. 'Pam o't ti mor ffein wrtha' i?' ychwanegais, gan syllu'n syth i gnewyllyn ThThThAAS.

'Rwy'n dy hoffi' atebodd, gan wenu.

'Ond allet ti fod wedi fy ngadael i'n hawdd. Wnes di fentro'n beryglus i mo'yn help o'r chwarren brostad.'

Ceisiodd ThThThAAS symud ei wddwg mewn ystum ymostyngar ond medrai weld fy mod i'n dal i syllu arno, yn mynnu eglurhad llawnach. Driflodd ychydig doddiad ensym gwan trwy ei acrosom, gan ystyried ei gam nesaf yn ofalus.

'Mae'n talu ffordd i gydweithredu, 'na'i gyd' meddai yn syml. 'Paid ag edrych mor syn. Wnaethon nhw ddim dysgu hynna i chdi yn yr Academi?'

'Do, ond mae 'na filoedd o Wy-ddalwyr fan hyn. Falle 'mod i'n anghywir, ond mae'n edrych fel 'se ti wedi dewis cydweithredu â mi. Yn benodol. O's 'na ryw reswm am hynny?'

'Gawn ni ddeud bod ganddom ni'n dau yr un chwaeth mewn barddoniaeth, ia?' meddai, gan roi gwên hyfryd o amwys.

Teimlwn fel cofleidio ei ddarn-canol nes bod ei fitocondria yn crynu'n llawn pleser.

'Y farddoniaeth yma,' cychwynnais yn nerfus, 'nid rhyw fath o farddoniaeth hynafol fydde hi, siawns?'

Amneidiodd ThThThAAS ei ben anferth mewn cadarnhad tawel.

'Oeddet ti'n mwmian rhyw ddarnau am ryw frwydr wedi i chdi lewygu' ychwanegodd, gan sibrwd yn gyfrinachol.

'Wyt ti wedi'i glywed e hefyd?' gofynnais.

'Ydw,' meddai wrth amneidio unwaith eto.

'Mewn llais benywaidd fel arfer?' gofynnais drachefn, yn teimlo'n well bob eiliad. Fe'm synnwyd yn ddirfawr cymaint o ryddhad a gefais o allu trafod y llais roeddwn i wedi bod yn clywed. Mae'n rhaid fod y peth wedi bod yn gwasgu ar fy acrosom yn fy isymwybod.

'Ia. Bob amser yr un llais benywaidd,' ategodd ThThThAAS.

'Ie!' gwaeddais yn llawn pleser, gan dynnu hyd yn oed fwy o sylw tuag ataf.

'Cadwa dy lais lawr,' meddai ThThThAAS.

Gallwn weld bod ThThThAAS yn gwybod llawer mwy am hyn nag oedd o'n fodlon datgelu. Ond jest pan oeddwn i ar fin ei holi ymhellach trodd y ddau ohonom ein pennau yn reddfol i gyfeiriad mynedfa'r clwb. Roedd sŵn byrlymog yn y pellter i'w glywed yn nesáu tuag atom i gyfeiliant sgrechfeydd miliynau o sberm. Ai hwn oedd y foment fawr? Had-dafliad o'r diwedd? Does bosib nad oeddem i fod i gael rhyw fath o rybudd gyntaf?

Yn sydyn roedd y clwb yn gorlifo, am ei fod yn orlawn o sberm. Pendoncwyr, Rhwystrwyr – rhai mawr, rhai bach, rhai hirion, rhai byrion, amlbeniog, amlgynffonnog. Roeddent i gyd yn hunanwahoddedigion haerllug yn tarfu ar awyrgylch hamddenol y Ddwythell Ffrydiol. Be' ddiawl oedd yn digwydd?

Wrth imi droi wrth glywed sŵn rhywbeth yn malu'n yfflon y tu ôl i mi gwelais fod y bar wedi'i chwalu'n gyfangwbl gan rym nerthol y don o westai newydd hy oedd yn dal i lifeirio'n ddi-baid i'r clwb. Glynai miloedd o sberm enbyd i'r pibau a arweinai at y prostad, yn methu dirnad beth oedd yn digwydd iddynt. Taenodd cymylau melynaidd o ensymau acrosom drwy'r hylif hadlifol wrth i sberm gorffwyll ddechrau taro'u pennau yn erbyn ei gilydd. Abseiliodd gwarchodwr dryslyd yr olwg i lawr wal y Ddwythell a chydio'n syth yn y cariwr-Y oedd wedi canu yn y sioe gabaret yn gynharach. Ceisiai'r gwarchodwr ei orau i'w berswadio i ganu unwaith eto, ond ysgwydai'r cariwr-Y ei ben yn ffyrnig.

Wrth iddo weld 'mod i wedi fy llesmeirio â'r digwyddiadau sydyn yma, tynnodd ThThThAAS fy nghynffon ac fe blymion ni'n dau dan ford o gaws llyffant i gwato. Er gwaethaf i ni dwrio'n pennau gwerthfawr i loches llawr y feinwe gyswllt, llwyddon ni i glywed goslef groyw nodweddiadol AAGAThA yn lleisio'i wrthwynebiad yn danbaid.

'Gwrandewch. Na, gwrandewch yn wir. Dyw hyn jest ddim yn deg o gwbl. Ni yw'r elît i fod, y *crème de la crème* – ry'n ni i fod cael ein maldodi yn y twll-dîn-byd 'ma, nage'n trin fel y werin gyffredin! Rydw i'n dod o Gerrigydrudion! Rwy'n mynnu siarad â'r rheolwr! Helo, rwy'n mynnu siarad–'

O fewn eiliad gwelwyd y rheswm pam stopiodd ei druth mor ddisymwth. Rholiodd ei ben toredig yn araf trwy'r hylif hadlifol cyn stopio'n stond dan gadair o silia darfodedig. Teimlais gorddi cyfarwydd yn fy narn-canol a throes fy mhen o'r neilltu. Gallwn weld bod ThThThAAS wedi codi'i hun i fyny i bipo dros ben y ford feddal erbyn hyn.

'Beth wyt ti'n meddwl sy'n digwydd?' gofynnais yn nerfus.

'Dim syniad' atebodd, cyn galw 'AAAAThA! Draw fan hyn!'

O fewn eiliadau roedd yna sbermyn mawr ag acrosom pigog wedi ymuno â ni. Cyflwynodd ThThThAAS ef i mi fel ei Laddwr-Gadfridog, AAAAThA.

'Ble mae gweddill y Gymdeithas?' gofynnodd ThThThAAS ar unwaith.

'Maen nhw ffordd hyn yn rhywle' meddai AAAAThA mewn llais bas, soniarus, 'Ond mae'n amhosib cadw trefn ar unrhyw beth. Roedd hi'n anhrefn llwyr yn y fas.'

Mentrais wthio fy mhen nes lan, yn y gobaith efallai y baswn innau'n cael fy aduno â'm Lladdwr-Gadfridog. Ond, ysywaeth, nid oedd golwg o aelodau fy Nghymdeithas yn unman.

'Beth ddigwyddodd 'te, AAAAThA?' gofynnodd ThThThAAS.

'O'dd e'n uffernol,' meddai AAAAThA, yn sydyn yn beichio llefain, 'Cafodd y fas ei dynnu'n allanol. Gaethon ni i gyd ein taflu i bobman.'

Edrychodd ThThThAAS yn ofidus wrth iddo geisio dirnad beth allai fod wedi achosi'r fath drychineb.

'Ma' rhaid i ti dreial bod yn ddewr–' dechreuodd ThThThAAS, ond yn sydyn fe'n claddwyd dan y ford feddal o feinwe oedd wedi dymchwel ar ein pennau.

Gwasgai cnewyllyn ThThThAAS yn erbyn fy acrosom. Ffliciodd ei hun i fyny â'i gynffon ac edrychodd yn syth i'm cnewyllyn wrth iddo sadio'i hun.

'Gwranda, SAThAAG, falle cawn ni'n gwahanu. Mae 'na rywbeth ma' rhaid i mi wybod. Heblaw am y farddoniaeth, oes yna rywbeth arall wedi bod yn mynnu sylw dy gnewyllyn? Ystyria'n ofalus. Ma' fe'n bwysig.'

Ystyriais am ychydig, cyn dweud bod yr Wy byth yn bell o'm meddwl. Ond nid dyna oedd ThThThAAS am ei glywed.

Edrychais ar goll braidd ac edrychodd ThThThAAS yn siomedig. Yna dywedodd AAAAThA 'Fel darnau mân o wydr?'

Edrychais i fyny ar ThThThAAS yn syth wrth i mi glywed y cyfeiriad yma at wydr. Goleuodd ei ben yn wên o'i acrosom i'w wddwg. Roedd yn amlwg ei fod wrth ei fodd. Tra oeddwn i ar fin gofyn iddo beth oedd arwyddocâd y gwydr yn ein hisymwybod, teimlais rywun yn taro cefn fy sentriol isaf chwith. Troes i ganfod GASThAG, un o Laddwyr ifanc ASThAThTh.

'Wy-ddaliwr, SAThAAG, syr. Wy' mor falch i'ch gweld chi!'

Wylodd yn hidl o'i acrosom. Rhwymais ran o'm cynffon o amgylch ei ben ond nid oedd modd ei gysuro. Wrth weld ffiol hanner llawn o goctel alcalinaidd wedi ei waldio yn y llawr o feinwe gyswllt, pasiodd ThThThAAS y ddiod i AAAAThA, ac arllwysodd yntau ychydig i mewn i acrosom

GASThAG. Perodd hyn i'w ymdawelu rhywfaint, diolch i'r drefn. Ar ôl ychydig funudau mentrais ofyn iddo beth oedd achos ei boendod amlwg, a pharatoeais fy hun i ddisgwyl y gwaethaf.

'Ble mae'r lleill, GASThAG? Wnaethon nhw lwyddo i ddod lawr i'r Ddwythell?'

'Do, o'dd dim dewis gyda ni,' meddai, yn amneidio.

'Paid becso, wnewn ni ddod o hyd iddyn nhw,' dywedais, gan geisio fy ngorau i godi ei ysbryd.

Cynhyrfodd hyn ef yn fwy fyth.

'Ond 'sdim pwynt dod o hyd iddyn nhw, o's e?!' sgrechodd.

'Pam?' gofynnodd ThThThAAS.

'Y'ch chi heb glywed?' meddai GASThAG, gan ysgwyd ei ben yn rhwystredig, 'roedd 'na dynnu allanol ar y fas!'

'Ie, ry'n ni newydd glywed hynna,' dywedais, gan geisio'i ymbwyllo.

'Ma' Iwan Morgan yn cael fasectomi!' meddai o'r diwedd, gan gladdu ei acrosom yn rhychau olewog fy nghynffon.

Ciledrychodd ThThThAAS ar ei Laddwr-Gadfridog, fel pe bai'n ei annog i wrthod neu gadarnhau'r senario chwerthinllyd yma.

Nodiodd AAAAThA, gan ychwanegu ei fod ef hefyd wedi clywed y si.

'Si?' gwaeddodd ThThThAAS candryll, 'Na. Na, dydi o'm yn bosib. Dydi o'm yn neud unrhyw synnwyr!'

Pwniai ThThThAAS ei gynffon i mewn i'r llawr o feinwe gyswllt tra oedd yn siarad er mwyn ategu ei gynddaredd. Roeddwn i'n deisyfu ei gredu ef. Fel marwolaeth rwber, prin y clywyd y gair 'fasectomi' ymhlith sberm. Hwn oedd y tabŵ eithaf – cwpla taith eich bywyd trwy fynd ar eich pen i wal gaeëdig yn y fas. Roedd y peth jest yn rhy erchyll i'w ddygymod.

'Hyd yn oed os ydyw'n wir,' meddai AAAAThA, 'ry'n ni'n iawn, am ein bod ni wedi dianc o'r fas!'

Wrth glywed hyn, cododd GASThAG ei ben o rychau ac edrychodd ychydig yn dawelach ei ysbryd, cyn sôn am yr hyn oedd yn amlwg yn gwasgu ar ein hacrosomau ni i gyd.

'Ond os y'n nhw, fel cwpwl, yn gwneud y fath weithred eithafol, yna mae Catrin Owen am wneud ei gorau glas i beidio beichiogi, ondyw hi?'

Ciledrychodd y pedwar ohonom ar ein gilydd, gan osgoi unrhyw syllu uniongyrchol gnewyllog, yn symud ein darnau-terfyn nôl ag ymlaen yn llechwraidd wrth i ni bendroni ynghylch goblygiadau echrydus geiriau GASThAG.

Mae'n rhaid bod y si am fasectomi arfaethedig Iwan Morgan wedi lledaenu drwy'r clwb fel tân mewn coedwig; gwelwyd terfysgoedd – rhwygwyd darnau amrywiol o feinwe gyswllt gan sberm rhwystredig, ac ymladdai miloedd o Y-au ei gilydd yn gwbl agored.

Mae'n rhaid bod cymaint o anrhefn yno gan fod rhywun wedi galw am help ar hyd y Brif Rwydwaith Nerfol. O fewn munudau, llithrai cannoedd o niwronau motor caled iawn yr olwg i lawr muriau'r Ddwythell. Cawsant effaith gadarnhaol ar unwaith, yn trafod eu tendritau niferus fel pastynau heddlu gwrth-derfysg.

Roedd nifer y bywydau oedd yn cael eu colli yn y lladdfa'n cynyddu bob munud, wrth i ni weld miloedd o bennau a darnau digyswllt o gyrff darfodedig yn arnofio i fyny i fynedfa'r clwb. Teimlais gwlwm yn fy sentriol uchaf wrth i mi obeithio nad oedd ASThAThTh ymhlith y meirw.

Tra oeddwn i'n cnoi cil yn brudd am hyn cododd un o'r niwronau motor corn siarad o'i gellgorff. Gan wasgu ei hun mewn i silff bargodol o silia hanner fordd i fyny'r Ddwythell, dechreuodd annerch y dorf niferus.

'Daliwch sylw, daliwch sylw! Gwrandewch arna' i! Allwn ni ddim fforddio moethusrwydd panig! Fy enw yw NM-783085, aelod blaenllaw o Rwydwaith Nerfol 27 o'r Brif System Nerfol. Mae gen i newyddion da. Wy'n gosod rhybudd llawn ar gyfer Had-dafliad. Pwysleisiaf nad ymarfer yw hwn, ond rhybudd llawn ar gyfer Had-dafliad!'

Lledaenodd ton o ryddhad trwy'r Ddwythell Ffrydiol wrth i bob sbermyn droi at yr un nesaf ato mewn syndod amheuthun a disgwylgar.

'Pa dystiolaeth sydd ganddoch chi fod yna Had-dafliad ar y ffordd?' gofynnodd y-Ddaliwr â phen mawr a darn-canol byr, gwydn.

'Ody'r neges wedi dod o'r Brif Swyddfa ei hun?' gofynnodd Wy-ddaliwr arall, un ofidus iawn yr olwg gydag acrosom llydan.

'Ni allaf gadarnhau fod y neges wedi dod o'r Brif Swyddfa,' atebodd NM-783085.

Ysgogodd yr ateb nacaol gyfres o floeddiadau amrwd a hisian aflednais o'r fan lle arferai'r bar fod, ond roedd NM-783085 yn fwy penderfynol fyth wedi iddo glywed yr agwedd negyddol yma. Llwyddodd unwaith yn rhagor i gadw trefn drwy weiddi trwy ei gorn siarad.

'Tawelwch! Pwysleisiaf os fydd 'na ragor o anhrefn, wna i ddim oedi rhag rhoi gorchymyn i fy nghyd-niwronau motor i drydanu'r troseddwyr!'

Wrth fy ymyl manteisiodd llais uchel ar y tawelwch sydyn.

'Ar ba sail y'ch chi'n gosod rhybudd llawn Had-dafliad?' gofynnodd ThThThAAS.

'Ar sail arwyddion allanol,' atebodd y niwron motor, gan droi'r sain i lawr ar ei gorn siarad.

'Pa arwyddion allanol?' dyfalbarhaodd ThThThAAS.

'Mae'n ddrwg gen i. Ni allaf ddatgelu union natur y datblygiadau diweddaraf yma, ond mi bwysleisiaf bod hwn yn rhybudd llawn ar gyfer Had-dafliad. Rwyf yn eich hatgoffa chi dylai pob sbermyn ddilyn y rheolau sy'n unol â'r fath orchymyn pwysig. Diolch yn fawr.'

Rhoddodd ei gorn siarad yn ôl yn ei gellgorff cyn llamu i fynedfa'r clwb ar gyflymder goleuni. Roedd cymaint o niwronau motor yn bresennol nawr gellid gwynto sawr unigryw llosgi uwchlaw'r hylif hadlifol.

Erbyn hyn roedd y clwb fel ffair, yn enwedig ymhlith y nerfau. Roedd y naill nerf fel pe bai'n plygio i mewn i synaps yr un nesaf ato ac roeddynt i gyd yn llawn tensiwn wrth iddynt aros am yr arwydd i gychwyn o'r Brif Rwydwaith Nerfol. Gallwn weld o'r ffordd roedd ThThThAAS yn craffu arnynt ei fod ef wedi ei lwyr argyhoeddi bod ein cyfnod ni tu fewn i organau cenhedlu Iwan Morgan yn brysur ddirwyn i ben. Teimlais ryw gnoad dolurus yn fy sentriol uchaf wrth i mi geisio ymdopi â datblygiadau'r munudau diwethaf. Dyma ni 'te. Y ffrwydriad hir-ddisgwyliedig. Cynlluniais ddarlun o'r stadiwm y tu fewn i Catrin Owen yn fy mhen yn frysiog. Ystyriais yn bryderus y posiblrwydd o gael fy fflysio mas fel ôl-lifeiriad faginaidd. Na, dywedais wrthyf fy hun. Na. Ceisiais gofio'r holl gyngor da o'n i wedi'i dderbyn yn ystod fy nhaith hyd yn hyn. Breuddwydio'r freuddwyd fawr. Anelu at fynd yn syth i'r wybib; yna gorffwys; cynilo egni, edrych mas am alwad gemegol yr Wy.

Yr Wy. Yr Wy! Ysgydwodd don ar ôl ton o olew edefyn echelog i lawr ar hyd fy nghynffon mewn ffrwd drwchus o bryder. Nid pryder yn unig, fodd bynnag. Allwn i ddim gwadu fy mod i wedi fy nghyffroi'n arw. Roedd y gobaith realistig o nesau at yr Wy yn fy llenwi â'r math o bleser ffyddiog sy'n anodd i'w ddisgrifo. Wedi'r holl gynllunio a pharatoi, roeddwn i, o'r diwedd ar rybudd llawn ar gyfer Had-dafliad!

Gan flasu fy eiliadau olaf tu fewn i gorff Iwan Morgan edrychais o gwmpas y Ddwythell Ffrydiol a chefais fy synnu gan yr hyn a welais. Roedd pob sbermyn yn gwneud yr un peth â mi, sef sefyll yn llonydd, gan gadw ar wyneb yr hylif drwy fflicio'u cynffonnau, ond yn y bôn, yn dawel bendroni eu tynged. Ni fyddaf byth yn anghofio'r tawelwch iasol hwnnw, a oedd prin yn cael ei darfu arno gan chwifiad tawel miliwn o gynffonnau nerfus.

Gwenodd GASThAG arnaf yn nerfus a gwenais innau'n ôl ar yr unig aelod o'm Cymdeithas a lwyddodd i ymuno â mi ar gyfer hwb hollbwysig fy nhaith.

Yna fe glywsom y cyfri'n ôl yn dod i lawr y miliynau o gysylltiadau dyrys ar hyd y Brif Rwydwaith Nerfol:

Tri. Dau. Un.

Yna ffrwydriad ffrydiol, aruthrol.

Cefais fy hyrddio ar gyflymder goleuni trwy gyfres chwil o gylchdroadau, gan gael fy mhlastro â thalpiau gwynion, trwchus o semen. Gan lynu wrth ThThThAAS orau medrwn, roeddwn eisoes yn goranadlu wrth i mi ruthro lawr colofn hir ychydig yn asidig y cala am wn i, cyn cael fy nhowlu mas, mas, mas. A lan. Lan i'r cymylau. Wnes i nofio a nofio a nofio trwy'r niwl gwyn. Ond roedd y niwl yn mynd yn fwyfwy trwchus drwy'r adeg. Yn reddfol, parheais i nofio, heb fecso'r dam os o'n i'n mynd y ffordd gywir neu beidio. O'dd rhaid i mi gadw fynd, rhag i mi gael fy nhraflyncu gan y niwl gwyn. Ni allai'r holl broses fod wedi para fawr mwy nag ychydig eiliadau.

Yna yn y man, fe gododd y niwl yn ddramatig o obeithiol wrth i mi lwyddo i godi fy mhen trwy wyneb yr hylif hufennog. Gallwn weld rhywbeth yn dod tuag ataf. Sbermyn arall. Nofiais tuag ato ac wrth i mi daro fy mhen, sylweddolais taw fi oedd y sbermyn arall ac nad oeddwn y tu fewn i Catrin Owen o gwbl.

Syllais ar fy adlewyrchiad dryslyd. Yna gwawriodd arnaf yn erbyn beth roeddwn i newydd daro fy mhen.

Gwydr.

14

Craffais ar fy hun yn y gwydr, gan syllu yn syth i'm cnewyllyn. Gwnâi'r prysurdeb amlwg o fewn fy DNA i mi deimlo'n nerfus. Sylwais fod yna gadwyni o broteinau'n igam-ogamu ar draws ei gilydd ac yn plymio tuag ataf â'u tentaclau disglair. Edrychent bron iawn fel llaw dynol, wrth iddynt fy ngwahodd tuag atynt â'u bysedd deiamwntiog. Yn anochel, cefais fy swyno gan eu harddwch amrwd, a gwesgais fy nghnewyllyn yn nes yn erbyn y gwydr. Yna, fel pe bawn i'n pipo drwy galeidosgop, fe'i gwahanwyd ar amrantiad cyn iddynt ailymgynnull unwaith eto. Yn hudolus o glou roeddynt wedi ffurfio siâp gair. Gair roeddwn hyd yma wedi ceisio fy ngorau i'w osgoi.

Nid yw Ymarferion Ysgydwadau yn eich paratoi i ymdopi â marw. Roedd sicrwydd terfynol y gair yn fy llenwi ag arswyd. O fewn munudau o ganfod fy hun ar gopaon melys fy nghynefin newydd, gan syllu ar fy adlewyrchiad salw, roeddwn i'n beryglus o agos at dderbyn anorfodrwydd fy nhynged.

Rhaid wynebu'r ffaith. Roedd gwydr yn anghywir – roedd yn newyddion drwg; nid o wydr y gwnaed wyau.

Gan droi oddi wrth y gwydr ceisiais godi fy ysbryd trwy wthio fy mhen i gysur eisin ffrwctos fy nghartref newydd. Stwffiais fy acrosom â'r toddiant melys alcalinaidd. Ac yn wir, o fewn ychydig eiliadau teimlais fy hun yn llawn egni unwaith eto. Yn orffwyll o egnïol, mewn gwirionedd. Roeddwn yn chwipio fy nghynffon yn ôl ac ymlaen yn erbyn rhyw feini gwynion o semen, gan daenu olew edfefyn echelog dros bobman, ddim yn becso'r dam. Ciledrychais trwy'r briwlan llaethog oedd yn disgyn arnaf, a sylwais fod y rhan fwyaf o'm cyd-sberm hefyd yn or-egnïol. Roedd rhai yn amlwg wedi bod ar lwgu. Erbyn hyn, llowcient yr ensym blasus i'w pennau, gan gicio'u cynffonau'n orfoleddus, yn methu credu eu lwc. Sylwais trwy'r niwl hufennog fod yna eraill nes ymlaen yn llenwi'u hunain â chymaint o ffrwctos nes fod eu pennau yn llythrennol yn troi. Wrth i mi adael i'r losin melys ddiferu i'm sytoplasm clywais glec rhyfedd uwch fy mhen. Gwesgais fy mhen yn ofalus trwy'r wyneb eisin a gweld olion sbringlyd pilen allanol wedi ei hepgor. Roedd cyd-sbermyn wedi stwffio'i hun â ffrwctos yn rhy glou ac wedi ffrwydro. Medrwn weld fod hyn yn enbydus. Roedd anobaith a chyflenwad toreithiog o bwdin yn gyfuniad marwol i'r sbermyn mwyaf cymhedrol. Cysurfwyd mewn cyfyngder. Ar ôl stwffio fy hun ag ychydig mwy o'r ffrwctos amheuthun sylweddolais fod fy symudiadau yn drymaidd araf, er gwaetha'r ffaith fy mod i'n teimlo'n egnïol iawn. Gofidiais am ennyd fy mod i wedi llenwi fy hun â gormodedd o'm hoff ensym, yna ymlaciais wrth i mi gofio bod y syrthni cymharol yma i'w ddisgwyl. Er 'mod i'n teimlo'n egnïol roedd hi'n hollol naturiol i'm symudiadau arafu gan fod semen yn llawer tewach na hylif hadlifol.

Wedi i mi gael fy ngwala o ffrwctos dechreuais edrych ar hyd y twmpathau semen yn fanylach. Chwiliais yn ofer am aelodau o'm Cymdeithas Had-dafliad neu ryw ffrindiau eraill yr oeddwn i wedi cyfarfod yn ystod fy nhaith o'r gaill chwith. Teimlwn yn arbennig o siomedig fy mod i wedi colli cysylltiad â'm cyfaill newydd o Ogledd Cawda, ThThThAAS. Roedd ganddom ni rywbeth yn gyffredin ar wahân i'r ffaith ein bod ni'n dau yn Wy-ddalwyr. Dangosodd gwir ddiddordeb yn fy nhynged. Efallai am fod fy nghnewyllyn wedi dechrau ymlacio, wrth i mi feddwl yn freuddwydiol am ThThThAAS, wn i ddim, ond cyn hir, medrem glywed unwaith eto y llais benywaidd roedd y ddau ohonom wedi clywed yn annibynnol â'r fath eglurder trawiadol.

'A hen a ieuainc a hydr a llaw, Dadl ddiau angau i eu treiddaw.'

Roedd y llais benywaidd yn dechrau fy nghythruddo – nid oherwydd yr hyn y ddywedai, ond am ei fod yn swnio mor gyfarwydd. Rywsut teimlais y dyliwn adnabod y llais hwn. Roedd yna elfen rwystredig o *déjà vu* i'r holl brofiad.

Tra'n pendroni dros arwyddocâd y llais roeddwn wedi arnofio'n araf nôl lan i'r wyneb. Syllais unwaith eto ar ymyl gwydr pa lestr bynnag yr oeddem wedi ein caethiwo ynddo. Yn goranadlu, sylwais wrth i mi gyffwrdd â'r ymyl fy mod i wedi stemio'r gwydr. Cefais fy mhlesio gan hynny am gyfnod, gan na fedrwn weld fy adlewyrchiad salw. Fodd bynnag, heb feddwl, rwbiais fy acrosom yn erbyn y gwydr gan sylweddoli 'mod i wedi gwneud marc arbennig ar yr wyneb. X. Llifodd nifer o ddelweddau yn glou i'm cnewyllyn dychlamol. Croesau, cleddyfau wedi croesi, cusanau. X. Y marc mwyaf elfennol yn y bydysawd. Traed brain cyntefig yr anllythrennog; sylfaen democratiaeth. Y cromosom ynof i fyddai'n pennu rhyw benywaidd. Wrth gwrs, sylweddolais maes o law taw rhyw euogrwydd oedd yn gwasgu ar fy nghnewyllyn. Fy ngenynnau diwyro yn fy atgoffa'n ddidrugaredd o'm hunig orchwyl hanfodol ac yn fy annog i beidio â rhoi'r ffidl yn y to; yn fy atgoffa o'm cynghorwr, H-189, oedd mwy na thebyg yn swisian o gwmpas fy isymwybod, yn adrodd yn ei lais nodweddiadol, cryg: 'dim ond hedyn heini sy'n cael Wy yn gwmpeini.' Yn anffodus roedd yr ymdrech hon i wneud i ni deimlo'n euog yn wrthgynhyrchiol braidd, gan i mi lithro i mewn i ryw fath o wewyr tebyg i bwl pryder. Roedd gas gen i ymosodiad diildio genynnau fy nghromosom-X. Eu hollbresenoldeb hwy, eu hyfdra. Roedd yr holl beth yn afresymol, eu blys trachwantus i basio deunydd genetaidd Iwan Morgan ymlaen i'r genhedlaeth nesaf. Ymddengys yn wallgo' i mi eu bod nhw mor hollalluog. Llawfomiau bach hunanbwysig, yn barod i ffrwydro fy nghydwybod ar yr arwydd lleiaf o amheuaeth. Gallai unrhyw un feddwl taw'r genynnau yn fy X oedd yn fy rheoli i yn hytrach na'r gwrthwyneb! Llestr yn unig oeddwn i i'w hysfa ddiflino i oroesi.

Yn lled-ymwybodol o ryw olau gwan yn y pellter trwy'r gwydr dechreuais rwto fy acrosom nôl a 'mlaen ar yr ymyl, gan ddileu'r 'X' gyhuddgar. Hyd yn oed ar ôl ei waredu, daliais ymlaen i rwtio yn erbyn y gwydr yn fecanyddol rwystredig. Roeddwn i'n amlwg yn teimlo anghyfiawnder fy ngharchariad i'r byw.

O ganlyniad i'r holl hunanholi trawmatig yma cefais fy hun ger copa llethr semen, yn syllu ar y golau gwan yn y pellter ac yn llefain y dŵr.

Yn anffodus dyma'r union adeg ailymunodd GASThAG â mi.

'Wy-ddaliwr? Syr? Mae'n amlwg eich bod chi wedi clywed y newyddion 'te.'

Prin y medrwn glywed ei eiriau trwy fy nagrau acrosomaidd. Wrth i mi deimlo'n flin fy mod i mor amlwg hunan-dosturiol, llwyddais yn y man i droi tuag at aelod ieuengaf fy Nghymdeithas Had-dafliad.

'Mae'n ddrwg 'da fi, GASThAG. Ddyle ti ddim gweld fi fel hyn.'

'Mae'n ymateb digon naturiol, syr,' meddai GASThAG gan amneidio'n llawn cydymdeimlad.

'Fi yw dy hedyn gobaith di, nagefe GASThAG? Wel, dyw dy "hedyn gobaith" di'n fawr o esiampl i ti, ody e?'

'Alla' i ddeall fel 'chi'n teimlo yn iawn, Wy-ddaliwr – yn enwedig ers i'r newyddion dorri.'

'Pa newyddion?'

'Mae'n rhaid bo' chi wedi clywed, syr. Mae fy hunllef waethaf ar fin cael ei gwireddu. Ry'n ni i gyd yn mynd i gael ein rhewi!'

Byth ers i Triphen ynganu'r geiriau *'in vitro'* mewn sain stereo ardderchog y noson gyntaf honno yn fy mhant yn leinin yr argaill, doedd y posibilrwydd o gael ein rhewi ddim wedi llwyr ddiflannu. Yn wir, roedd y ddau air syml hyn wedi atseinio o amgylch fy nghnewyllyn ar sawl achlysur. Roedd taro'r gwydr mor ddisymwth yn dilyn ein Had-dafliad fwy neu lai wedi cadarnhau ei ddamcaniaeth. Mewn ffordd od roedd cadarnhad pellach GASThAG yn rhyw fath o gysur. O leiaf roedd yna ryw lygedyn o oleuni ym mhen draw'r twnnel. Er, wrth gwrs, ni fyddai yna dwnnel.

Wrth reswm, roedd hi'n gymharol hawdd i mi dderbyn y newyddion hyn. Ond i Bendonciwr ifanc fel GASThAG roedd hyn yn drychineb. Mi fyddai IVF yn golygu y gallai ei hepgor yn llwyr, gan na fyddai angen unrhyw Laddwyr-Sberm i'm hamddiffyn i neu unrhyw Wy-ddalwyr eraill. Ni fyddai unrhyw sberm estron yn bresennol ym myd technegol rhyfeddol ffrwythloni *in vitro*. Er lles GASThAG yn ogystal â minnau, ceisiais fy ngorau i edrych ar y datblygiad hwn mor ffafriol ag y medrwn.

'Dylen ni feddwl am Catrin Owen fan hyn, GASThAG. Os dyma'r ffordd orau iddi hi genhedlu, yna mae rhaid i ni rhoi o'n gorau er mwyn iddi lwyddo.'

'Ni?' atebodd GASThAG yn swta, 'Chi y'ch chi'n meddwl, nagefe?'

'Wy'n siŵr fydd gan Laddwyr ifanc fel ti gyfraniad pwysig' mentrais.

Gwyddwn taw siarad gwag oedd hyn. Gwaetha'r modd, gwyddai GASThAG hynny hefyd.

'Pendonciwr ydw i, SAThAAG, syr. Wy' wedi cael fy rhaglennu i ladd . . . nid i rewi . . . '

Cwympodd yn ffradach ar dalpyn o semen siâp deiamwnt gan grynu'n gandryll o ddigalon.

'Mae'n ddrwg gen i, syr. Wy'm yn gwybod os alla' i ddiodde' rhewi. Wy' wastad wedi cael y ffobia yma ynglŷn â mynd yn stiff.'

'Mae nhw'n dweud fod e'n gwmws fel mynd i gysgu, GASThAG. Cyn belled bod ti'n meddwl am bethau dymunol, yna 'dyw rhywun ddim yn teimlo'r newid.'

'Ond does neb yn gwybod hynny i sicrwydd, o's e?'

'Wel, fel y gwyddost, mae yna sawl efelychiad wedi eu cyflawni yn yr Academi . . . '

'Yn gwmws! Efelychiadau! Dyfalu yw'r cwbl!'

Sylweddolais nad oedd yna fawr o bwrpas i'w gysuro

ynglŷn â'r rhewi, felly newidiais fy nghywair.

'Dyfalu wyt tithau hefyd,' dywedais, 'Dy'n ni ddim yn hollol sicr chwaith, os y'n ni'n mynd i rewi o gwbl. Pwy wedodd 'na wrthot ti, ta beth?'

'Dyna beth yw'r pwnc trafod gan bawb. Mae'n debyg bod hanner yr Had-dafliad wedi'i drosglwyddo a'i rewi yn barod.'

'Beth?!'

'Mae'n wir. Ry'ch chi'n rhy ynysig mas fan hyn ar yr ymyl. Does gyda chi ddim syniad beth sy'n mynd ymlaen. Mae'r Rhwystr-Gadfridogion wedi amcangyfrif ein bod ni i lawr o ryw hanner cant y cant o leia'. Ac roedd yna dystion hefyd. Gwelson nhw sawl miliwn yn cael eu harllwys o'r fflasg wydr yma ry'n ni ynddi.'

Roedd hi'n amlwg bod angen i mi wybod mwy am y datblygiadau hyn. Penderfynais nofio i ganol y toddiant halltfelys oeddem wedi ymgolli ynddo mor ddirybudd.

'Rwyt ti'n iawn. Aros di fan hyn, GASThAG, wrth y rhan yma o'r gwydr. Fydda' i ddim yn hir, paid â symud.'

Wrth i mi nofio drwy'r hylif hufennog i gyfeiriad canol y fflasg tynheais fy sentriol uchaf yn syfrdanol o sydyn. Gallwn deimlo'r tensiwn. Ceisiais fy ngorau i argyhoeddi fy hun nad oedd fawr o bwys colli cant a hanner miliwn sberm o'r Had-dafliad, ond methais yn llwyr. Troellai nifer o gwestiynau gofidus o amgylch fy nghnewyllyn. Os oeddwn i ar flaen y ciw yn y Ddwythell Ffrydiol, yna pam nad oeddwn i gyda'r criw a gafodd ei rewi? A pham rhewi dim ond hanner yr Had-dafliad, pu'n bynnag? Oedd yna fwriad i rewi'r gweddill ohonom yn ogystal? Os oedd, pryd felly? Roedd un peth yn sicr. Y mwya' roeddem ni'n sblasio o gwmpas yn y pwdin llaeth diflas 'ma, yna y lleia' cydnerth oeddwn ar gyfer Ras Wy. Roedd gen i ryw deimlad anniddig fod y gweddill ohonom oedd yn dal ar ôl wedi colli mas ar rywbeth uffernol o bwysig. Rhyw deimlad fod y parti go iawn yn rhywle arall.

Wrth i mi ofalu i osgoi'r pigau miniog o semen oedd wedi caledu tua canol y fflasg wydr sylweddolais mor ddifrifol oedd y panig ymhlith gweddill yr Had-dafliad. Roedd miloedd o Y-garwyr yn ymladd yn agored ymysg ei gilydd. Gwawdient eu 'gwrthwynebwyr' gan chwarae pêl-droed â phen newydd ei dorri, yn amlwg heb ddiawl o ots am ei gynnwys gwenwynig. Gellid hyd yn oed gweld nifer o Rwystrwyr yn dringo'n ddeheuig i fyny talpiau creigiog gwynion er mwyn trywanu eu hunain yn fwriadol angheuol ar y picelli o semen solet. Mewn ffordd, roedd gweld hyn yn fwy o syndod o lawer na meddylfryd afreolus yr heidiau Y, am fod Rhwystrwyr ar y cyfan yn sberm rhesymegol iawn, o ganlyniad i'w hyfforddiant trylwyr mewn mathemateg.

Yn sydyn, heb rybudd cefais fy nhynnu mewn i dwr o semen gan ddau Laddwr-Sberm. Cariai un ohonynt fag wedi ei wneud o silia darfodedig â phatrwm trawiadol o fitocondria sosejaidd arno.

'Chi'n edrych dan bwysau ofnadwy, syr. Hoffech chi lymaid o ddŵr?' gofynnodd yr un â'r bag.

'Wedi ei ddistyllu, wrth gwrs' gwenodd y llall.

'Ie, fydde 'na ddim ots 'da fi 'sen ni'n–'

Cyn i mi gwpla fy mrawddeg cefais fy ysgubo gerfydd fy nghynffon i fyny rhes o risiau ac i mewn i wagle eang â muriau fflwfflyd, blomonjaidd. Gwelwyd triawd o Laddwyr siriol yn mwmian-ganu alawon addfwyn a chysurlon. Roedd yna hyd yn oed wyntyll elfennol, sef Rhwystrwr ifanc yr olwg gyda phedair cynffon, yn gyson siglo'n ôl a blaen ger y fynedfa. Ni allai'r gwrthgyferbyniad rhwng yr hyn roeddwn i newydd weld y tu allan a'r swyddfa foethus hon fod yn fwy trawiadol. Agorodd y Pendonciwr ei fag a rhoi cerdyn i mi tra estynnodd y llall diwb di-liw llawn dŵr.

Craffais ar y cerdyn – 'ThAThThSA-ASSGGA-GGAThSA – Rheolwyr Ymgynghorol.' Edrychwn ar goll braidd, ond mae'n rhaid fy mod i wedi rhoi argraff ffafriol, gan y dechreuodd ThAThThSa, yr un â'r bag, yn syth ar ei lith werthu.

'Mae Wy-ddalwyr o'ch safon chi yn brin ac 'ry'n ni'n awyddus iawn i chi sylweddoli'ch gwerth, ondy'n ni GGAThSA?'

'Odyn wir,' gwenodd GGAThSA, 'GGAThSA ydw i gyda llaw, a dyma fy nghydweithiwr, ThAThThSA, sy'n gyd uwch-bartner, ym–'

'SAThAAG,' straffaglais, yn dal wedi fy syfrdanu.

'Wel, SAThAAG, wyt ti wedi clywed am "dimaintioli"?' gofynnodd ThAThThSA.

'Na.'

Edrychodd ThAThThSA a GGAThSA ar ei gilydd yn obeithiol.

'Cysyniad newydd sy'n boblogaidd iawn ar y funud, yn enwedig ar ôl y gostyngiad ar y farchnad yn gynharach heddiw' parhaodd ThAThThSA.

'Mae rhai sberm yn ei alw'n gwymp go iawn, ond ry'n ni'n dueddol o edrych ar y peth fel gostyngiad,' ychwanegodd GGAThSA gan chwerthin yn nerfus.

'Blip dros-dro,' tywynnodd ThAThThSA.

'Ofnadwy o dros dro. Rhagor o ddŵr?' cynigiodd GGAThSA.

Ysgydwais fy mhen yn gwrtais, gan geisio canolbwyntio ar yr hyn roeddent yn ei ddweud. Estynnodd GGAThSA daflen lachar yn syth o'i ddarn-canol a'i roi i mi cyn ymhelaethu am y cynnwys.

'Yn fras, SAThAAG, yr hyn weli di o dy flaen di nawr yw cytundeb fyddet ti'n wallgo' i'w wrthod. Mae'n gwarantu gwarchodlu o amddiffynwyr – hyd at bum deg o Laddwyr-Sberm gwirfoddol, sydd wedi eu hymddihatru o'u Cymdeithasau penodol yn ystod dryswch yr oriau diwethaf yma.'

'Ond pam fydda i angen cael fy amddiffyn? Os y'n ni'n mynd i gael ein rhewi, yna'r canlyniad mwyaf tebygol yw ffrwythloni *in vitro*. Rhyw fath o sbermfanc. Fydde 'na ddim angen unrhyw Laddwyr-Sberm.'

'Ry'ch chi'n cymryd yffach o lot o bethau'n ganiataol fan'na, gyfaill,' meddai ThAThThSA, a'i wên gyfeillgar yn newid i gilwen ffug.

'Ie, wir,' parhaodd GGAThSA, 'y'ch chi wedi gweld pa mor anodd yw hi mas fan'na? Weden i fod angen i arch-Wy-ddaliwr fel chi gael rhyw fath o yswiriant corfforol.'

'Yn bendant,' ychwanegodd ThAThThSA.

'A bwrw fy mod i'n arwyddo'r cytuneb, sut y'ch chi'n elwa?' gofynnais.

'Wel, dyna lle mae dimaintioli yn dod i'r fei, fy nghyfaill. Fydde angen ychydig o'ch DNA fel gwarant yn erbyn colledion–' dechreuodd GGAThSA, cyn i ThAThThSA ddal ei ddarn-terfyn i fyny a pharhau yn ei le.

'Baswn ni'n rhoi canran ohono fe ar y marchnadoedd ry'n ni a sawl asiantaeth arall ar fin eu sefydlu.'

'Ond trwy ildio rhyfaint o'm DNA, buaswn i'n ildio fy unigrywiaeth genetaidd fel Wy-ddaliwr. Baswn i'n hollol ddiwerth!'

'Ond meddyliwch am yr elw,' meddai GGAThSA yn sionc.

'A'r amser hamdden fyddech chi'n cael – a'r tawelwch meddwl o wybod fod gyda chi amddiffynfa sylweddol am weddill eich bywyd!'

Wrth i mi bendroni ynglŷn â sut i ddweud wrthynt i stwffio eu 'dimaintioli', cefais fy achub rhag gorfod cyflawni'r fath orchwyl, diolch i'r drefn, am fod y triawd o gantorion yng nghornel y swyddfa wedi syrthio'n sydyn trwy'r llawr.

'Hei, y'ch chi'n iawn draw fan'na?' holodd GGAThSA, gan nofio i'r ochr, gyda ThAThTHSA yn llawn consyrn wrth ei ymyl.

Yn y trybestod mi fachais ar y cyfle i wthio heibio'r Rhwystrwr oedd â phedair chynffon, gan nofio i lawr y grisiau mor glou ag y medrwn. Nofiais a nofiais drachefn, heb edrych nôl o gwbl. Ni allwn edrych o'm cwmpas hyd yn oed. Ysgogodd y sgrechfeydd dirmygus a'r bloeddiadau o'r terfysgoedd niferus gwlwm o dyndra yn fy sentriol uchaf. Wy' bron yn siŵr i mi weld criw o ryw chwe Lladdwr yn cario bwndel o gynffonnau sberm wedi eu llurgunio a'u clymu gyda'i gilydd â chordyn o bilen allanol ddarfodedig.

Yn goranadlu, cyrhaeddais ymyl y gwydr unwaith eto o'r diwedd, yn union lle y gadewais GASThAG ynghynt. Wedi i mi weld yr anhrefn yng nghanol y fflasg fy hun, gallwn ddeall ei ddadrithiad i'r dim. Yn wir, o dan y fath amgylchiadau edmygais ei ddycnwch a'i ffyddlondeb i barhau i geisio fy nghanfod. Roeddwn i'n awyddus i ddiolch iddo ac i bwysleisio taw efe fyddai fy nghydymaith ar ba bynnag siwrnai helbulus y buaswn yn mentro arni, y ddau ohonom yn gymorth i'n gilydd mewn cyfyngder.

Ond ro'n i'n rhy hwyr. Wrth i mi chwilio am aelod ieuengaf fy Nghymdeithas Had-dafliad sylwais ar olion ei ben toredig yn syllu nôl arnaf, yn sownd i'r gwydr mewn gwên salw rhyddid angau.

15

Yn methu goddef edrych ar goflaid iasol marwolaeth nofiais bant o'r ymyl gwydr mor glou ag y gallwn, yn ôl i gorff yr hylif trwchus hufennog. Sylwais fod ambell glwstwr o semen wedi ceulo i ffurfio crofennau caled llwyd ar yr wyneb. Llusgais fy hun i fyny ar un o'r silffoedd llwyd hyn i geisio gorffwys a chanolbwyntio. Roedd pethau yn newid mor gyflym erbyn hyn fel bod angen i mi roi trefn ar y cynnwrf. Beth bynnag oedd fy nhynged maes o law teimlais taw da o beth fyddai cynilo fy egni am ennyd.

Wrth i mi ddechrau paratoi rhyw frasgynllun o'r hyn y dyliwn ei wneud daeth rhyw Wy-ddaliwr trwchus yr olwg a gwthio'i hun i mewn wrth fy ymyl. Er i'w ddarn-canol ymchwyddo i fyny ac i lawr ro'n i'n dal yn gallu gweld bod ganddo dolc cas a dwfn ar ei wddwg. Mor ddwfn yn wir nes bron y gallem weld i mewn i'w sentriol uchaf.

'Ddrwg gen i, gyfaill. O'dd rhaid i mi orffwys rhywle. Wy' newydd fod yn ymladd, t'wel,' eglurodd yn wichlyd. Roedd yn amlwg ei fod yn dal mewn poen, ond serch hynny wrth ei fodd yn traflyncu defnynnau o ffrwctos a oedd yn bargodi'n bryfoclyd o frigyn semen gerllaw.

'Ie, o'n i mewn 'na yn gynharach,' dywedais, 'Mae'r terfysgoedd fel 'se nhw'n gwaethygu. Wyt ti'n gwybod am beth mae nhw'n ymladd?'

'Bwyd, wy'n credu. Ma' ryw sgam 'mlaen, yn ôl y sôn. Rhyw ynfytyn yn y gorllewin yn treial cael gafael ar y bwyd i gyd. 'Se ni'n neud y gorau o'r stwff hyn, 'se ni'n ti. Mae nhw'n dweud ei fod e'n treial creu prinder bwyd yn fwriadol.'

'Ond mae hynna'n anfoesol,' dywedais.

'Dyna beth ddywedais i jest nawr. A che's i 'mhigo ar fy ngwddwg am ddweud hynny. Mae'n warthus, ondyw hi?'

'Ody wir,' cytunais, wedi fy mrawychu.

'Da iawn. Co ti 'te. Cymer un o rhein.'

Hyrddiodd ASASAS ddisg fach felen mas o'i ddarn-canol a'i gosod ar fy sentriol uchaf, yn union lle y bu'r ddisg binc o glwb y Ddwythell Ffrydiol. Roedd gan hon gynllun trawiadol glas o un sbermyn unigol yn nofio'n rhydd ar hyd y biben.

'Esgusoda fi,' sbladdrais yn garbwl 'O's ots 'da ti os wna i roi hi ar un o'm sentriolau isaf? Mae fy sentriol uchaf braidd yn boenus. Wy' wedi bod yn teimlo'n llawn tyndra, gen i ofn.'

'Na na, rho di hi ble bynnag ti mo'yn, gyfaill. Croeso i'r ymgyrch "Rhyddid". Fy enw i yw ASASAS.'

'SAThAAG ydw i,' mwmiais, bron iawn yn llithro oddi ar y silff wrth i mi drosglwyddo'r ddisg yn nes lawr fy nghorff.

'Dda gen i dy gyfarfod, frawd,' meddai ASASAS, gan fflicio'i ben yn frwd, mewn ystum o 'frawdgarwch' am wn i.

'O, 'na welliant,' ochneidiodd, gan adael ychydig ddiferion o ffrwctos i ddriflan trwy'i acrosom, 'Weda i un peth wrtho' ti. Wy'n gwybod fod yr Wy i fod yn rhyw fath o Iwtopia. Ond mae'r sbwnc 'ma yn stwff a hanner, ondyw e?'

'Ma' fe'n amheuthun' addefais, 'Ond do'n ni ddim fod treulio cymaint o amser â hyn ynddo fe, ynta, o'n i?'

'Na. Ma' rhywun wedi neud rhyw gawlach ohoni yn rywle, 'sbo. Ond nagyw 'na'n reswm i banico, chwaith. Terfysgoedd, ymladd ymhlith ein gilydd, dyna'r peth diwetha' sydd angen.'

Sylweddolodd ASASAS ei fod yn sgrechen ar dop ei lais gwichlyd a bu bron iddo syrthio oddi ar y silff. Lapiodd ei gynffon mewn i glustog er mwyn eistedd arni. Ychydig eiliadau'n ddiweddarach clywsom fwy o floeddiadau a sgrechfeydd ymhellach lan ymyl y gwydr, tu ôl i bedwar stribyn caled o semen wedi ceulo. Roeddwn i'n sicr bod un o'r lleisiau yn swnio'n gyfarwydd. Neidiais oddi ar y silff er mwyn ymchwilio i'r mater.

'Be sy'? Cymer ofal, gyfaill. Ma' 'na lot fawr o nytars mas fan'na,' meddai ASASAS, yn dod draw tu ôl i mi.

Wrth i mi wthio fy mhen yn ofalus trwy'r edafedd semen, gwelais fod un o'r terfysgoedd roeddwn i wedi sylwi arno'n gynharach wedi ymledu i ymylon eithaf y fflasg. Tra oeddwn yn gwrando'n astud am y llais cyfarwydd unwaith eto teimlais bwniad cyfeillgar yn fy narn-canol wrth i berchennog y llais wneud ei hun yn hysbys.

'Wy' wedi bod yn chwilio amdana' chdi,' meddai ThThThAAS, yn gwenu'n braf.

'ThThThAAS!' atebais, 'Mae'n grêt i dy weld di 'to.'

'Tyrd i mewn i fan'ma,' meddai, yn fy hebrwng yn frysiog nôl tu ôl i edeifion o semen ceulog, wrth i haid o Y-garwyr ffyrnig wibio heibio. Sylwais yn syth fod ThThThAAS yn gwgu'n boenus; gofynnais iddo beth oedd o'i le. 'Fy nghynffon' meddai'n ddigalon, 'mi wnes i ei tharo'n galed yn erbyn y gwydr ar Had-dafliad. Weli di . . . '

Ffurfiodd flaen ei acrosom i bigyn a'i phwyntio i ganol ei gynffon. Roedd ganddo dwll sylweddol yn ei gynffon-wain, yn ddu bitsh o amgylch yr ochrau am ei fod wedi'i dywyllu ag olew edefyn echelog a oedd wedi hen galedu yn grwstyn. Blagurodd nifer o linynnau troellog o'r twll, gan estyn i bob cyfeiriad a thaenu casgliad ysblennydd o ffibrau mân yr holl ffordd lawr i'w ddarn-terfyn.

Bron er mwyn tynnu'r sylw oddi ar y difrod i'w gynffon gafaelodd ThThThAAS yn fy narn-canol â'i ddarn-canol ef a'm cofleidio, yn amlwg dan deimlad.

'Wy'n gweld bod rhywun wedi bod yn siarad â thi' meddai, yn amneidio tuag at y ddisg ar fy sentriol isaf chwith.

'Do. ASASAS roiodd e i mi jest nawr. ASASAS, dyma–'

Edrychais tu ôl i mi er mwyn cyflwyno ASASAS ond roedd ef eisoes wedi diflannu, wedi symud ymlaen i ledaenu neges 'Rhyddid'.

'Mae'n ddrwg gen i,' dywedais, 'o'dd e 'ma jest nawr. "Rhyddid" – wyt ti wedi clywed amdanyn nhw?'

'Na. Mae 'na chwaneg o grwpiau protest wedi ffurfio ar yr

ymylon. Oedd hynny'n rhwym o ddigwydd, yn dilyn y siom a'r trawma mae'r rhan fwyaf o sberm yn teimlo ar y funud.'

'Dywedodd ef fod yna ymgyrch yn y gorllewin i geisio dala gafael yn y bwyd i gyd. Glywais di rywbeth am hynny?'

'Naddo' meddai ThThThAAS, gan ysgwyd ei ben, 'P'u'n bynnag, gin i newyddion da i chdi, SAThAAG. Welais i dy Laddwr-Gadfridog, ASThAThTh. Mae o mewn cyflwr da.'

'Wy'n falch iawn clywed 'ny.'

'Ydy. Mae o efo fy Lladdwr-Gadfridog i, ger y sbermfynwent newydd.

'Sbermfynwent?'

'Ia, gwaetha'r modd. Cymaint fu'r ymladd nes bod rhaid gwaredu'r cyrff mewn ffordd drefnus neu fyddai'r holl Haddafliad yn cael ei lygru—'

Oedodd am eiliad i sugno ychydig ffrwctos oddi ar un o'r brigau.

'Mae'n ddrwg gen i, SAThAAG. Wy' ddim mor gryf ag oeddwn i yng Nghlwb y Dd.Ff.'

'Cymer di bwyll, ffrind.'

'P'un bynnag,' parhaodd, 'mae dy ASThAThTh di ag fy AAAAThA innau wedi bod yn gwneud gwaith ardderchog yn ceisio ymdawelu miloedd o Laddwyr rhwystredig. Mae rhai ohonynt wedi dechrau ymladd ei gilydd hyd yn oed. Ma' 'na lawer o ddwyn hefyd. Hyd yn oed oddi ar gyrff y meirw, mae'n debyg.'

'Wy'n gwybod. Wy' wedi gweld nhw wrthi.'

'Yn saethu gwenwynau at ei gilydd?'

'Na. O'n i ddim yn sylweddoli fod pethau cynddrwg â hynny, ThThThAAS.'

'Wel, dyna maen nhw'n gwneud, mae gen i ofn. Yn ôl y sôn, wnaeth pethau ddechrau'n ddamweiniol, yn dilyn Adwaith Acrosomaidd rhy gynnar. Sbardunodd hynny ymateb gwenwynig, ac mewn dim o dro roedd gynnon ni filoedd o Laddwyr wedi eu lladd.'

'Ac i gyd ar yr un ochr. Mae'n wallgo'.'

Nodiodd ThThThAAS ei ben anferth cyn parhau i ddweud bod o leiaf rhai Lladdwyr-Gadfridogion fel ein rhai ni wedi apelio am gadoediad ac fod pethau wedi dechrau tawelu unwaith eto.

'Cyn i mi anghofio, dywedodd ASThAThTh pe bawn i'n gweld ti eto, yna y dylset ti wneud dy orau i gwarfod ag o ac hefyd . . . Cadfridog ThAThASS?'

Amneidias wrth gofio enw swyddogol DNAaidd Triphen.

'Rwyt ti fod ceisio cwarfod efo nhw nes ymlaen ar hyd y gwydr, tu ôl i'r sbermfynwent newydd cyn gynted â phosib.'

O glywed hyn dechreuais symud bant yn gyffrous o'r silff roeddwn i'n dal fy ngafael arni, heb oedi i ystyried y ffaith nad oeddwn yn gwybod ble yr oedd y sbermfynwent newydd. Holais ThThThAAS i ba gyfeiriad y dyliwn i fynd a chynghorodd yntau y dylien ni gadw at ochr ddwyreiniol y gwydr a dilyn drewdod y cyrff pydredig.

Wedi i ni gychwyn ar ein taith sylwais fod ThThThAAS yn llusgo'i gynffon yn llafurus. Roedd ei anaf yn amlwg yn fwy o faich nag y tybiais. Nofiais yn arafach er mwyn osgoi tynnu sylw at y rhwystr yma. Yn hyn o beth roedd trwch cynyddol y semen yn gymorth gan iddo fynd yn fwyfwy gludiog bob munud. Wrth i ni ymlwybro'n araf trwy miloedd o gyd-sberm digon crintachlyd yr olwg, sylwais fod ThThThAAS yn arbennig o dawel ac yn edrych yn dawedog. Efallai taw dim ond gofidio am gyflwr truenus ei gynffon ydoedd. Serch hynny, roedd gen i ryw deimlad bod yna fwy i'w ddistawrwydd na hynny hefyd. Yn y man, wedi i ni nofio o'r silffoedd llwyd i lwybrau teneuach yr ymylon, penderfynais gymryd hoe ar slabyn hirsgwar o semen.

''Sdim isio ichdi stopi er fy mwyn i,' meddai ThThThAAS

'Wy' ddim cweit yn groc eto, wyddost ti.'

'Wy' angen hoe fach,' atebais, 'Ta beth, o'n i'n methu peidio sylwi arnot ti ThThThAAS. Ma' rhywbeth yn troi a throsi yn dy gnewyllyn di, yndoes e? Ti'n becso am rywbeth.

Nage jest dy gynffon glec.'

Dringodd ThThThAAS yn araf i fyny'r talpyn o semen ceulog, gan ochneidio wrth lusgo'i gynffon flinedig ar hyd y rhychau o ffrwctos. Edrychodd arnaf gan riddfan yn dawel i'w hun.

'Y peth yw, roedd gen i gysylltiadau da yn yr Ymennydd ar un adeg' dechreuodd.

Amneidiais iddo gario ymlaen.

'Wel, wy' wedi bod yn myfyrio am ychydig o bethau' parhaodd, yn ymsythu'n ddwys, tra'n dal i edrych ar hyd y gorwel llaethog. 'Roedd hi'n wybyddus yn y chwarren bitwidol fod Iwan Morgan wedi cael rhyw fath o ddamwain yn ymwneud â gwydr. Mae o yn yr ysbyty ac hefyd bron yn sicr mewn coma.'

Trodd ei ben anferth i edrych arnaf. Syllais o'm blaen yn hollol ddiemosiwn, yn gwrando ar fân-gecru'r gwahanol gangiau o Y-au yn y pellter.

'Dwyt ti ddim wedi dy synnu?' gofynnodd ThThThAAS

'Wel, ro'n i wedi dyfalu bod e'n ddifrifol wael. Roedd rhaid bod yna rywbeth mawr o'i le cyn bod ei gariad wedi penderfynu gweithredu mewn ffordd mor eithafol.'

'Yn union!' meddai ThThThAAS yn frwd, 'Mae'n rhaid ein bod ni wedi cael ein had-daflu mewn dull trydanol, weli di. Ti'n cofio'r drewdod llosgi yn y fas a'r holl niwronau yn mynd o'u co'. Does 'na'm eglurhad arall i gael; mae'n rhaid–'

Stopiodd ThThThAAS yn sydyn wrth iddo sylwi ar fy ngolwg digalon. Cyn iddo ofyn beth oedd o'i le rown i eisoes wedi dweud wrtho.

'Ry'n ni wedi colli'n cyfle, ondy'n ni?' dywedais yn swrth, 'Pam nad oeddem ni gyda'r Had-dafliad sydd eisoes wedi ei drosglwyddo o'r fflasg? Pam nag y'n ni'n dechrau colli ymwybyddiaeth, yn rhewi mewn rhyw sbermfanc iasoer?'

'Gwranda, SAThAAG, hap a damwain oedd hi. P'un bynnag, dydan ni'm yn gwybod i sicrwydd bod y cant pum deg miliwn "lwcus" yn mynd i'r rhewgell, nac'dan?'

'Ble wyt ti'n meddwl maen nhw wedi mynd 'te?'

'Wn i ddim. Ella bod nhw wedi cael eu tynnu allan er mwyn iddynt gael eu dadansoddi,' meddai, heb fawr o argyhoeddiad.

Yn synhwyro nad oedd wedi llwyddo i leddfu fy ofnau cyfaddefodd fod y rhewgell yn ddamcaniaeth debygol iawn, 'O'r gorau, wy'n cytuno taw dyna'r senario tebygol. Ond mae o'n newyddion da, SAThAAG. O leiaf ei fod o'n profi bod Catrin Owen yn ceisio cael babi!'

'Er taw IVF yw e?'

Nodiodd ThThThAAS cyn edrych yn syth i'm cnewyllyn.

'Ond wy'n rhyw ragweld na fyddwn ni'n IVF chwaith, SAThAAG. Nid y rhai hynny ohonom sydd dal ar ôl. Tydi o jest ddim yn neud unrhyw synnwyr. Pam tynnu allan dim ond hanner yr Had-dafliad ar gyfer y rhewgell? Heblaw, wrth gwrs . . . '

'Heblaw beth?' atebais, gan geisio peidio â sgrechen.

'Heblaw bod yr Had-dafliad sy'n weddill yn mynd i'w gael ei ddefnyddio mewn ymgais i ffrwythloni â llaw!'

'Ti ddim yn credu'n bod ni ar ein ffordd i labordy o gwbl?' gofynnais yn llawn cyffro, wrth i mi ddechrau deall at beth yr oedd yn anelu.

'Na. Wy'n meddwl ein bod ni ar y ffordd mewn i Catrin.'

'Oherwydd ei bod hi'n digwydd bod yn adeg da i ymdreiddio'r Wy?'

'Ia, mae'n debyg,' meddai ThThThAAS, braidd yn wyliadwrus.

'Pa reswm arall fyddai ganddi?' gofynnais, yn methu deall ei gyndynrwydd.

'Mae gen i ryw theori sydd wedi bod yn rhyw chwildroi o amgylch fy nghnewyllyn. Tydi o'n ddim byd, mwy na thebyg.'

'Beth?!'

'Wel, tydi o'm 'di croesi dy gnewyllyn ella bod ganddi hi

ei chymhellion ei hun i geisio ffrwythloni rŵan, o fewn yr ychydig oriau nesaf? Er mwyn ceisio cuddio rhywbeth?'

Ac yna'n sydyn mi wawriodd ei ddamcaniaeth erchyll.

'Ti'n meddwl falle bod ganddi sberm rhyw ddyn arall tu fewn iddi yn barod?'

Amneidiodd ThThThAAS, gan bwysleisio unwaith eto mai dim ond damcaniaeth oedd hon.

Ond roedd y posiblrwydd o orfod cymryd rhan mewn Had Gad Swyddogol yn bendant yn un ddamcaniaeth nad oeddwn am ei chlywed.

16

Wrth i ni fentro ymhellach o amgylch yr ymyl wydr ymlwybrodd drewdod cyrff miloedd o sberm drwy'r semen fel afalans anweledig. Wrth i mi sylwi fod ThThThAAS yn peswch a goranadlu ceisiais hwpo fy narn-terfyn rhwng ei sentriolau isaf, er mwyn helpu ei gynffon flinedig. Gorchwyl anobeithiol, ysywaeth. Gallwn weld bod ThThThAAS yn gynddeiriog bod ei gynffon yn gymaint o fwrn. Taranodd ei gnewyllyn rhwystredig drwy'r tonnau llaethog oedd yn taro yn ei erbyn. Yn y diwedd, penderfynasom gymryd hoe arall – ar ben cwlwm crebachlyd o semen melynaidd, cawslyd y tro hwn.

O fewn eiliadau roedd y ddau ohonom yn syllu ar ein gilydd yn gyffrous wrth i ni glywed wylofain geiriau cyfarwydd oddi tanom. Neidiasom ar unwaith oddi ar ein gorffwysfan melyn, a phlymio'n pennau drwy wifrau o semen ceulog er mwyn canfod ffynhonnell y fath wefr o sŵn oedd yn treiddio mor felys trwy ein pilenni. Yno y gwelsom Wy-ddaliwr hynafol iawn, gyda sentriol uchaf lliw gwyrdd trawiadol, yn siglo ei ben yn ôl ac ymlaen, gan lafarganu'n gysglyd: *'Hud amug Ododdin Win a medd yn niedyng Yng ystryng ystre, ac o dan Gadfannan cochre feirch, Marchog godrudd ym more.'*

Edrychodd i fyny a chyda haen o ffrwctos crystiog yn orchudd i'w acrosom gwelw galarnadodd ei dynged diawledig – 'Pam nad oes unrhyw un yn fy nghlywed? Pam nad y'n nhw'n deall?'

"Dan ni'n clywed, hen Wy-ddaliwr,' meddai ThThThAAS yn syml.

Roedd hi'n amlwg nad oedd ef wedi sylwi arnom, gan iddo neidio'n ôl mewn braw, crasio i mewn i we corryn o ffrwctos pydredig a chrynu'n ofnus.

'Peidiwch ofni,' ychwanegodd ThThThAAS yn galonogol, 'Ry'n ni hefyd wedi clywed y geiriau hynafol yna o faes y gad.'

'Odych?' meddai'r hen sbermyn, yn amlwg wrth ei fodd, â philen ariannaidd ei gnewyllyn yn sgleinio am ennyd. 'Yna dewch mewn i gilfach AAAAThS i wneud hen Wy-ddaliwr yn hapus yn ei oriau olaf.'

Symudodd AAAAThS naill ochr yn raslon er mwyn gwneud lle i ni. Gwnaethom ninnau ein hunain yn gartrefol ar ryw stolion byrfyfyr o silia darfodedig a chyflwyno ein hunain.

'Wy' wedi bod yn llafarganu'r hen gerdd byth ers i mi sylweddoli na fyddwn i'n cyrraedd yr Wy, ond doedd neb yn cymryd sylw. Byddai'r rhan fwyaf yn edrych arna' i'n llawn tosturi, fel 'se ni'n ryw hen ffwl dwl.'

'Tan nawr,' dywedais.

'Ie,' meddai, yn gwenu'n braf, gan boeri belen o semen ceulog trwy'i acrosom gwywedig, 'Mae'n ddrwg gen i. Bron i mi roi'r gorau iddi. Dywedwch yr hyn wyddoch chi am yr hen gerdd.'

'Wel, mae'r ddau ohonom wedi ei chlywed hi o bryd i'w gilydd, mewn llais benywaidd,' dechreuodd ThThThAAS.

'Fel 'se hi'n cael ei darllen,' ychwanegais.

'Mae hynna'n dda,' amneidiodd AAAAThS, 'Os yw'r ddau ohonoch chi wedi ei chlywed hi, yna mae siawns go dda bod Wy-ddalwyr eraill wedi hefyd.'

'O ble daw'r geiriau?' gofynnais.

'Maen nhw'n dod o'r arwrgerdd lafar hynaf yn Ewrop, *Y Gododdin*, gan fardd o'r chweched ganrif, Aneirin.'

'Chweched ganrif?' meddai ThThThAAS, wedi ei synnu.

'Ie. Hoff gerdd Iwan Morgan yw hi. Roedd e'n gweithio ar lyfr yn ymwneud â hi pan–'

Stopiodd AAAAThS yn stond a chiledrych arnom yn bryderus.

'Pan gafodd o ei ddamwain?' gofynnodd ThThThAAS.

'Ie. Doeddwn i ddim yn rhy siŵr faint o'ch chi'n gwybod. Mae hi bron yn sicr bod ein darlithydd druan mewn rhyw fath o drwmgwsg, yn dilyn damwain car ddifrifol.'

'Roedd e'n gweithio ar lyfr?' dywedais, wedi drysu braidd.

'Oedd. Llyfr o'r enw *Antur Aneirin*. Yn y llyfr hwnnw roedd e'n ceisio dangos bod llenyddiaeth y Cymry wedi chwarae rhan allweddol mewn cadw eu hunaniaeth gynhenid yn fyw drwy'r canrifoedd, mae'n debyg. Heb rym gwleidyddol am lawer o'r cyfnod, roedd celfyddyd yn medru cadw fflamau'r gwrthsafiad ynghynn. Ac un o'r fflamau cyntaf i gynnu oedd *Y Gododdin*, marwnad i fyddin o filwyr Brythonaidd a laddwyd gan yr Angliaid yng Nghatraeth yn 600CC a gyfansoddwyd gan yr unig aelod o'r fyddin i oroesi'r frwydr, Aneirin. Gwelai Iwan Morgan y campweithiau llenyddol hyn fel rhyw fath o ennynau diwylliannol neu 'memynau' oedd yn cael eu hetifeddu o genhedlaeth i genhedlaeth. Math o etifedd amgylcheddol yn hytrach na genetaidd, ond llawn mor bwysig o ran ymdeimlad o hunaniaeth. Ym marn Iwan Morgan dyna oedd prif amcan unrhyw lenyddiaeth, yn enwedig llenyddiaeth leiafrifol fel y Gymraeg; cadw cof cenedl yn fyw.'

Wedi'm llorio yn llwyr â brwfrydedd heintus AAAAThS, a oedd erbyn hyn yn goranadlu'n beryglus o glou, mi fentrais ofyn sut y gwyddai cymaint am Iwan Morgan.

'Roeddwn i'n ffodus iawn,' atebodd, gan rwbio'i sentriol gwyrdd yn erbyn edefyn o semen yn swil, 'Roedd rhai o'm ffrindiau gorau yn y gaill dde yn gyfres o hormonau gonadotroffig, oedd yn mwynhau cario clecs o'r chwarren bitẅidol. Ro'n i'n gweld eu heisiau nhw'n ofnadwy a dweud y gwir.'

Roedd y cyffro o sôn am y dyn yr oedd e'n amlwg yn ei hoffi yn dechrau mynd yn drech na AAAAThS fodd bynnag. Pwysodd ymlaen yn sydyn a chwydu talpiau sylweddol o broteinau cawslyd o'i acrosom. Llenwodd y gilfach gyfyng yn glou â gwynt llwydni ensymau afiach.

'Falle y dylen ni fynd tu fas, i mewn i'r ffrwd?' awgrymodd yn gwrtais, 'Do'n i ddim ond yn gwneud fy hun yn gartrefol fan hyn achos perygl y traffig sy'n llifo trwyddo. Ond wy'n siŵr fydden i'n teimlo'n sâff gyda dau Wy-Dddaliwr cystal yr olwg fel gosgordd.'

Ciledrychodd ThThThAAS yn euog ar y twll agored led y pen yn ei gynffon cyn dilyn AAAAThS mas i'r hadlif mân oedd yn briwlan yn erbyn ymyl y fflasg. Gan bwyso'i ddarn-canol yn erbyn y ffin gadarn o wydr, ochneidiodd AAAAThS yn llawn rhyddhad; rhyddhad braf sbermyn a wyddai na fu ei gyfnod yng nghaill dde darlithydd Hanes yn hollol ddibwrpas wedi'r cwbl.

'Oes rywbeth arall fedra' i neud i'ch helpu chi?' gofynnodd yn awchus.

'Pam yr holl lenyddiaeth yma? O'n i'n meddwl bod Iwan Morgan yn ddarlithydd hanes,' dywedais.

'Ody, mae e. Yn wir, daeth ei lyfr mwya enwog, *Y Wladwriaeth Gorfforaethol* mas rai blynyddoedd yn ôl. Wedi ei seilio'n bennaf ar waith ymchwil ei ddoethuriaeth ar wleidydd Eidalaidd o'r enw Benito Mussolini.'

'Beth oedd pwnc y llyfr hwnnw?' gofynnodd ThThThAAS.

'Wy'n credu bod e'n dadlau taw Corfforaetholdeb yw'r ideoleg amlycaf erbyn hyn mas yn y Byd Allanol; mae'n un peryglus hefyd, o gofio ei gwreiddiau nôl yn y tridegau. Felly, fel y gwelwch, mae ei waith academaidd yn bennaf ym maes Hanes. Mae hyd yn oed *Antur Aneirin* yn llyfr hanes yn y bôn. Hanes diwylliannol.'

Am ei fod ef wedi bod yn parablu'n ddibaid ar fath gyflymder cyffrous roeddwn i'n falch gweld AAAAThS yn stopio ac yn sefydlogi ei hun yn erbyn y gwydr llithrig. 'Na, alla' i ddim peidio â licio Iwan Morgan a'i gariad Catrin Owen, rhaid cyfadde,' parhaodd, yn llawn cyffro unwaith eto, 'Maen nhw'n swnio mewn cariad go iawn i mi. Chi'n gwybod eu bod nhw hyd yn oed yn darllen i'w gilydd yn y gwely? Mae'n debyg y byddai e'n darllen o'r *Gododdin* a chan fod hi'n meddwl bod y gerdd yn annelwig ac yn anodd ar y dechrau mi fyddai hithau'n mynnu dyfynnu o lyfrau arbenigol mewn bywydeg er mwyn talu'r pwyth yn ôl!'

Chwarddodd AAAAThS lond ei ddarn-canol, gan beri iddo godi lwmpyn afiach arall i'w wyneb. Siglodd ei ben llesg yn ymddiheuriol.

'Wy'n credu taw fi yw'r sbermyn hynaf sydd ar ôl yn y fflasg 'ma, siŵr o fod,' meddai â balchder trist, 'Odych chi'n gwybod be sydd wedi neud i mi ddala ati cyhyd am dros ddau fis?'

Ysgydwodd ThThThAAS ei ben anferth, a gwnes innau'r un peth.

'Meddwl am Iwan a Catrin. Dychmygu nhw gyda'i gilydd. Treial deall y trawma maen nhw bownd o fod yn teimlo ar hyn o bryd – yn enwedig Catrin. Y mwya wy'n meddwl amdanyn nhw, y mwya wy'n teimlo'r her o gyfrifoldeb yn gwasgu ar fy sentriol uchaf. Peidiwch â thwyllo'ch hunain gyfeillion, ry'n ni'n cymryd rhan mewn stori serch ryfeddol. Byddwn, o bosib yn dal i fedru creu diweddglo hapus a chyffrous iddi.'

Yn gwmws fel H-189 roedd yna ryw rin ynghylch AAAAThS a oedd yn medru eich swyno'n gyfangwbl. Roedd y cydbwysedd bregus rhwng awdurdod a gwendid ei lais yn wefreiddiol. Llenwodd fy sentriol uchaf â chwlwm o dyndra wrth i mi ystyried y byddai'r sbermyn hynaws yma yn ôl pob tebyg wedi marw ymhen yr awr.

Tra'n pendroni am honiad AAAAThS taw dychmygu bywyd Iwan Morgan (neu ei ddiffyg bywyd, o bosib) oedd wedi ei gadw'n fyw am dros ddau fis, penderfynais y dylwn ganfod mwy o wybodaeth am ein darlithydd. 'O's gyda chi unrhyw syniad sut olwg sydd ar Iwan Morgan?' gofynnais, gan sythu fy narn-canol yn daer.

'Mae'n debyg ei fod ef yn ei bedwardegau cynnar, sy'n dal yn weddol ifanc i fodau dynol, pen moel, dros chwe throedfedd o daldra, trwyn clasurol Rufeinig a llygaid gwyrdd, treiddgar. O, ac mae'n weddol ffit, yn licio nofio.'

Ceisiais fy ngorau i greu llun yn fy nghnewyllyn o'r disgrifiad, ond heb fawr o lwc. Ni olygai unrhyw beth i mi. Holais ymhellach, am ei gariad y tro hwn, gan obeithio y buaswn yn fwy llwyddiannus.

'Beth am Catrin Owen?' gofynnais.

'Mae'n beth da bo' chi'n gofyn y cwestiynau yma. Wneith e helpu chi i ganolbwyntio ar bwysigrwydd eich tasg. Bod chi'n gweld fod yna unigolion yn dibynnu arnoch chi i gael ymgyrch lwyddiannus.'

Roedd AAAAThS yn goranadlu unwaith eto ac oedodd i yfed ychydig ffrwctos gwan a ddiferai i lawr yr ymyl gwydr.

'Felly, beth am Catrin Owen?' gofynnais drachefn.

'Yn anffodus ni wyddom ryw lawer amdani, heblaw ei bod hi newydd gael ei dyrchafu'n endocrinolegydd ymgynghorol. Wnaeth hynny beri ychydig o nerfusrwydd ymhlith fy ffrindiau hormonaidd, rhaid cyfadde'.'

'Sut olwg sydd arni?' gofynnodd ThThThAAS.

'Gen i ofn taw'r ddelwedd gryfa o bell ffordd yn ymennydd Iwan oedd menyw weddol siapus gyda gwallt coch cwta yn ei thridegau hwyr, wedi gwisgo fel Wy. Wy'n credu allwn ni gymryd yn ganiataol bod Iwan ym myd ffantasi llwyr fan'na.'

Crynodd holl gorff AAAAThS wrth iddo chwerthin. Yn wir, perodd ysgytwad sydyn ei ddarn-canol i dwll bach yn ei sentriol uchaf agor, a llifodd ton o olew edefyn echelog ar y gwydr. Gallwn weld o'i olwg dwys bod AAAAThS yn sylweddoli bod ei amser i ffarwelio â ni wedi cyrraedd.

'Wy' mo'yn dweud wrthoch chi'ch dau, nad ydw i'n ofni marwolaeth. Dim nawr. Mae gwybod bod chi'n gallu mynd â'r achos i'r pen yn gysur mawr i mi.'

Wrth iddo stopi i yfed mwy o ddiferion o ffrwctos sylwais fod dagrau yn cronni yn acrosom ThThThAAS.

'Wna i ofyn un ffafr olaf gennych. Ry'n ni ar ymylon y sbermfynwent p'un bynnag. A fyddech chi gystal â'm claddu ger yr ymyl gwydr, gan farcio'r man ag 'X' syml yn y traddodiad sbermaidd?'

Amneidiodd ThThThAAS a minnau. Roedd y ddau ohonom dan deimlad, yn methu yngan gair.

'Diolch,' meddai AAAAThS, gan geisio gwenu'n raslon. Ond ymgais ofer oedd hi. Erbyn hyn, prin y gallem adnabod ffurf ei gnewyllyn. Arnofiai plu o sbwriel sytoplasmig o flaen ei ben crwm. Crynodd unwaith eto wrth iddo wthio'i ddarn-terfyn yn erbyn ymyl y gwydr. Cymaint o gryndod yn wir nes i mi feddwl ei fod wedi marw. Ond roedd e'n amlwg yn ceisio fflicio'i ddarn-terfyn yn rhydd am ryw reswm.

'Y'ch chi mo'yn help? Beth y'ch chi'n treial neud?' gofynnais.

'Licen i roi rhywbeth i chi, i ddangos fy ngwerthfawrogiad. O'n i'n mynd i'w gadw a'i ddefnyddio mewn argyfwng, neu os byddwn i'n colli egni tra'n nofio yn yr wybib – pilsen o ffrwctos wedi'i dewychu yw hi. Cefais hi'n rhodd oddi wrth Wy-ddaliwr oedd ar fin marw. Dywedodd ei fod wedi'i dwgyd o ryw ffatri gyfrinachol yng ngorllewin y fflasg. Cymrwch hi, plîs. Dyw hi'n dda i ddim i mi nawr.'

Ciledrychodd ThThThAAS a minnau ar ein gilydd a chodais ddarn-terfyn AAAAThS i fyny yn ofalus. Yno, wedi ei sodro'n sownd wrth ei gynffon rhwng fflagela oedd wedi gwywo, oedd pilsen lachar oren.

'Helpa i chdi i'w gosod hi yn dy ddarn-terfyn,' meddai ThThThAAS yn glou.

Gwyddwn o'r gorau bod ThThThAAS o'r farn taw fi oedd y mwyaf tebygol i gyrraedd pen draw'r daith mewn Ras Wy. Felly, amneidiais gytundeb. Ychydig eiliadau'n ddiweddarach, gallwn deimlo gwaelod fy nghynffon yn chwyddo, ac roedd y job wedi e gyflawni.

'O ba gaill y'ch chi?' gofynnodd AAAAThS yn wan.

'Ry'n ni'n dou o'r Chwith,' atebodd ThThThAAS.

'Ond o ardaloedd gwahanol,' ychwanegais, 'Wy'n dod o Bibenni'r De ac mae ThThThAAS o Ogledd Cawda.'

'Mae 'na'n ardderchog' meddai AAAAThS, gan geisio gwên arall. Ond roedd y rhaeadr cyson o olew ag ensymau yn pistyllio o'i gynffon erbyn hyn, a'i egni yn pylu bob eiliad. Serch hynny, parhaodd i geisio siarad â ni. Ond prin y medrem glywed ei eiriau egwan.

'Mae'n beth da eich bod chi'n gallu cydweithredu â'ch gilydd. Dyna'r unig ffordd ymlaen. Dychmygwch gydweithio er lles y cyfanwaith. Ry'ch chi'n sberm da SAThAAG a ThThThAAS. Dyna beth yw bywyd yn y diwedd . . . yn y diwedd, mae'n golygu y da yn erbyn drwg. Peidiwch â gadael i'r sberm drwg ennill y dydd. Pob lwc.'

A chyda'r dymuniad syml yna o ewyllys da, pylodd cnewyllyn AAAAThS i wagle gwyn, a asiodd yn berffaith â'r defnynnau hufennog a ddiferai ar ei ben marw.

17

Yn dilyn ychydig eiliadau o dawelwch dwys cariwyd corff AAAAThS i fyny i wyneb y semen. Llwyddwyd i'w osod yn erbyn y gwydr a marcio'r 'X' yn ôl ei ddymuniad. Profodd hyn yn fwy anodd na'r disgwyl, gan fod y rhimyn allanol yma erbyn hyn wedi caledu'n grofen lwyd drwchus. Yn wir, roedd yn rhaid i'r ddau ohonom lansio ein hacrosomau fel gwaywffyn er mwyn dod i'r wyneb o gwbl.

'Mae hyn yn ymarfer da i ti,' meddai ThThThAAS yn gellweirus, 'Fydd y sona peliciwda yn galetach na hyn, siŵr o fod!'

'Ac yn ymarfer da i thithau hefyd,' atebais, gan dwrio trwy'r ffilm geulog â'm pen, tra'n glynu wrth gorff AAAAThS a fflapio fy nghynffon 'run pryd.

"Sdim angen i ti fod yn gwrtais, SAThAAG,' atebodd ThThThAAS, 'Wy'n credu bod y ddau ohonom ni'n gwybod bod fy nghynffon yn gwaethygu. A thra bod y pwnc wedi codi, waeth i mi ddweud – dwi ddim eisiau unrhyw ffwdan wedi i mi fynd; jest gad fi ble bynnag fydda' i. Cadwa di dy egni ar gyfer yr Wy.'

Roedd yn gas gen i glywed ThThThAAS yn trafod ei ddirywiad corfforol mor agored. Nid ei ddewrder yn unig wnaeth i mi deimlo mor anniddig. Gwnâi fy anallu i ymateb iddo mewn mewn ffordd ystyrlon i mi deimlo'n hollol annigonol. Fel y digwyddodd hi, daeth pen marw AAAAThS i'r adwy. Roedd ThThThAAS a minnau newydd ffrwydro trwy'r wyneb briwsionllyd ac roedd ein momentwm wedi llusgo AAAAThS gyda ni. Cymaint yn wir nes fod ei ben druan bron iawn wedi syrthio i ffwrdd wrth iddo ddala yn erbyn crwstyn treuliedig o semen ceulog. Hyrddiais fy hun yn glou i mewn i ffurf-C er mwyn dala'n sownd i'r corff. Diolch i'r drefn, fe lwyddodd ThThThAAS yntau i gamu'n ddwbwl gan godi AAAAThS allan ac i fyny i'r graig lwyd o semen a oedd wedi ymgaledu'n haearnaidd i'r ymyl gwydr.

Wrth i mi orffwys fy narn-canol ar wyneb y semen, a chwifio fy nghynffon yn yr hylif oddi tanom, edrychais draw dros yr anialwch llwyd enfawr oedd yn ymestyn i ben draw'r fflasg. Mae'n debyg y dylsai'r olygfa sych grimp yma fod wedi peri gofid i mi. Ond allwn i ddim peidio â theimlo bod ei amlinellau llwyd, cynnil, a'i nentydd disglair o ffrwctos a ostyngai mor osgeiddig i'w dyffrynnoedd semen yn arbennig o hardd. Roedd yn fy atgoffa o wyneb y lleuad yn y storïau arferai ASThAThTh adrodd i mi am y Byd Allanol pan oeddwn yn gyw-sbermyn ar fy nhyfiant. Fel y lleuad, roedd ganddo ryw ansawdd arallfydol, cyfrin. Rhyw wacter iasol, anferthol, oedd yn ddymunol ac yn ddychrynllyd ar yr un pryd.

Erbyn hyn, roedd ThThThAAS wedi llwyddo i wasgu dau grwstyn o semen ynghyd i ffurfio 'X' a'i osod gerbron corff AAAAThS a oedd ar ei hyd. Sodrodd hwy'n sownd i'r graig lwyd ar ogwydd, fel eu bod nhw'n pwyso'n ddiogel yn erbyn y gwydr.

'Sgwn i be' ydi'r golau 'na,' meddai ThThThAAS, gan fflicio'i ben i edrych uwchben yr 'X', tuag at ryw oleuni gwan a oedd, erbyn meddwl, wedi denu fy sylw pan gyrhaeddais i'r fflasg.

'Falle'n bod ni mewn rhyw acwariwm neu rywbeth,' cynigais.

'Oergell labordy yn agosach ati,' meddai ThThThAAS.

'Fel bod nhw'n medru rheoli'n tymheredd?'

Nodiodd ThThThAAS.

'Ond wy'n amau ei bod hi'n mynd yn rhy oer,' ychwanegodd yn biwis, 'Dylsa' nhw fod yn ceisio ein cadw ni ar dymheredd y corff!'

'Wy' ddim yn oer o gwbl,' dywedais yn onest, ond yn ceisio bod yn gadarnhaol hefyd.

'Dim eto. Ond sbïa o dy gwmpas. Mae popeth yn sychu. Ddeudis di fod 'na ryw sôn am brinder ffrwctos. Os na wellith pethau yn weddol sydyn, fyddwn ni i gyd yn crynu yn ein cynffonnau!'

Oherwydd y chwilfrydedd a gododd o achos bedd AAAAThS, roedd ganddom ni gynulleidfa erbyn hyn. Rhwystrwyr oeddynt yn bennaf, a barnu wrth siâp eu cyrff. Tua chant ohonynt yn syllu arnom yn syn, gyda rhai hyd yn oed yn gweiddi eu cefnogaeth.

'Da iawn chi. Braf gweld bod 'na 'chydig o barch yn dal ar ôl!' bloeddiodd un â phen sgwâr.

'Moy'n help?' galwodd un arall.

'Dim diolch. Fyddwn ni ddim yma'n hir' galwodd ThThThAAS yn ôl.

Yna'n sydyn, clywais lais o blith y criw oedd yn gwylio. Llais cyfarwydd a'm trawodd fel ergyd yn tanio drwy fy DNA.

'SAThAAG!'

ASThAThTh oedd yno. Ac wrth ei ochr, gyda gwên lydan ar bob un o'i bennau roedd Triphen.

Cyn i mi hyd yn oed fentro'u galw nhw drwodd, roeddynt yn nofio tuag ataf yn awchus, gyda rhai dwsenni o aelodau eraill o'm Cymdeithas Had-dafliad yn ei dilyn yn eiddgar. Er bod defod claddu AAAAThS yn broses ddwys, ni fedrwn peidio â fflicio fy nghynffon i fyny drwy'r hylif llaethog oddi tanaf mewn llawenydd a'i guro'n orfoleddus fel drwm ar yr wyneb. Yn anffodus, yng nghanol y cwnnwrf, chwistrellais olew edefyn echelog dros y mwyafrif o'r cyfeillion a oedd yn ailymgynnull, gan gynnwys sblasio clwmpyn o ffibrau darfodedig yn syth ar ben ymwthgar ASThAThTh. Chwarddodd ASThAThTh hwy bant o'i acrosom ysblennydd, gyda'i gnewyllyn yn gwrido i'r llwyd nodweddiadol. Roedd yn amlwg 'mod i wedi gweld ei eisiau yn fwy nag y tybiais.

'Pwy yw'r Wy-ddaliwr marw?' gofynnodd Triphen, gan geisio gostwng rhywfaint ar gryfder ei leisiau soniarus, allan o barch at yr ymadawedig.

'AAAAThS oedd ei enw. Roedd e'n hen sbermyn doeth iawn. Rhoddodd lot o gyngor da i ThThThAAS a minnau.'

Sylwais fod ASThAThTh yn craffu ar gynffon glwyfedig

ThThThAAS. Gallwn weld o'i ymateb ei bod hi'n amlwg wedi dirywio'n fawr ers iddo'i gweld hi ddiwethaf. Er mwyn ceisio tynnu ei sylw oddi arni holais sut oedd pethau erbyn hyn, lan tua'r sbermfynwent.

'Mae hi lot tawelach 'na nawr, o leia',' atebodd Triphen ar ran ASThAThTh, 'Er, oni bai fod ASThAThTh a Lladdwr-Gadfridog ThThThAAS, AAAAThA, wedi bod yna, Duw â ŵyr be fydde wedi digwydd.'

'O leia' mae'r rhyfela gwenwynig wedi stopi,' meddai ASThAThTh yn syml.

'Er na ddylai fod wedi dechrau yn y lle cyntaf! Gwastraff gwarthus!' ychwanegodd Triphen, gyda nifer o'i Rwystr-Batrôl yn amneidio'n frwd, yn amlwg yn cytuno'n llwyr â'u Cadfridog.

Amneidiodd ASThAThTh yn ostyngedig, yn amlwg yn teimlo'r feirniadaeth yma o'i gyd-Bendoncwyr i'r byw.

'Roedd pob math o sberm wedi cymryd rhan yn y sgarmesau, ond yn anffodus y Lladdwyr-Sberm oedd y gwaethaf o lawer' meddai'n ymddiheugar. 'Cefais fy siomi'n arw â diffyg disgyblaeth y Lladdwyr yn gyffredinol. Fedrwn ni ddim fforddio ymladd ymysg ein gilydd gyda chemegion mor beryglus yn ein hacrosomau.'

'Clywch, clywch,' gwaeddodd Lladdwr ifanc yr olwg, gan ddriflan ffrwctos gwan trwy ei acrosom. 'Fy unig gysur, Wy-ddaliwr, yw adrodd yn ôl wrthych bod ein Cymdeithas ni o leiaf wedi dangos gryn aeddfedrwydd dan amgylchiadau anodd. Ni thaniwyd yr un arfben gwenwynig, er ein bod ni weithiau yn cael ein bigitan yn hollol ddigywilydd. O ganlyniad i'r strategaeth amyneddgar yma medraf dweud â balchder na fu unrhyw golledion milwrol o blith ein Cymdeithas Had-dafliad.'

'Da iawn, ASThAThTh,' dywedais, gan daro'i ddarn-canol yn werthfawrogol ar fy un i. Ychwanegais fy mod i eisoes wedi clywed adroddiadau da am ei arweiniad oddi wrth ThThThAAS. Gwridodd ei gnewyllyn yn llwyd unwaith eto. Synhwyrais ei fod am newid y pwnc, felly ro'n i'n falch o glywed ThThThAAS yn gofyn ble oedd ei Gymdeithas Had-dafliad yntau. Roedd yna dawelwch llethol am rai eiladau, cyn i ASThAThTh dorri'r garw iddo.

'Mi fyddan nhw'n cwrdd â chi fel y trefnwyd, Wyddaliwr ThThThAAS, wrth ymyl y sbermfynwent. Ysywaeth, mae'n flin gen i orfod dweud wrthoch chi mi gafodd eich Cymdeithas bedair colled filwrol yn ystod y 'sgarmesau gwenwynig. Yn anffodus, roedd eich Lladdwr-Gadfridog, Cadfridog AAAAThA, yn eu plith.'

Trodd ThThThAAS i ffwrdd yn reddfol wrth iddo glywed y newyddion yma. Medrwn weld ei adlewyrchiad yn y gwydr. Tasgai dagrau ensymaidd oddi ar ei ben anferth. Ar ôl ychydig eiliadau rhwtodd ei acrosom gwlyb yn erbyn y gwydr a throi i wynebu ASThAThTh.

'Diolch, Gadfridog. Awgrymaf, SAThAAG, y dylech chi a'ch Cymdeithas baratoi ar gyfer eich hymgyrch. Wy'n dymuno aros fa'ma ac y dyliwn i gael fy nghyfri yn "glwyfedig angheuol ar had-dafliad" yn swyddogol.'

'Allwn ni ddim neud rhywbeth am eich cynffon chi, syr?' gofynnodd ASThAThTh â golwg ofidus.

'Wy'n ofni na allwch. Rwyf wedi colli gormod o ffibrau echelog. Alla i deimlo fy hun yn stiffhau' meddai ThThThAAS, gan wneud cleme truenus, yn amlwg mewn poen, 'Mae sawl miliwn yn cael eu hanafu'n wael adeg had-dafliad, ac er fod hynny'n ganran gymharol fychan o'r sbermlu gyfan, yn anffodus, rwy'n digwydd bod yn un ohonynt.'

'Oes yna rywbeth o gwbl allwn ni neud i dy helpu di, ThThThAAS?' gofynnais.

'Beth am anfon gair at eich Cymdeithas, i ddweud wrthyn nhw lle ydach chi, syr? Fel eu bod nhw o leia'n gallu bod gyda chi, yn gwmni i chi?' cynigiodd Triphen.

'Chi'n garedig iawn,' atebodd ThThThAAS yn flinedig, wrth iddo geisio'i orau i roi gwên i Triphen.

Gorchmynnodd ASThAThTh tri Lladdwr i hebrwng criw Triphen o chwech Rhwystrwr ar eu taith fer ymhellach i fyny yr ymyl wydr i'r sbermfynwent. Yna trodd ei sylw ataf i.

'Wy'n awgrymu bod ein Cymdeithas Had-dafliad, a SAThAAG yn arbennig, yn manteisio ar y cyfle yma i gymryd hoe. Falle bydd yna alw ar eich doniau arbennig unrhyw eiliad. Mae'n bwysig iawn eich bod chi'n manteisio i'r eithaf ar y cyfle hwn i gynilo eich hegni, tra'ch bod chi dal yn medru gwneud.'

Wrth sylweddoli y byddai ASThAThTh a'i Sgwadron Semenaidd yn fy ngwarchod yn ofalus amneidiais yn syth, gan roi sêl fy mendith ar y syniad. Lapiais fy nghynffon o amgylch cangen silindrig o semen a gorffwys fy mhen ar slabyn caled llwyd oedd yn sownd i'r ymyl gwydr.

Wn i ddim beth yn gwmws oedd achos fy aflonyddwch, ond ni fedrwn gysgu o gwbl – efallai am 'mod i'n gofidio am ThThThAAS, neu o achos caledwch amrwd y semen ceulog yn erbyn fy mhen, wy' ddim yn siŵr – ond pa mor galed bynnag y ceisiais ymlacio, doedd na'm gobaith i mi gael cwsg heno. Ceisiais yn galed, gan droi ar fy ochr a throi eto drachefn. Yn wir, ar un adeg ro'n i'n gwasgu mor galed yn erbyn fy sentriol uchaf nes i Triphen dynnu'r ddisg 'Rhyddid' oddi arnaf mewn ymgais i'm gwneud yn fwy cyfforddus. Doedd dim angen iddo wastraffu'i egni. O fewn munudau roeddwn i wedi treial safle arall eto, gan lapio fy nghynffon mor bell i fyny nes y gallwn gofleidio fy narn-terfyn. Roedd y safle yma'n fwy addawol; medrwn siglo fy hun yn ôl ac ymlaen mewn rhythm cysurlon a fyddai, dan yr amgylchiadau arferol, wedi llwyddo i'r dim.

Ond nid amgylchiadau arferol mo rhain. Troellai pob math o ofnau didwyll tu mewn i'm cnewyllyn, ond yr un oedd yn gwasgu ar fy acrosom fwyaf oll ar hyn o bryd oedd y ffaith bod ThThThAAS ar fin trengi. Roedd ef wedi bod mor greulon o anlwcus, i gael ei glwyfo mor glou, a hynny'n ddamweiniol. Gorweddais ar fy hyd ar flaen fy narn-canol, fel 'mod i'n medru gwylio ThThThAAS, ond roedd hi'n ymddangos fy mod i'n rhy hwyr yn barod.

Syllais yn hir ar fy nghyfaill o'r Gogledd Cawda. Heb amheuaeth, roedd y sbermyn hwn wedi achub fy mywyd yng Nghlwb y Ddwythell Ffrydiol, a hynny gan roi ei fywyd ei hun mewn cryn berygl. Edrychai'n uffernol erbyn hyn. Er iddo lwyddo i gysgu, roedd wedi colli cymaint o olew edefyn echelog nes bod 'na ddim rhagor ar ôl i ollwng o'i gynffon. Yn hytrach, tasgodd globiwlau o ddŵr mas trwy ei bilen allanol mewn sawl lle gwahanol; roedd yn dadhydradu'n beryglus. Serch hynny, heblaw am ambell ochenaid achlysurol, ymddengys nad oedd yn ymwybodol o'i dynged anochel.

Wrth i mi wylio Triphen yn ceisio codi ysbryd ThThThAAS drwy wasgu diferion olaf o ffrwctos gwan dros ei gorff truenus, mi wingais, yn grac â'r elfen o hap oedd ynghlwm â marwolaeth. Daeth geiriau'r sbermyn sinigaidd a gwrddais ar lain galed y fas i gof; gallwn ei weld, hyd yn oed – yn ymestyn yn bwyllog ar hyd ei grogwely byrfyfyr, yn dweud 'Peidiwch becso, SAThAAG. Lotri greulon oedd y cwbl, p'un bynnag.' O'n i'n dechrau meddwl ei fod e'n iawn, wedi'r cwbl.

Na. Roedd rhaid i mi ddal i gredu yng ngwerth fy ngalwad. Troes yn ôl ar fy ochr i'm safle ffetysol blaenorol, trwy lapio'm cynffon i fyny unwaith eto, fel 'mod i'n medru gwasgu fy narn-terfyn yn erbyn fy nghnewyllyn crynedig. Doeddwn i ddim yn agos at fynd i gysgu.

Trwy fy nghynffon dorchog sylwais ar ASThAThTh yn nofio draw at Triphen gyda Phendonciwr arall, un llawer hŷn nag ASThAThTh wrth ei olwg. Roedd cynffon y Pendonciwr hwn heb unrhyw sioncrwydd ynddi o gwbl, yn hollol ddifywyd, di-liw. Medrwn glywed ASThAThTh yn diolch i Triphen am gymryd y Lladdwr hyn dan ei awenau. O glywed hyn edrychodd yr hen Laddwr yn fodlon ei fyd, yn amlwg wedi cael ryw fath o ryddhad.

'Wy'n dal i deimlo bod gen i ryw gyfraniad i'w wneud at lwyddiant yr ymgyrch,' meddai'r Lladdwr geriatrig yn gryg.

'Wrth gwrs. Os wyt ti'n teimlo na elli di wynebu'r siwrnai faith o dy flaen, yna ar bob cyfri mi wnes di'n iawn i roi gwybod i'r Lladdwr-Gadfridog ASThAThTh,' meddai Triphen mewn sibrydiad soniarus, yn ceisio'i orau i beidio â dihuno ThThThAAS druan wrth bwyso draw i graffu mewn i ddarn-canol y Pendonciwr geriatrig.

'Weli di?' meddai ASThAThTh, yn ystumio ar welwder mitocondria yr hen Laddwr.

Amneidiodd Triphen ei dri phen a sylwodd fod y Lladdwr geriatrig wedi cwmanu'i ben tuag i lawr, fel pe bai'n teimlo cywilydd ofnadwy.

'Paid ag ystyried hyn yn fethiant ar dy ran, frawd,' meddai Triphen yn garedig.

'Na, wrth gwrs,' ychwanegodd ASThAThTh, 'Fel hyn roedd pethau i fod.'

Cododd yr hen Laddwr ei ben unwaith eto a rhoi ymgais wan ar wên.

'Wnaiff un o'm cynorthwywyr ddangos egwyddorion sylfaenol Rhwystro i ti,' parhaodd Triphen, gan ystumio ar un o'i Rhwystr-Batrôl, sbermyn â darn-canol trwchus, wnes i ei gydnabod fel AASSSTh.

'Gwell bod yn Rhwystrwr newydd, yn helpu'r ymgyrch yn y sianeli serfigol, na'n Lladdwr marw, wedi dy ffagosyteiddio oherwydd dy ddiffyg egni ar hyd welydd y groth,' ychwanegodd Triphen.

Amneidiodd yr hen Laddwr, yn cydsynio.

'Hyd yn oed os wnei di farw'n syth yn un o'r sianeli serfigol, mi fydd dy gorff di'n dal i helpu i rwystro ôl-lifeiriad faginaidd' ychwanegodd Triphen yn llon. Er y gallem weld o fflicran nerfus ei gnewyllyn nad oedd hyn yn fawr o gysur i'r hen Laddwr.

Mae'n rhaid bod ASThAThTh wedi synhwyro hyn hefyd, gan iddo ychwanegu mewn goslef gadarnhaol taw yn y modd hwn, mi fyddai'r hen Laddwr yn cyfrannu at lwyddiant yr ymgyrch hyd yn oed ar ôl iddo farw. Ac, fel y gwyddai'n iawn o'i hyfforddiant yn yr Academi, llwyddiant yr ymgyrch oedd popeth. Amneidiodd yr hen Laddwr yn raslon, gan dderbyn ei fod nawr yn cael ei gyfri'n Rhwystrwr swyddogol, a hynny er gwaetha'r ffaith fod ganddo ychydig ddiferion o gemegolion gwenwynig yn swisian yng nghap ei acrosom. Gan chwifio'i gynffon, bron fel saliwt i'w uwchswyddogion, nofiodd i gyfeiriad y sbermfynwent gydag AASSSTh.

Er y gwyddwn o'r gorau bod yn rhaid i ambell sbermyn newid ei rôl o fewn yr ymgyrch oherwydd henaint, roedd yr atgoffa poenus hwn o dreigl amser, ac yn bwysicach fyth bod dim byd o bwys yn digwydd, wedi cynyddu'r felan oedd arnaf o gryn dipyn. Gallwn deimlo tonnau o bryder yn ysgwyd o amgylch fy nghynffon oedd yn llawn tyndra. Os na fyddwn i'n gwneud rhywbeth yn weddol glou yna roedd perygl i'm digalondid peryglus ledaenu drwy'r Gymdeithas gyfan. Wrth reswm, ceisiais gwato fy iselder oddi wrth y ddau Gadfridog, a throes fy nghorff unwaith yn rhagor. Fe es i'r safle ffetysol eto, ond y tro hwn gyda fy nghefn tuag atyn nhw a chorff marwgysglyd ThThThAAS.

Ar yr union adeg yma, wrth i mi dynnu fy narn-terfyn tuag at fy mhen i'm cysuro, teimlais ryw bresenoldeb caled, sfferaidd yn gwasgu yn erbyn fy acrosom. Ymlaciais wrth gofio am y bilsen o ffrwctos cryf. Penderfynais ei bod hi'n bryd cael hwb bach llawen i'r system. Gadewais i'r sffêr oren ymlwybro i'm hacrosom a'i theimlo'n ymdoddi'n rhyfeddol o glou, yna cic yn fy mhen wrth iddi igam-ogamu o amgylch fy sytoplasm. Wedi hynny, yn hollol ddirybudd, clywais ddrymiau a cherddoriaeth gitâr swnllyd yn meddiannu fy nghnewyllyn. Gydag anhawster llwyddais i droi nôl unwaith yn rhagor i orwedd ar rhan flaen fy narn-canol. Ond teimlwn yn ddryslyd – roedd gan bob pen Triphen dri phen. Roedd y naw pen yn dawel wefuso geiriau cân i gyfeiliant y drymiau a'r gitâr. Waeth byth, roedd yna wyneb dynol yn lle cnewyllyn Triphen – naw wyneb dynol yn gwmws yr un fath â'i gilydd yn canu'n orffwyll o dawel, yn syllu yn syth tuag ataf.

Cefais fraw. Codais fy hun ar fy eistedd, gan edrych i gyfeiriad y golau gwan trwy'r gorwel gwydr yn y pellter. Wrth sylwi ar fy symudiad brysiog daeth ASThAThTh draw i weld os oeddwn i'n iawn.

'Wy'n iawn. Jest ryw hunllef fach, 'na'i gyd,' atebais.
Ond roedd y geiriau'n swnio'n dew, fel pe baent wedi dod mas yn rhy araf o lawer. Yn benderfynol o aros yn effro, ciledrychais ar fy adlewyrchiad yn y gwydr. Er mawr arswyd i mi, gwelais ddyn pen moel â llygaid gwyrdd treiddgar, wedi gwisgo fel sbermyn, yn syllu'n ôl arnaf.

18

Y cwbl y medrwn ei glywed wrth i mi droi oddi wrth yr adlewyrchiad oedd curo didrugaredd drwm bas yn fy nghnewyllyn. Roedd ei bendantrwydd diwyro, di-droi'n-ôl, fel rhyw alwad gyntefig i'r gad, yn gwneud i mi deimlo ar bigau'r drain. Symudais fy mhen ar ogwydd wahanol, fel nad oedd yn gwasgu cymaint ar fy ngwddwg. Rhoddais ochenaid fach o ryddhad wrth i mi synhwyro gwynt cyfarwydd hylif hadlifol yn chwyrlïo'n felys ar gyrion fy mhilen allanol. Sŵn swislyd yr hylif wnaeth i mi sylweddoli 'mod i angen diod ar fyrder. Ildiais i'r demptasiwn o giledrych ar yr ymyl wydr unwaith eto. Gwelais y dyn pen moel yn syllu'n ôl arnaf yn gwmws 'run fath ag o'r blaen. Y tro hwn, fodd bynnag, sylwais fod ganddo rhyw wlybaniaeth ar ei dalcen – mymryn o staen coch. Edrychai yntau hefyd ar bigau'r drain, fel petai'n awchu am ddiod. Roeddwn i'n sicr angen un, er mwyn treial tynnu fy meddwl oddi ar y gloddest o synau a delweddau gorffwyll oedd yn chwyrnellu o amgylch fy nghnewyllyn syfrdan.

Teimlais mor egnïol yn fewnol fel nad oeddwn yn siŵr p'un ai'r bilsen oedd yn curo yn fy mhen ynte 'mod i'n clywed drwm gwir yn fy nghymell? Mor ddiffwdan â phosib llithrais yn ôl tuag at ASThAThTh yn araf i ddweud fy mod i'n mynd dan yr wyneb am ddiod. Cynigiodd fynd i nôl peth i mi, ond mynnais y byddai'r nofio yn gwneud lles i mi. Yn y man, gan edrych arnaf yn amheus amneidiodd, a hynny braidd yn anfodlon, am wn i. Ni allaf fod yn sicr am hyn, gan fod ei ben wedi pylu ac yn raddol ddiflannu ar hyd ffurfafen oren.

Pistylliodd hylif hadlifol gwan i lawr ar hyd welydd diolchgar fy sytoplasm fel rhaeadr wrth i mi blymio'n llwyddiannus trwy'r wyneb. Mae'n rhaid fy mod i wedi bod yn dadhydradu hefyd, oherwydd llenwais â chymaint o hylif mor glou nes fod fy mhilenni allanol yn ddolurus o chwyddedig. Ond rhyw ddolur braf ydoedd, serch hynny. Ar y llaw arall, roedd fy mhen yn hollti. Roedd sŵn gitarau aflafar a llais amrwd gwrywaidd wedi ymuno yn gyfeiliant croch i'r drymio parhaus.

Yn llawn hyfdra, symudais yn nes at y gerddoriaeth trwy lithro i lawr ychydig edeifion caled o brotein anhreuliedig. Glaniais ar fy sentriolau isaf â chlec ddisymwth o galed. Wrth i mi ddod at fy hun, er fod popeth yn niwlog, medrwn weld fy mod i wrth ymyl mynedfa i ryw geudod anferth; neuadd oren wag tu fewn i dalpyn o semen ceulog. Gan hyrddio fy hun trwy'r dramwyfa hufennog, gallwn hefyd weld trwy'r iâ sych bod yna gannoedd o sberm yn dawnsio. Y tu ôl iddynt ar sgrîn enfawr roedd gwrthrych fy nghnewyllyn chwil – band roc o sberm anystywallt yn chwarae'n ffyrnig o hyderus. Yn hynod iawn roedd ganddynt faner werdd a gwyn gyda draig goch arni, wedi ei gosod yn gefndir parchus iddynt; hongiai'n fregus rhwng y naill edefyn dychlamol o semen a'r llall.

Wedi'm cyfareddu'n llwyr â rhythm di-baid eu cerddoriaeth, prin wnes i sylwi ar sbermyn bach ond gwydn yn taro'n ddamweiniol i mewn i'm darn-canol. Ymddiheurodd a thowlodd bilsen oren i'w acrosom tra'n croesi llawr y ddawns. Wrth ei wylio'n mynd sylwais ar ffurf felen sfferaidd yn y cefndir. Roedd hi'n fy nghymell tuag ati, ei chot jelïaidd yn dychlamu'n ddeniadol i guriad y drwm. Wrth i mi nofio'n araf trwy'r iâ sych oren mi welais Wy mamalaidd â gwallt trawiadol, coch. Galwodd yr Wy ar fy nghnewyllyn uwchlaw'r dorf swnllyd. Methais glywed yr hyn a ddywedwyd, ond gwnaeth hi fy nghusanu'n dyner ar fy nhalcen p'un bynnag. (Fel sbermyn rwy'n aml yn ei chael hi'n anodd iawn i roi cenedl gwrywaidd i'r Wy – maddeuwch i mi am yr 'hi'). Fodd bynnag, talais y sws yn ôl fel petai, gan ddriflan ensymau melys i'w chot jelïaidd. Gwthiais fy acrosom yn synhwyrus i'w sytoplasm maethlon. Teimlais oleuadau ffyrnig yn fflachio uwch fy mhen fel sêr.

Croesodd laserau fflachiog llawr y ddawns fel cleddyfau glas llachar rhyw frwydr ben bore hynafol. Llaciodd y ddau ohonom ein melys goflaid yn ddeheuig, gan ddawnsio'n ddiymdrech i'r sbermyn ag acrosom chwyslyd yn diferu o fywyd oedd yn canu ar y sgrîn.

Edrychais o amgylch llawr y ddawns gan sylwi ar ryw ffurfiau lled-gyfarwydd, cydweithwyr yr Wy. Galwodd un ohonynt ei longyfarchiadau i'r Wy. Y-gariwr, gyda thorch ffeibrog o silia wedi ei glymu i'w wddwg fel rhaff crogwr. Ychwanegodd bod hi'n syniad gwych i gynnal parti ar noson mor hanesyddol. Yna fe ddaliodd ei wddwg yn gadarn â'i ddarn-terfyn cyn tynnu dolen y silia mewn ystum rodresgar, a gweiddi 'O Arglwydd, dyma gamwedd' ac yna symud draw at y bar. Nofiodd un arall tuag ataf, X-gariwr a edrychai'n gyfarwydd rywsut. Gwisgai fantell ddu oedd wedi ei gwneud o edeifion o ffibrau echelog darfodedig. Roedd yn cario pen ffug, pydredig, wedi ei wthio i'w ddarn-canol. Tra'n nofio tuag ataf gwaeddodd ryw gwestiwn annelwig. Ni allwn glywed yr hyn ddywedodd ef ond atebodd yr Wy ar fy ran. Mae angen ysgrifennu un bennod arall, dywedodd. Ac mae'r cynnwys yn dibynnu ar beth ddigwyddith heno. Pe bai'n noson negyddol, ychwanegodd, yna ni fyddai unrhyw bwynt cario ymlaen â'r llyfr, p'un bynnag. Yna gofynnodd yr Wy i'r X-gariwr pwy oedd perchennog y pen pydredig. Gan ei ddal i fyny'n llawn balchder, dywedodd taw pen ein tywysog olaf ydoedd.

Sgrechodd ei eiriau mewn acen ogleddol uwchlaw'r gerddoriaeth, gan bwysleisio'r angen i atgoffa sberm beth wnaeth yr Ymennydd i'w harweinydd olaf, sef arddangos ei ben mewn sbloets ffiaidd ar hyd yr holl Brif System Nerfol. Yn sylwi ar fy ngwg wrth iddo bregethu gofynnodd onid dyna oedd pwrpas hanes, i addysgu? Atebais taw ras oedd hanes rhwng addysg a thrychineb, ac ar hyn o bryd trychineb oedd yn ennill. Chwarddodd yr Wy, gan beri i dalpiau bach o jeli dasgu oddi ar ei chôt. Sugnais hwy oddi ar y llawr, gan wneud sŵn plentynnaidd trwy fy acrosom. Wrth iddo ffoi i'r bar dan wenu sylwais am y tro cyntaf fod y gogleddwr yn gloff.

Ar y lefel is yma, gallwn weld sbermyn â dwy gynffon yn nesáu trwy'r iâ sych. Roedd wedi rhoi ei ddarnau-terfyn i mewn i bâr o sgidiau cowboi lledr du gyda byclau sgleiniog metal. Wrth edrych lan gallwn weld ei fod yn gwisgo pâr o jîns Levi dros ei gynffonnau, a gorchuddiwyd ei ddarn-canol swmpus â chrys-T gwyn, clasurol. Ar ei ben roedd cap coch pêl fas, gyda'r geiriau bwriadol pryfoclyd 'Mae Hanes wedi Marw'.

'SAThSATh, cariad, sut wyt ti?' meddai, gan gofleidio'r Wy yn wresog. Sylwodd arnaf yn codi o'r llawr a chyfarchodd minnau yn yr un modd annifyr, arwynebol – 'Hanes! Heb weld ti ers amser!' Yna, gan bwyntio'n lletchwith at ei gap ag un o'i sgidiau, ychwanegodd 'Fel y gweli di – o'n i'n meddwl bod ti wedi marw!'

'Fel beth wyt ti wedi dod, ThAThAAA?' gofynnodd SAThSATh, yr Wy.

'Fel y dyfodol,' meddai, gan ruo chwerthin ac edrych ar fy nghnewyllyn am unrhyw ymateb, 'Wedi'r cwbl, ry'n ni i gyd yn Americaniaid nawr!'

Esgusais nad oeddwn i wedi clywed ei ddatganiad. Syllais yn ddiemosiwn heibio'r llawr dawnsio tuag at ryw fath o far yng nghornel y neuadd. Yno, wedi ei wisgo fel arwr-filwr hynafol, oedd ASThAThTh, yn chwifio'i gleddyf tuag ataf. Wnes i f'esgusodi fy hun, gan adael i SAThSATh i ddawnsio gyda'i phennaeth hunandybus a oedd yn amlwg yn rhy drwm ac yn goranadlu.

Erbyn i mi nofio draw at y bar roedd ASThAThTh eisoes wedi archebu diod i mi – cymysgedd feddwol o ensymau a oedd, mae'n debyg, wedi ei lywio â choctel lled-farwol o hormon liwteneiddio pur. Diolchais iddo a dweud wrtho fod y wisg filwrol yn ei siwtio i'r dim. Ei adwaith i hyn oedd cynnal gwddwgornest yn y fan a'r lle. Gwthiodd fy narn-canol i wyneb y bar yn weddol hawdd yn gadarn chwareus. Yn crefu am ddŵr, dywedais nad oedd angen iddo brofi ei gryfder corfforol i mi. Ychwanegais 'mod i'n gwybod o'r gorau ei fod e'n hen sbermyn swil, meddal, dan yr ehofndra allanol. Chwarddodd ac archebodd ddefnynnau o destosteron gwan.

Ar ôl y mân-siarad a'r dwli cyfarchol yma dwysaodd ASThAThTh yn sydyn; gofynnodd sut o'n i'n meddwl oedd y noson wedi mynd hyd yn hyn. Ysgydwais fy mhen a dweud ei bod hi'n agos iawn; ond roeddwn i'n amau bod y criw 'ie' wedi colli o drwch blewyn. Syllodd y ddau ohonom i'n diodydd, gan deimlo bod yr holl beth yn annioddefol. Tarodd rythm y gerddoriaeth yn y cefndir fel cloch angladd.

Yn y man, ceisiodd ASThAThTh godi fy nghalon, gan wthio cymysgedd o ffrwctos a thestosteron gwan tuag ataf. Sugnais y ddiod trwy fy nghnewyllyn mewn chwinciad cyn dechrau lladd ar y diwylliant corfforaethol a oedd wedi annog ac esgor ar had-dafliad mor llywaeth a diddychymyg.

Edrychodd ASThAThTh yn ddiflas, wedi hen syrffedu ar fy mhregeth arferol. Ond ni allwn beidio â gweiddi uwchlaw'r gerddoriaeth. Roedd fy nghnewyllyn ar dân, gyda fy mitocondria'n chwyrlïo o gwmpas yn wyllt. Gwyddwn y byddwn i'n feddw dwll cyn diwedd y noson – wedi'm perlesmeirio mewn trobwll o siom. Ond roedd rhaid bwrw'm llid yn gyntaf, a llwyddais i floeddio'n feddwol uwchlaw'r dorf.

'Mewn diwylliant mor beryglus o oddefol, wedi ei adeiladu ar ofn, lle mae difaterwch yn cael ei wobrwyo, beth arall oedd i'w ddisgwyl?! Mae hyd yn oed y sberm hynny wnaeth drafferthu bleidleisio heddiw heb unrhyw ymdeimlad o'u gorffennol. Wy' ddim yn rhoi'r bai arnyn nhw. Maen nhw'n colli allan ar y fframwaith sylfaenol hwn o'u hunaniaeth, a hynny mewn ffordd hollol fwriadol. Dywedir wrthynt dro ar ôl tro taw dim ond defnyddwyr ydynt mewn byd sy'n ehangu bob munud. Pa bris yw gwreiddiau a hanes o dan y fath drefn? A defynddwyr beth? Byd sy'n ehangu i ble? Ehangu i farchnad sydd â'r hyfrda i alw'i hun yn rhydd, ond sydd wedi ei gaethiwo mewn hunanoldeb gormesol, dyna i chi beth! A dyna pam mae heddiw mor bwysig. Bod cyfle gyda ni, cyfle bach, ond cyfle serch hynny, i ddechrau ar y broses hir o wrthsefyll y grymoedd byd-eang. Dechrau blaenoriaethu egwyddorion – ein hegwyddorion ni; dechrau ar y daith hir i'r dydd y bydd mawr y rhai bychain a'r dydd na fydd y rhai mawr yn bod!'

Sylweddolais fy mod i'n sgrechen, a bu bron i mi faglu dros fy nghynffon wrth i mi ei fflicio'n ymwthiol fel gwaywffon trwy'r awyr i geisio gwneud fy mhwynt. Trodd ASThAThTh o'i gwmpas a gwenu'n gyfeillgar ar rai sberm oedd wedi ymgasglu i wrando ar fy rhefru a'm rhuo ynfyd. Dywedodd ambell un 'clywch clywch' gan wenu'n goeglyd, ond roedd y rhan fwyaf yn chwerthin. Chwerthin yn groch, gan fflicio'u cynffonnau seimllyd.

'Pam y'ch chi'n chwerthin?' sgrechais. Rhoes ASThAThTh gwrw ensym ffres, cawslyd i mi, mewn ymgais ofer i'm tawelu.

Wedi fy ngweld i'n gwneud ystumiau ac yn chwifio fy nghynffon trwy'r awyr yn fygythiol, daeth SAThSATh draw at y bar i weld beth oedd o'i le. Ond roeddwn i'n chwil – roedd fy nghnewyllyn yn tanio fel roced.

'Er mwyn dyn,' bloeddiais, 'Ni hyd yn oed yn treial gwerthu deunydd genetaidd fel nwyddau!'

'Wrth gwrs, a pham lai?' meddai'r cowboi wrth iddo ddod oddi ar y llawr dawnsio tu ôl i SAThSATh. Roedd ei gorff wedi ymchwyddo'n binc ac roedd yn chwysu'n arw trwy ei acrosom a oedd yn wlyb domen.

'Pam lai?' gwaeddais, yn teimlo ton o adrenalin yn chwipio fy mhen, 'Achos taw hanfod anfarwol hanes y byd yw e – dyna pam lai!'

Chwifiodd y cowboi ei gap tu blaen i mi yn nychlyd. Roedd yn ei ddefnyddio fel ffan ac yn amlwg yn mwynhau pob eiliad o'm cynddaredd. Ymddiheurodd SAThSATh, gan ddweud 'mod i wedi cael gormod i'w yfed. Datganodd y cowboi bod gwasgaru genynnau'n fyd-eang, fel y farchnad byd-eang, yn anochel ac i'w groesawu.

'Os aiff rywun nôl ddwy genhedlaeth roedd partneriaid gwrywaidd a benywaidd ar gyfartaledd yn byw o fewn tair milltir i'w gilydd' meddai, 'Erbyn y genhedlaeth nesaf mi fydd hi'n agosach at dair mil o filltiroedd! Haleliwia i hynny, ddyweda' i! Rhowch gyfle a chroeso i amrywiaeth genetaidd!'

Gan boeri talpiau o'm diod ensym cawslyd wrth i mi siarad, dywedais taw'r hyn roedd y cowboi yn ei olygu oedd y dylid rhoi cyfle i unrhyw iaith, rhoi croeso i gydgyfeirio imperialaidd!

Trodd y cowboi cyn goched ag erythrosyt. Dechreuodd yr Wy lefain. Dechreuodd ASThAThTh ymladd.

Ar ôl taro'r cowboi yn union ar dalcen ei acrosom baglodd ASThAThTh hi am yr allanfa agosaf. Galwodd SAThSATh arno, yn ei ymbil i'm hebrwng tua thre tra oedd yn sychu ei chot laith, jelïaidd yn erbyn ymyl y bar. Dilynais ef gan giledrych yn ôl ar fy nghariad o Wy mamalaidd am y tro olaf ar y noson dyngedfennol honno. Sylwais ar y ffrwd o ddagrau niferus a ffrwydrodd o'i philen felynwy. Ac ar goflaid gysurlon cap coch pêl fas.

Wrth i mi ymuno ag ASThAThTh tu fas i lwmpyn caled o semen clywsom ffrwydriad o hisian a bŵan swnllyd yn adleisio trwy'r ceudod o du fewn i'r parti. Hyrddiodd rhai eu cynffonnau trwy'r edeifion o ffrwctos a oedd yn ffurfio'r allanfa, a'u fflapio yn erbyn yr ymylon mewn atgasedd. Roedd hi'n amlwg bod y canlyniad cyntaf wedi ei gyhoeddi, ac yr un mor amlwg ei fod yn ganlyniad negyddol.

Wrth fy ngweld i'n taro fy mhen yn rhwystredig ar wyneb y semen awgrymodd ASThAThTh y dylem fynd ymlaen i glwb nos newydd o'r enw *Androgen*. Ar ôl llwyddo i wasgu i mewn ar y funud olaf sylwais y bu raid i'r rheolwr gau'r biben i'r fynedfa – am fod cymaint am weld yr adloniant oedd yn cael ei gynnig, mae'n debyg, sef sioe drawswisgo o'r enw Gene Genie. Er ei bod hi i fod yn rhyw fath o *divertissement* difyr i dynnu sylw oddi ar wleidydda ffyrnig y noson roedd hi'n sioe braidd yn ddiflas. Yn enwedig tua'r diwedd, pan gyd-ganodd y gynulleidfa y gân *Diamonds are forever* gyda'r perfformiwr. Ro'n i'n cadw gweld y gair 'na' yn fflachio'n fygythiol yn fy nghnewyllyn. Ceisiais ysgwyd fy mhen mewn ymgais i'w waredu, ond yn ofer – mynnai'r gair unsill guro fel drwm. Na na na na.

Wrth i ni ymlwybro at y bar yn y man, sylwais ar fy nghyn-bennaeth, yr Athro FS Harris, ar sgrîn deledu gyfagos. Gwisgai ei ddici-bo gwyrdd arferol. Ni allwn glywed yr hyn oedd ganddo dan sylw, ond roedd yn amlwg ei fod wedi gwylltio ynglŷn â rhywbeth, a cheisiais ddychmygu ei lais cryg nodweddiadol, fel hen ganwr jazz. Wrth iddo ffromi o amgylch ei geg, gwnâi ei wyneb sfferaidd iddo edrych fel rhyw Hymti Dympti cynddeiriog. Wrth iddo bwyntio'n fygythiol at y camera gwelais achos ei lid. Daeth ystadegau y noson hyd yma i fyny mewn capsiwn oddi tano: 60-40 o blaid y criw 'na'. Na na na na.

Roedd gweld dyn mor ddiwylliedig ag FS Harris mor grac ac ypset yn gyhoeddus wedi llethu fy ysbryd. Mi fyddai'r dyfodol, os oedd yna un o gwbl, yn un cwbl gywilyddus. Medrwn weld o dywyllu sydyn cnewyllyn ASThAThTh yntau nad oedd ychwaith yn edrych ymlaen i ddihuno bore fory yn aelod o'r fath hil waradwyddus. Daeth gweinydd merchetaidd a wisgai grys pinc blodeuog, draw â rhagor o'r coctels peryglus o'r bar. Sugnodd y ddau ohonom ein diodydd mewn tawelwch siom, gan obeithio na fyddai'r bore fyth yn gwawrio. Na. Na. Na. Pwnais fy mhen yn erbyn ymyl y bar gan yngan pob sill negyddol.

Mae'r hyn a ddigwyddodd yn ystod gweddill y noson frwnt honno yn niwlog iawn. Mwy o yfed. Mwy o ddadlau. Estroniaid llwyr. Mwy o ddweud y gair 'na'. Drosodd a throsodd, fel feirws yn poenydio fy mhen. Na, anghrediniaeth. Na, rhaid i'r boen stopi. Na, fy mhen yn hollti. Edrych lan ar ASThAThTh. Y milwr o'r chweched ganrif. ASThAThTh yn gofyn cwestiynau. Beth i wneud nesaf? Gwrando ar farwnad y canlyniadau cyflawn? Na. Methu dioddef hynny. Dychwelyd i'm cell Sertoli. ASThAThTh yn helpu mi ffoi o'r clwb. Oer tu fas. ASThAThTh ddim yn dod nôl gyda fi. Na. Yn mynd ei ffordd ei hun. Gweiddi. Hwyr. Nofio adref. Na. Ffagosyteiddio. Na. Paranoia. Mynd nôl i'r Wy? Na. Angen tacsi. Tacsi'n stopi. Nofio mewn. Na. Cwympo mewn. Arbenigwr yn darogan ar y radio. Darogan gwae. Na. Na. Ond Na agos. Dim y fath beth â Na agos. Na yw na. Dim mo'yn radio. Na. Diffodd y radio. Rhywun yn rhedeg mas. Na. Gwyro i'w osgoi. Na. Na na na. Gwydr. Gwydr ym mhob man. Hyrddio trwy'r gwydr. Gwthio trwy'r bilen felynwy. Sberm ar ras, yn hyrddio i'r Wy. Poen. Pen yn byrstio. Poen. Tywyll. Tywyllwch. Tawelwch tywyll.

Dihunais i weld ASThAThTh wrth fy ymyl, yn ysgafn daenu diferion o ddŵr oer ar fy acrosom hunllefus. Wrth i mi droi ar fy ochr gwelais trwy'r niwl llachar bod ThThThAAS wedi marw. Sylweddolais bod y golau gwan oedd y tu ôl iddo wedi tyfu'n lifolau digon i'm dallu. Edrychais ar ASThAThTh, yn llawn gofid.

'Mae'n olreit, SAThAAG. Maen nhw wedi agor drws yr oergell. Fyddwn ni ddim yn hir nawr.'

Wedi'm trawmateiddio, ysgydwais yn afreolus. Ond teimlais ryddhad hefyd, wrth imi ymestyn rhan uchaf fy nghorff ar hyd tri pen Triphen. Lapiodd ei gynffon o amgylch fy narn-canol yn ofalus a thyner. Yn dal yn simsan, ond yn raddol ganfod fy synhwyrau, gwenais arno, gan werthfawrogi ei goflaid sbwnjlyd, wlyb domen.

19

Pan o'n i'n sbermyn ifanc, breuddwydiwn yn aml am lysnafedd serfigol. Yn wir, cyfrwng perffaith fy ffantasïau niferus ydoedd – yn drwchus, ond nid yn rhy drwchus rhag fy arafu'n ormodol; yn dwym, ond nid yn rhy dwym rhag ofn iddo sbarduno rhyw fwtadu genetaidd diangen. Melys, euraidd, helaeth; rhain oedd y geiriau abswrd a chwyrlïai o gwmpas fy nghnewyllyn wrth i mi geisio creu darlun o'r cyfrwng allweddol yma a fyddai maes o law yn pennu fy nhynged.

Nawr fy mod i yn ôl pob tebyg ar fin plymio i'r cyfrwng hudolus yma, roedd hi'n stori wahanol wrth gwrs. A geiriau gwahanol. Ansicr, mympwyol, peryglus. Ond yn bennaf y gair hollbresennol yn fy is-ymwybod: marw.

Y ffaith greulon o eironig amdani oedd y byddai'r ymgyrch i greu bywyd yn lladd mwyafrif yr Had-dafliad o fewn munudau wedi iddo ymdreiddio i mewn i gorff Catrin Owen. Hyd yn oed pe bai hi'n ei chyfnod mwyaf ffrwythlon a'i llysnafedd serfigol yn fwy sberm-gyfeillgar, fyddai hynny'n dal yn wir. Byddai dros hanner ohonom yn cael ein llosgi'n fyw gan gawodydd trymion o asid y tu fewn i'r stadiwm, a miliynau'n eu gwrthod, wedi iddynt gael eu camgymryd fel tresmaswyr anghyfeillgar afiach. Lladd, jest rhag ofn. Esblygiad ar ei fwyaf amrwd ac effeithiol.

Rhaid bod realiti'r peth yn dechrau gwasgu ar acrosom ASThAThTh erbyn hyn. Ceisiodd ei orau i gasglu talpiau o semen wedi caledu er mwyn i bob un ohonom ei ddefnyddio fel arfwisg dros dro. Roedd yn cael trafferth i drefnu'r Gymdeithas yn rym cydnerth am ein bod ni'n cael ein towlu o naill ochr y fflasg i'r llall. Tystiolaeth bendant, os oedd angen, bod y fflasg erbyn hyn yn cael ei symud. Yn y man, ffliciodd ASThAThTh ei gynffon yn ddeheuig i gyfeiriad silff lwyd ger yr ymyl wydr, fel man cyfarfod. Wedi dweud hynny, gallech weld o daerineb ei lais ei fod yn ei elfen, ac yn mwynhau pob eiliad o'r datblygiad cyffrous diweddaraf yma.

'Wy-ddaliwr, Cadfridog Triphen, gyfeillion, mae'n tu hwnt o bwysig ein bod ni fel Cymdeithas yn canolbwyntio'n llwyr nawr ar y gorchwyl godidog sydd o'n blaen ni.'

'Clywch clywch' ychwanegodd Triphen, gan daflu cipolwg nerfus ar rai o aelodau mwyaf blaengar ei Rwystr-Batrôl.

'Wy'n awgrymu ein bod ni'n rhoi cymaint o semen wedi caledu dros ein cyrff ag y gallwn. Efallai y bydd hynny'n ddigon i dwyllo ambell wrthgorff rheibus, pwy â wyr. Mae'n gyngor cydnabyddedig, fel mae rhai ohonoch yn cofio o *Modiwl 2* o'r cwrs goroesi yn yr Academi.'

Gwelais sawl sbermyn o'm Cymdeithas yn defnyddio'u darnau-terfyn i ddabo semen llwyd talpiog ar eu cyrff. Roeddynt yn ei dodi ar eu darnau canol yn enwedig. Teimlais fy narn-canol innau'n dychlamu'n ddisgwylgar, gan gasglu cymaint o egni mitocondriaidd â phosib i yrru fy nghynffon obeithiol i ymylon eithaf ei gallu.

'Wy' hefyd yn awgrymu bod Cadfridog Triphen yn trefnu cynffon-gadwyn, fel ein bod ni'n medru aros gyda'n gilydd fel Cymdeithas gorau gallwn ni pan gawn ni ein bwrw mas' meddai ASThAThTh.

Amneidiodd Triphen ei dri phen a dechreuodd roi gorchmynion i'w uwch-swyddogion i drefnu'r gwaith oedd yn rhaid ei wneud i drefnu cadwyn.

'Credaf yn gryf bod ein llwyddiant hyd yma wedi ei selio ar y ffaith ein bod ni wedi'n trefnu fel cymuned o sberm, mewn Cymdeithas lle y mae'r naill unigolyn yn ddibynnol ar y llall ac yn parchu ei gilydd' parhaodd ASThAThTh gydag arddeliad, 'Mi fydd y rhan nesaf o'n siwrnai, fel y gwyddom i gyd, yn allweddol. Ein tasg ni yw ceisio sicrhau ein bod ni'n cyrraedd y sianel serfigol. Gobeithio awn ni'n bellach na hynny, hyd yn oed. Mi fyddwn ni'n dibynnu'n drwm ar y Rhwystrwyr o'n Cymdeithas yn hynny o beth. Wy'n gwybod

bod Cadfridog Triphen yn hyderus o gynnal ymgyrch lwyddiannus. Cofiwch, beth bynnag ddigwyddith nawr, dim ond ychydig ddyddiau sydd gyda ni ar ôl i gyflawni ein swyddogaeth mewn bywyd ar y mwya–'

Torrodd Lladdwr ifanc ar draws ASThAThTh – 'Beth os y'n ni'n mynd i gael ein rhewi?'

Gwridodd cnewyllyn ASThAThTh i'w lwyd tywyll arferol, wedi ei daflu oddi ar ei echel braidd gan y cwestiwn digon rhesymol yma.

'Mae'n wir falle ein bod ni ar y ffordd i sbermfanc. Ond rhaid i ni baratoi ar gyfer mewnosodiad llawn i Catrin Owen. Wedi'r cwbl, dyna y'n ni wedi ein hyfforddi i'w gyflawni.'

'Ond beth os nag y'n ni'n mynd yno?' nadodd y sbermyn ifanc yn wyllt, 'Beth os y'n ni i gyd yn mynd i farw?'

'Dere nawr, GGAThATh,' meddai ASThAThTh yn benderfynol, Does dim cywilydd mewn angau. Pan nad ydym wedi gwneud ein gorau ar siwrnai faith bywyd, dyna pryd mae 'na gywilydd. Nid ein tynged ni ddylai fod yn llenwi ein cnewyll, ond tynged olaf ein hannwyl Wyddaliwr. A'n dyletswydd i roi o'n gorau i Iwan Morgan a'n cynhaliwr newydd, Catrin Owen!'

Yn ystod ei araith danbaid, roedd Triphen wedi cysylltu sentriolau isaf ASThAThTh â'm cynffon a medrwn deimlo argyhoeddiad nodedig fy Lladdwr-Gadfridog yn dychlamu trwy fy ffibrau echelog.

Yn sydyn, fodd bynnag, tarfwyd ar ei lith gwefreiddiol wrth i ni gyd deimlo ryw ruthr annisgwyl i ochr arall y fflasg. Yn methu stopio cael ein cario gan fomentwm y gymysgedd semenaidd yn ei gyfanrwydd, gwaeddodd ASThAThTh ar weddill y gymdeithas – 'Cofiwch, hwn yw ein hunig gyfle – ac efallai unig gyfle Iwan Morgan hefyd! Pob lwc i bawb!'

Tra'n gafael yn dynn yn narn-canol dychlamol ASThAThTh gwelais Triphen y tu blaen i mi, yn galw gorchmynion i'w swyddogion aml-gynffonog gyda symudiadau bach clou o'i ben. Edrychai fel rhyw arweinydd manig o gerddorfa octopws. Roedd pa bynnag effaith gafodd y bilsen ffrwctos arnaf wedi hen ddiflannu, diolch i'r drefn. Yn wir, fel pob un arall y gallwn weld o'm Cymdeithas, gan gynnwys Triphen, roeddwn wedi meithrin rhyw sobrwydd llawn canolbwyntio a oedd yn hollol addas ar gyfer yr achlysur, a chan sylweddoli bod hyn yn bennaf o achos apêl gafaelgar ASThAThTh pwysais draw gyda'r bwriad o ddiolch iddo. Yn sydyn, fodd bynnag, roeddem yn llithro i lawr yr ymyl wydr â chyflymder brawychus o ffyrnig. Gan osgoi cyrff y meirw gorau gallem a bownsio dros sberm sgrechlyd o Gymdeithasau eraill roeddem ar ein ffordd mas o'n cartref dros dro. Wedi'm cynhyrfu'n lan â'r gobaith o'r diwedd o fynd i mewn i gorff Catrin Owen dechreuais oranadlu tra'n ceisio canolbwyntio ar bosibliadau fy amgylchfyd newydd.

Doedd dim achos i mi gynhyrfu, fodd bynnag, oherwydd yn hytrach na chael ein trosglwyddo i mewn i Catrin, roeddem ni nawr wedi glanio ar biben feddal hir, gyda marciau glas trawiadol bob yn hyn a hyn ar hyd ei hymyl. Pwysodd ASThAThTh yn ôl a sibrwd yn llawn rhyddhad taw chwistrell blastig ydoedd hon siŵr fod. Yn synhwyro fy siom, gwenodd a dweud nad oedd hyn yn achos gofid. Yn wir, roedd hyn yn newyddion da. Golygai ein bod ni bron yn sicr ar fin cael ein chwistrellu i mewn i Catrin.

Yn wreiddiol, meddyliais taw'r sŵn main uchel a glywn yn atseinio drwy'r chwistrell oedd llais Triphen yn canu rhyw gân i godi'n hysbryd. Yna sylwais fod y Rhwystr-Gadfridog yn llawer rhy brysur yn trefnu'r sbermgadwyn i drafferthu canu. Mae'n rhaid taw'r hylif semen a swisiai o gwmpas tra'n cynefino â'r llestr newydd yma oedd achos y sŵn. Mae'n amlwg fod ASThAThTh wedi ei glywed hefyd ac amneidiodd yn fodlon, cyn codi ei ben uwchlaw ton o semen.

'Mae'n swnio fel sŵn allanol,' eglurodd.

'O'r Byd Allanol?' gofynnais, heb ddirnad llawn arwyddocâd hyn.

'Ffordd Catrin o gael rhyw elfen o ragchwarae yw e' meddai ASThAThTh yn awdurdodol, gan ddal ei ben wyneb i waered mewn ymgais lew i geisio gweld fy ymateb.

Ceisiais fy ngorau i gofio manylion tiwtorial byr a gawsom ar ragchwarae yn yr Academi, ond yn ofer. Yn wir, roedd fy nghyfnod yn yr Argaill yn teimlo fel oes yn ôl erbyn hyn. Er hynny, swniai'r gair yn gyfarwydd, ond heb unrhyw ystyr, fel rhyw gysyniad haniaethol. Yn synhwyro fy mod i'n edrych braidd yn ddryslyd, parhaodd ASThAThTh, yn rhyfeddol o hwyliog dan yr amgylchiadau.

'Ma' fe fel rhyw ragarweiniad i ffrwythloni – creu'r naws iawn. Wy'n credu bod hi'n gwrando ar ryw gerddoriaeth. Cred ti fi, SAThAAG, mae hyn yn arwydd da.'

Roedd ASThAThTh mor falch nes iddo bron iawn â chanu ei eiriau. Mae'n rhaid fy mod i wedi crebachu cap fy acrosom yn fy syndod o weld yr ochr ysgafn yma iddo, oedd mor ddieithr i mi.

'Paid edrych mor bryderus,' meddai, gan chwerthin, 'Ma' hi'n treial cael y naws cywir. 'Neud ei hun i deimlo'n rhywiol.'

'Pam?'

'Achos bod hi'n ddynol. Dyna beth mae nhw'n neud.'

'Mae rhaid iddyn nhw 'gael y naws cywir' i epilio?' dywedais, wedi'm syfrdanu.

Roeddwn i'n dechrau gofidio mwy a mwy. Pa fath o fodau oedd y rhain, a oedd yn rhaid cael eu cyffroi cyn cyflawni eu hunig swyddogaeth hesblygiadol? Cadwodd ASThAThTh ei naws hwylus, diolch i'r drefn, ac yn bwysicach, am y tro, ei amynedd.

'Mae epilio'n rhy hawdd iddyn nhw – rhy uniongyrchol a diflas. Dros filoedd o flynyddoedd maen nhw wedi dyfeisio trefn gymhleth o ffrwythloni. Er mwyn creu'r naws orau posibl yn fewnol, rhaid creu un ffafriol yn allanol hefyd.'

Teimlais fy hun yn parhau i grebachu cap fy acrosom a cheisiais fy ngorau i beidio goranadlu.

'Co, ma' fe i'w wneud â'r hyn mae nhw'n galw yn emosiynau.'

'O,' dywedais, gan fflicio fy mhen yn hyderus er mwyn dangos 'mod i'n dechrau deall, 'Wy'n deall. Teimladau. Chwant. Blys.'

'Neu fel penderfyniaethydd, wrth gwrs, bydden i'n galw'r rhain yn biocemeg,' meddai ASThAThTh, â gwên bryfoclyd.

'Edrych,' dywedais, yn codi i'r her, 'Cariad y'n ni'n sôn amdano fan hyn, nage rhyw gymanfa o foleciwlau'n digwydd ymgynnull. Ma' fe'n rymus dros ben!'

Chwarddodd ThThThAAS ar fy nwyster sydyn. Ond roeddwn i'n teimlo'n gryf am hyn. Fel celloedd arbenigol, rydym ni, fel bodau dynol, yn medru teimlo'r emosiwn aruchel hwn. Mewn ffordd, dyma'r union beth oedd yn cadw trefn ar ein Cymdeithas, neu ar unrhyw Gymdeithas o ran hynny. Roedd yn emosiwn grymus, na ddylid ei ddibrisio. Er mwyn ceisio lliniaru rhywfaint o'm hanniddigrwydd, dechreuodd ASThAThTh fwmian ganu'r *Cân Cariad* ac ar ôl ychydig eiliadau ymunais innau, gan ganu y gorau medrwn i: 'Cara'r Wy heb amau, wedyn caiff hedyn ei hau.'

Yna'n sydyn, stopiodd ASThAThTh ganu ac ystumiodd arnaf i fod yn dawel. Gwrandawsom yn astud trwy'r wal blastig. Oedd, mi oedd lefel y gerddoriaeth yn y Byd Allanol yn bendant wedi cael ei droi i fyny.

'Ro'n i jest yn tynnu arnot ti, yn cael bach o sbort 'na'i gyd. Anghofia amdano fe,' meddai ASThAThTh yn gwenu ac yn newid cywair unwaith eto. 'Ro'n i'n teimlo ar bigau'r drain, braidd. Ry'n ni mor agos – ond mae rhaid i ni ganolbwyntio, yn enwedig ti, SAThAAG.'

Yna'n sydyn cawsom ein taflu unwaith eto. Y tro hwn, roeddem yn cael ein hyrddio i lawr hyd y chwistrell, gyda'r tiwb plastig wedi ei ogwyddo ar ongl o naw deg gradd. Tywyllodd yn sydyn ond medrwn weld ASThAThTh yn plygu ei ben yn erbyn ochr y tiwb.

'Beth wyt ti'n meddwl sy'n digwydd?' gofynnais, yn llawn cyffro.

'Edrycha ar y llinellau anferth yna a'r rhychau,' meddai ASThAThTh, yn dynodi ochr y tiwb unwaith eto.

Syllais ar rwydwaith enfawr a chymhleth o rychau tywyll, patrymog; crychion consentrig, rhychau syth, dwfn, marciau cris-croeslyd, i gyd blith-draphlith ar gefnlen oren anferthol.

'Llaw dynol yw hi,' meddai ASThAThTh, gan sychu ei acrosom gwlyb yn ddefosiynol yn erbyn ymyl y tiwb.

Roeddwn wedi ymgolli yn y datblygiad rhyfedd yma tu fas i'r tiwb. Yn wir, i'r fath raddau nes i mi bron peidio â sylwi bod yr awyrgylch tu fewn i'r tiwb wedi newid hefyd. Disodlwyd yr oren tywyll gan liw cochlyd, a chafwyd symudiad dychlamus cyson wrth i ni gael ein towlu hwnt ac yma drwy'r adeg. Gallwn weld miloedd o gnepynnau coch dychlamus ar y tu fas yn gwasgu yn erbyn y tiwb. Yn sydyn, fe wnaethon nhw ehangu, ond yna crebachu a diflannu'n gyfangwbl yr un mor glou wrth i ni basio heibio, cyn i filoedd o rai eraill gymryd eu lle. Roedd hi fel pe bawn ni ar orymdaith neu ryw daith frenhinol, gyda chrychau gwyllt yn ein cyfarch yn frysiog wrth i ni gael ein hyrddio heibio iddynt.

Yna fe ddaeth hi – ton anferth â'n hyrddiodd i fyny'r tiwb, gan ein pwmpio ni mas i ryw ddrysfa borffor llawn bywyd. Gan ddala'n sownd i ddarn-canol dychlamus ASThAThTh, medrwn weld bod y rhan fwyaf o'r Gymdeithas yn dal ynghyd wrth i ni wibio ar hyd y welydd tywyll, fel rhyw neidr gantroed aml-gellog yn ymladd am ei heinioes.

Edrychodd pob aelod o'm Cymdeithas Had-dafliad yn llawn cynnwrf a gofid ar yr un pryd. A minnau yn eu plith. O'r diwedd, yr oeddwn tu fewn i Catrin Owen.

20

Yn ôl y disgwyl, roedd y stadiwm tu fewn i Catrin Owen yn ddidrugaredd o effeithiol. Disodlwyd cerddoriaeth lederotig y Byd Allanol gan sgrechfeydd enbyd y miliynau a syrthiodd ar y cam cyntaf. Wrth i mi gael fy ngharjo ar hyd y welydd sbwnjlyd yng nghlydwch fy Nghymdeithas myfyriais am eiliad am fy ffawd. Hyd yma roeddwn i wedi osgoi tynged erchyll cymaint o'm cyd-sberm trwy gyfuniad o lwc a chyfrwystra. Ond roedd ffactor pwysig arall fan hyn hefyd; yn y rhan yma o'm siwrnai, heb amheuaeth, roedd y Rhwystrwyr yn eu hanterth. Eu crebwyll daearyddol anhygoel hwy ac arweiniad medrus Triphen oedd yn gyfangwbl gyfrifol am fy ngalluogi i ddal ati i anelu am geg y groth.

Y peth cyntaf i'm taro fel clatsen wrth nerfgell oedd fy mod i wedi colli pob reolaeth ar fy symudiadau. Ar wahân i'r ffaith fod Triphen a'i Rwystr-Batrôl yn ein tynnu ni o'r blaen, roedd yna rym arall yn ein gwthio ni'n ddi-droi'n-ôl i'n tynged, sef dychlamu rythmig y welydd faginaidd, a oedd yn ehangu'n rhyfeddol o glou. Efallai taw dim ond sôn am ychydig eiliadau y'n ni ar y mwya', ond credwch chi fi, mae colli pob reolaeth ar eich corff mewn cyfnod mor allweddol o'ch taith yn gwneud i chi ysgwyd mewn ofn. Mae'n rhaid 'mod i wedi colli sawl meicrolitr o olew edefyn echelog yn ystod y panig ysgytwol hwn.

Yr ail beth a'm trawodd oedd y gwres. Roeddem ni'n hanner disgwyl hyn, wrth gwrs – roedd hi'n hysbys i bawb y byddai yna newid tymeredd bychan tu fewn i'r corff benywaidd, ond roedd y ffwrnais goch eirias â'm croesawodd i â'i chwts gyhyrog yn sioc aruthrol. Wy'm yn credu bod ASThAThTh wedi amgyffred nerth yr ysgytwad chwaith. Parhâi i ofyn i mi dro ar ôl tro os oeddwn i'n olreit, gan daenu fy nghnewyllyn â dŵr er mwyn amddiffyn fy DNA gwerthfawr.

Wedi'r rasio gwyllt ar hyd y welydd faginaidd a ddilynodd y ffrwydriad o'r chwistrell, cydiodd disgyrchiant ynof fel lleidr. Wrth deimlo fy hun yn cwympo'n rhydd gafaelais mor dynn ag y gallwn yn wal wlyb y stadiwm dychlamus, gan syllu'n llawn braw ar y rhwydwaith blithdraphlith o Rwystrwyr oedd yn ceisio'u gorau glas i afael ynof.

'Dala'n dynn,' gorchmynnodd llais soniarus Triphen o uchder, yn rhyfeddol o glywadwy uwchben sgrechfeydd y sberm niferus oedd ar dân. Gallwn weld ei fod yn hongian wrth edefyn hir coch a oedd yn ddolen fregus a ymestynnai o'r to faginaidd.

'Pan waedda' i 'nawr', neidia 'mlaen!' sgrechodd unwaith eto.

Wrth i mi weld llysnafedd melynaidd yn diferu o'r edefyn coch sylweddolais ei fod yn hongian wrth geg y groth, y serfics. Yn reddfol, rhwtais fy narn-canol yn erbyn ASThAThTh, yn awyddus i fwrw iddi.

'Pwyll pia' hi, SAThAAG,' meddai ASThAThTh, yn amlwg yn teimlo'r ton o bryder a ddychlamai i lawr ei gynffon.

Fel nifer mawr o'r camau ar y llwybr maith at yr Wy, roedd amseriad ein cam nesaf yn allweddol. Roeddwn i'n cofio o'm sesiynau gydag H- yn yr Academi taw dim ond un cyfle go iawn a geir i fynychu ceg y groth, a hynny pan oedd hi'n plymio i'r llawr faginaidd. Pe bawn i'n ei fethu, yn neidio'n rhy glou neu yn rhy hwyr, yna dyna ddiwedd ar fy siwrnai. Baswn i'n cael fy mwrw mas yn ddiurddas fel ôl-lifeiriad faginaidd. Heb fynd trwy geg y groth, doedd dim modd cyrraedd y groth ei hun, heb sôn am orffwysfannau elitaidd yr wybib. Yn ystod y munud neu ddwy nesaf byddai fy nhynged yn cael ei phennu am byth.

Yn tynnu ar fy hyfforddiant, ceisiais fy ngorau i beidio â chynhyrfu drwy ganolbwyntio ar rywbeth arall. Roedd rhaid cadw'n effro i unrhyw bosibliad, ond nid yn rhy effro chwaith, rhag achosi panig. Canolbwyntiais ar y Rhwystrwyr uwch fy mhen, gan geisio'u cyfri. Pan gyrhaeddais at ddeg crwydrodd fy sylw, yn anochel bron, at yr Wy. At ystadegau. Tebygolrwydd. Deg. Pe bawn i'n gyntaf i gyrraedd y fflag sgwarog a gorfoleddu yn ffanfer groeso'r Biben Ffalopaidd, dim ond ods o un mewn deg fyddai gen i o ffrwythloni'r Wy hyd yn oed ar ofylu. Ceisiais anwybyddu hyn a pharhau â'm rhifo, gan deimlo tyndra ASThAThTh yn cynyddu drwy ei gynffon a oedd yn wlyb domen. Mae'n rhaid fy mod i wedi cyrraedd tua deugain a minnau'n dechrau ystyried beth arall i wneud i arallgyfeirio fy ngofid pan ddaeth gorchymyn soniarus Triphen.

'Naaaaaaaaaawwwwwwwrrr!'

Yn neidio ar yr edefyn elastig wrth iddo blymio i lawr teimlais rywbeth yn torri uwch fy mhen a sylweddolais fy mod i'n cwympo. Roedd y sbermgadwyn wedi ei rhwygo'n ddwy. Gan lynu'n orffwyll ar ASThAThTh wrth iddo nofio at yr edefyn coch, teimlais don o ryddhad yn crynu trwy fy narn-canol wrth i ni gydio yn rhywbeth oedd yn symud yn glou, o'r naill ochr o'r stadiwm i'r llall, fel pendil. Ond, er mawr arswyd, sylweddolom taw dim ond darn mawr o feinwe darfodedig ydoedd, yn arnofio i fynedfa'r stadiwm.

'SAThAAG!'

Roedd goslef wyllt llais Triphen mor frawychus nes iddo wneud i mi rewi yn fy unfan. Serch hynny, trwy ryw ryfedd wyrth fe lwyddais i lynu yn ASThAThTh wrth iddo sgrialu ar hyd y wal faginaidd, gan osgoi wrthgorff ysbeilgar o drwch blewyn yn unig. Am 'mod i wedi fy nghysylltu i'w ddarn-canol medrwn glywed ei fitocondria arwrol yn ei danio ag egni, yn canu grwndi fel cogiau bychain mewn injan soffistgedig.

Yn y man, wedi i mi ddod o hyd i'r dewrder i wynebu'r llais, llwyddais i droi a gweld er mawr ofid i mi bod yr edefyn coch yn dechrau crebachu, gan anelu'n ôl i gyfeiriad ceg y groth. Wrth i mi ostwng fy mhen mewn cywilydd a siom yn sydyn, teimlais fy hun yn cael fy llusgo gan ASThAThTh tuag at rywbeth nad oeddwn wedi gweld hyd yma – gwe corryn o Rwystrwyr cysylltiol yn hongian lawr o ochr yr edefyn coch. Neidiasom arno jest mewn pryd, gan ddefnyddio pob Rhwystrwr fel gris ysgol wrth i ni gael ein hyrddio o flaen pennau balch ein Rhwystr-Gadfridog, a oedd yn gwenu fel giât. Wrth i ni farchogaeth tonnau'r sianel serfigol yn ddeheuig, sylwodd Triphen bod ASThAThTh yn edrych mewn trallod ac yn goranadlu'n beryglus.

'Beth sy'n bod, Cadfridog ASThAThTh?' gofynnodd, yn dal i wenu.

'Mae'n ddrwg gen i, Cadfridog Triphen,' atebodd ASThAThTh, yn ceisio ymdawelu wrth i ni wibio i gyfeiriad y sianeli serfigol, 'Wnaethoch chi waith ardderchog fan'na. Da iawn. Jest . . . wel–'

'Jest beth?' gofynnais.

'O'n i'n meddwl basen i'n cael yr Wy-ddaliwr yn bellach lan ar Had-dafliad, 'na'i gyd. Os nad i'r wybib, yna o leiaf i welydd y groth.'

Edrychodd ASThAThTh yn hynod o siomedig. Trodd Triphen un o'i bennau cant wyth deg gradd i'w wynebu, heb i mi weld blaen ei ben. Medrwn weld o newid osgo ASThAThTh fod pen cuddiedig Triphen wedi gwgu ar y Lladdwr-Gadfridog, gan ddweud wrtho i gallio. Yna dywedodd ASThAThTh rhywbeth wrth Triphen ond fe foddwyd y geiriau dan donnau'r sgrechfeydd erchyll o'r miliynau oedd yn marw oddi tanom. Ychydig eiliadau'n ddiweddarach rhuthrodd Rhwystrwr ifanc â darn-canol anhygoel o drwchus ar hyd yr edefyn coch er mwyn siarad â'i uwch-swyddog.

'Mae'r llysnafedd serfigol sydd ar ein chwith, i gyfeiriad y chwarennau serfigol, yn dechrau teneuo, Cadfridog Triphen, syr.'

Amneidiodd Triphen ei dri phen yn fyfyrgar.

'Beth yw amcangyfrif y raddfa teneuo?' gofynnodd.

'Tua chwe deg microlitr i bob misela o fwcoprotein, syr.'
'Presenoldeb serwm?'
'Yn ôl y disgwyl, syr.'
Nodiodd Triphen ei dri phen yn araf unwaith eto. Medrwn deimlo rhwystredigaeth ASThAThTh yn cronni yn ei ddarn-canol wrth fy ochr.

'Wel?!' sgrechodd.

'Mae'n rhaid pwyso a mesur cyn mentro, Cadfridog ASThAThTh,' meddai Triphen yn gwrtais, 'P'un ai i gymryd y ffordd haws trwy'r llysnafedd teneuaf–'

'Does bosib bod ganddom ni unrhyw ddewis,' torrais ar ei draws, yn ddiangen.

'O, oes, Wy-ddaliwr SAThAAG. Chi'n gweld, y broblem yw nage dim ond i ni y mae'r llysnafedd teneuach yn ddeniadol – mae'n gyfrwng mwy apelgar i wrthgyrff, ac yn y pen draw i lewcosytau hefyd.'

'Mae yna berygl o ffagosytosis?' gofynnais.

'Yn hollol. Mae'n ffordd hawdd o deithio, ond yn anffodus yn llawn peryglon.'

'Pa ffordd y'ch chi'n awgrymu y dylien ni fynd 'te, Cadfridog?' gofynnodd, ASThAThTh, yn fwy cwrtais y tro hwn.

'I'r dde, tuag at y sianeli serfigol. Fel hynny, bydd fy Uned Rhwystr-Batrôl yn gallu parhau i gyfrannu at lwyddiant yr ymgyrch.'

Wrth iddo sylweddoli bod ceg y groth erbyn hyn yn crebachu'n gyflym, crychodd Triphen ei edefyn i fyny'n lwmpyn bach sfferaidd, a thaflu cipolwg dwys at ASThAThTh.

'Wy' wedi rhoi fy asesiad i o'r tirwedd serfigol. Ma' fe lan i chi nawr, Cadfridog ASThAThTh.'

'Iawn, well i ni siapo hi 'te' gorchmynnodd ASThAThTh, gan amneidio'i gytundeb i fentro trwy'r llysnafedd mwy trwchus ond diogelach.

Roedd ceg y groth wedi crebachu i'r fath raddau nawr nes

ein bod ni fwy neu lai wedi ein towlu ymaith ta beth, ond o leiaf roedd ganddom ni gynllun pendant i gyrraedd ein nod. Edrychodd ASThAThTh yn blês wrth iddo fy natgysylltu o'i ddarn-canol, er mwyn i'r ddau ohonom fedru nofio'n haws trwy'r llysnafedd trwchus a oedd yn ein taro'n barod. Wedi i Triphen blymio i ganol y llysnafedd serfigol, daeth yn amlwg unwaith eto gystal technegydd faginaidd ydoedd. Wrth iddo drafod yn fanwl tra'n nofio, eglurodd y dylsem nofio trwy'r sianeli lletraws a oedd yn rhedeg i welydd y serfics. Wrth nofio yn ein blaenau sylwom bod y sianeli hyn yn gul dros ben, gyda lle i ddim ond dau neu dri sbermyn tu fewn i un ar y tro ar y mwyaf. Edrychodd ASThAThTh ar Triphen ac amneidiodd y Rhwystr-Gadfridog yn ei ffordd unigryw tripheniog. Gwenodd ASThAThTh arno a gwenodd yntau arnaf innau.

'Pob lwc, Wy-ddaliwr SAThAAG' meddai yn syml, mas o ochr un o'i bennau.

Roeddem wedi cyrraedd y pwynt lle buasem yn gwahanu wrth ein Rhwystr-Batrol.

'Wy-ddaliwr a Lladdwyr trwodd yn gyntaf, ac yna pob Rhwystrwr i'w dilyn yn syth bin. Fel ein bod ni'n gallu gwir rwystro'r ôl-lifeiriad trwy'r sianeli yma, a'i cadw nhw'n gadarn, rhag i unrhyw aelod o'n Cymdeithas gwympo nôl lawr. Pawb yn deall?'

Amneidiodd y rhan fwyaf o'r Gymdeithas, yn llawn sylweddoli pwysigrwydd eu cyfraniad yn y rhan yma o'n siwrnai. Ffliciodd rhai o'r Lladdwyr ieuengaf eu cynffonnau'n deimladol at bennau rhai o'r Rhwystrwyr mewn ystum ffarwél. Roedd hi'n amlwg bod nifer o'r Gymdeithas wedi dod yn gyfeillion mawr ar ein hantur yn ystod yr ychydig wythnosau diwethaf. Roedd sbermyn arall, un gweddol hen wrth ei olwg, yn sibrwd i mewn i acrosom ASThAThTh. Amneidiodd ASThAThTh a rhoddi gwybod i Triphen bod un arall o'i Laddwyr yn teimlo'n rhy flinedig i fentro ar y siwrnai faith. O'r herwydd byddai'n well ganddo aberthu ei hun fan yma a gwneud rhywfaint o waith buddiol fel Rhwystrwr byr-fyfyr.

'Wrth gwrs,' meddai Triphen, 'Croeso i'r tîm, AAThThThS.'

Yn hollol annisgwyl, trodd AAThThThS druan tuag ataf, gan egluro bod ei gydwybod yn gwasgu arno.

'Wy' jest rhy flinedig, Wy-ddaliwr, SAThAAG. Gobeithio nad y'ch chi'n teimlo fy mod i wedi'ch gadael chi i lawr.'

Ysgydwais fy mhen yn frwd, ond parhaodd AAThThThS i waredu'r euogrwydd oddi ar ei ddarn-canol.

'Ond fel hyn, unwaith y bydda' i wedi gosod fy hun fel rhwystr yn un o'r sianeli lletraws, hyd yn oed pan fydda' i wedi marw, byddaf yn eich helpu chi, ryw ffordd, i gyrraedd yr Wy, syr.'

'Diolch,' dywedais. Yna, wrth edrych o gwmpas sylwais fod pob sbermyn o'm Cymdeithas a oedd yn dal ar ôl yn edrych arnaf yn ddisgwylgar. Ni fyddai'r rhan fwyaf ohonynt, y Rhwystrwyr, yn fy ngweld i byth eto. Roedd hi'n adeg perffaith i ddiolch iddynt am eu gwaith caled.

'A diolch i chi i gyd, am lwyddo i'n cael ni mor bell â hyn. Wy'n gwybod bod 'na ffordd bell i fynd eto, ond rydw i'n ffyddiog y byddaf yn cyrraedd fy nod – eich nod chi hefyd, sef asio â'r Wy. Cymysgu fy nghromosomau i, yr y'ch chi wedi eu hamddiffyn mor arwrol o effeithiol, gyda'i chromosomau hithau; fel eich bod chi hefyd, pob un ohonoch, wedi chwarae eich rhan yn nhaith anfarwol y greadigaeth.'

Er mawr syndod i mi, roedd acrosomau sawl Rhwystrwr yn llanw â dagrau ensymatig. Edrychai rhai o'r Lladdwyr hyd yn oed yn ddwys ar lawr y stadiwm, gydag emosiwn y funud yn amlwg yn drech na nhw. Amneidiodd ASThAThTh yn gymeradwyol.

Yna, o unlle, dechreuodd y cyfan.

Roedd dau Laddwr heini yr olwg ar ymylon y Gymdeithas yn pendoncio dau o'm Lladdwyr i. Nid bod yna fawr o'i le ar hynny ynddo'i hun. Mae'n gyfarchiad cyffredin rhwng Pendoncwyr o Gymdeithasau Had-dafliad gwahanol. Archwilio gwenwynau ei gilydd, er mwyn cadw golwg allan am gemegolion estron. Mewn gair – arolygu presenoldeb posibl sberm dyn arall.

Yr hyn oedd yn anghyffredin oedd bod cynffonnau a darnau canol y ddau yn dywyll.

Yn sydyn, saethodd un o'r sberm oedd newydd gyrraedd arfben i mewn i un o'm Lladdwyr, gan ffrwydro'i ben yn yfflon yn syth. Ceisiodd y newyddian arall bwnio'i ben mor galed ag y gallai i ochr pen fy Lladdwr diniwed arall, gan sylweddoli ei fod ef, erbyn hyn ymhlith sberm estron. Ond mae'n rhaid bod fy Lladdwr wedi synhwyro cemegolyn estron, oherwydd iddo osgoi pendonciad yr estronwr yn ddeheuig, cyn saethu gwenwyn ei hun i ben y sbermyn. Holltwyd pen yr estronwr ar unwaith, er mawr boddhad i'm Lladdwr.

Gan synhwyro efallai fod yna berygl o hyd, nofiodd dau aelod blaengar o'm Sgwadron Semenaidd lan ataf, gan ffurfio tarian amddiffynnol o flaen fy mhen.

Mae'n rhaid bod hyn oll ond wedi cymryd ychydig eiliadau. Serch hynny, erbyn hyn roedd sawl un arall o'm Pendoncwyr i, gan gynnwys ASThAThTh, wedi rhuthro draw yn ddeheuig i gadw golwg arnaf. Wrth iddo weld ei fod mewn lleiafrif bychan iawn, dechreuodd y sbermyn estron nofio lan trwy un o'r sianeli lletraws, ond rhwystrwyd ei lwybr dianc gan AAThThThS, y Rhwystrwr newydd.

'Mas o'n ffordd i'r penbwl!' rhochiodd y sberm estron mewn acen Americanaidd, gan saethu ei halen gwenwynig yn syth i gnewyllyn AAThThThS a'i ladd yn y fan a'r lle.

Amneidiodd ASThAThTh ar un o'i Laddwyr gorau yn ei orchymyn i saethu. Unwaith eto, cafwyd ergyd yn syth i'r pen a'r tro hwn ysgwydodd holl gorff y sbermyn mewn cryndod angau, gyda'i gnewyllyn chwilfriw'n llwyddo i yngan y gair 'diawl' mewn ymgais o oslef eironig wrth iddo gydio ym mynedfa ei sianel ffoi.

Roedd un o'm Lladdwyr aeddfetaf yn archwilio'r corff cyntaf di-ben ac yna galwodd draw yn syth.

'Cadfridog ASThAThTh, wy'n credu y dylech chi weld hyn.'

Aeth ASThAThTh draw a dilynodd y gweddill ohonom ef yn reddfol, er mwyn gweld beth oedd mor ddiddorol am gorff y sbermyn marw. Wrth iddo archwilio'r corff gallem weld ei fod wedi cyffroi drwyddo, yn glafoeri o hylif hallt gwan o'i acrosom.

'Dere yn nes, SAThAAG' galwodd, 'Wyt ti'n gweld?'

Edrychais ar weddillion gwrthun, olewaidd corff y sbermyn tra ceisiodd ASThAThTh lanhau'r saem oddi ar ei ddarn-canol.

'Edrycha, mewn fan hyn,' meddai, gan ysgwyd ei ben anferth mewn syndod.

Syllais i'r fan lle'r oedd yn pwyntio ac yn wir, ar ymylon pilen allanol y darn-canol, sylwais fod y sbermyn yn gwisgo siaced denau ddu. Wrth graffu ar hyd ei gynffon, sylweddolais fod yna ryw fath o drowsus du fel haen dros ei gynffon wain. Nofiodd Triphen draw atom, gan fregus gario rhywbeth o weddillion pen y sbermyn marw arall. Edrychai mor fach nes bu bron i ni beidio â sylwi bod ganddo rhywbeth yn ei ddarn-terfyn. Yna, anogodd Triphen i ni edrych yn fwy gofalus – pâr o sbectol haul oeddynt. Roedd y tameidiau tywyll a arnofiai ar wyneb y llysnafedd yn awgrymu'n gryf bod y sbermyn arall yn gwisgo pâr cyffelyb, a oedd wedi ei chwalu'n ddeilchion.

'Rho nhw 'mlaen, SAThAAG' meddai ASThAThTh, gan drosglwyddo'r sbectol o ddarn-terfyn Triphen yn frysiog.

'Beth?'

'Glou,' pwysleisiodd ASThAThTh, 'falle ein bod ni'n rhy hwyr yn barod.'

Sleifiais y sbectol dywyll ymlaen trwy fy mhilen allanol, gan eu gwthio nhw'n gyfforddus i'r sytoplasm o amgylch fy nghnewyllyn. Heblaw fod pob dim yn edrych ychydig yn dywyllach, ni theimlais yn wahanol. Yn sydyn, teimlais rywun yn ymyrryd â'm darn-canol. Wrth syllu i lawr, sylwais ar un o gynorthwywyr ASThAThTh yn rhoi'r siaced ddu o amgylch fy mhilen allanol, gan greu teimlad gogleisiol ymhlith rhai o'm mitocondria.

'A rhan isaf y siwt hefyd,' meddai ASThAThTh yn frysiog.

Sylwais ei fod yntau hefyd yn prysur wisgo siwt ddu y sbermyn marw arall.

'Pam y'n ni'n neud hyn?' gofynnais.

'Fel ein bod ni'n edrych fel 'se ni ar ochr y gelyn, wrth gwrs' meddai ASThAThTh.

'Y gelyn?'

'Ie, dyna ni,' meddai ASThAThTh, prin yn medru cuddio'r cyffro yn ei lais.

Oherwydd, wrth gwrs, roedden ni nawr yng nghanol Had-Gad swyddogol.

21

Po bellaf roeddem yn nofio i fyny'r sianeli serfigol cynyddai rhochian cras sberm y gelyn. 'Dere â phump, gyfaill!' rhochiodd un, 'Paid rhoi'r cachu 'na i mi, ddyn!' sgrechodd un arall. 'Rhewa, mamffwciwr!' crochlefodd un arall drachefn. Yn wir 'Rhewa!' oedd yr ebychiad mwyaf poblogaidd yn y rhan hwn o'r serfics. Gan amlaf byddai'r ymateb 'Na, rhewa *di* ddyn!' yn ei ganlyn, cyn eiliad fer o dawelwch llawn tyndra, yna bonllefau o chwerthin siwdo-*macho* clwclyd, dwl. Afraid dweud doedd dim clem gen i beth oedd hyn i gyd yn ei olygu. Fodd bynnag, gwyddwn o'r gorau ein bod ni mewn lleiafrif bach iawn o'i gymharu â'r gelyn. Roedden nhw fel pe baen nhw ym mhob man ac roedd tacteg ASThAThTh o 'ymuno' â'u rhengoedd i'w weld yn gynllun call ar y naw, ac ein hunig obaith o oroesi mwy na thebyg.

Roedd hyd yn oed y Rhwystrwyr a oedd yn rhwystro'n taith drwy bob sianel yn perthyn i griw ein gwrthwynebwyr. Roedd o leiaf hanner ohonynt wedi marw. Newyddion da o safbwynt sbectol dywyll (bachodd ASThAThTh bâr i'w hun ar unwaith) ond newyddion drwg iawn o safbwynt y Ras Wy (os oedd yna gymaint wedi marw, yna mae'n rhaid eu bod nhw wedi bod yma ers tipyn o amser – o leiaf cryn dipyn o amser cyn i ni gyrraedd).

Yn wreiddiol meddyliais taw golwg cyfyng fy sbectol haul oedd yn gyfrifol am fy niffyg symud trwy'r llysnafedd serfigol. Ro'n i'n cadw bwrw mewn i beth bynnag oedd o'm blaen y tu fewn i unrhyw sianel mentrai ASThAThTh a minnau i nofio drwyddi. Yn y man, wedi inni olrhain ein llwybr nofio am y degfed tro, cyfaddefodd ASThAThTh bod gennym broblemau dirfawr. Nid yn unig roedd y sianeli tenau yma'n llawn o'r gelyn (marw, yn bennaf) a oedd yn llwyddo i'n hatal rhag mynd ymlaen, ond roedd dau o'r sianeli y buom yn ddigon anffodus i fentro iddynt yn cynnwys gwaedgelloedd gwynion yn ysbeilio ar hyd yr allanfeydd i gyfeiriad gorffwysfannau'r pantiau serfigol. Edrychai'r holl le fel drysfa borffor, wleb a dychlamol. Ac fel pob drysfa dda, y mwyaf yr oeddem ni'n rhuthro i'r allanfa tybiedig, y mwya roeddem ni'n colli ffordd. Doedd pethau ddim yn argoeli'n dda.

Yn ogystal â hyn oll, collwyd y rhan fwyaf o'm Rhwystr-Batrôl yn y dryswch, gan gynnwys y Cadfridog Triphen. Gan gadw at ein cynllun gwreiddiol o gadw i'r dde, oddi wrth y chwarennau serfigol, ceisiem nofio lan sianel denau arall, gan obeithio byddem yn ymddangos yr ochr arall yn ddianaf. Hyd yma, roeddem ni wedi dod ar draws amryw o rwystrau yn ein hymgais aflwyddiannus i ffoi. Roedd y rhain yn amrywio o Rwystrwyr marw gweddol ddiniwed i waedgelloedd gwynion arbenigol a elwir yn niwtroffiliaid. Yn y bôn, ffurfiau amebaidd oeddynt, a oedd yn medru llyncu sberm tebyg i ni fel tamaid i aros pryd.

Ond roedd ASThAThTh yn llygad ei le yn fy atgoffa'n gyson ein bod ni'n rhedeg mas o amser. Doedd dim dewis gennym – roedd yn rhaid i ni nofio ymlaen trwy lysnafedd trwchus fy mreuddwydion. Wrth i ni fentro lan sianel letraws denau arall, yn anochel bron, daethom ar draws rhwystr newydd. Y tro hwn, un â phen wedi ei ddatgysylltu a'i chwalu'n chwilfriw ydoedd. Roedd ei gnewyllyn wedi ei falu i'r fath raddau nes bod edeifion torchog ei DNA i'w gweld yn glir. Yn wir, disgleirient yng ngwlybaniaeth y llysnafedd a ddiferai i lawr o'r to. Serch hynny, roedd y pen drewllyd wedi ei wasgu mor effeithiol yn erbyn ymyl y sianel fel nad oedd hi'n bosib i'r naill na'r llall ohonom fynd gam ymhellach. Er bod yna rywfaint o berygl heintio, penderfynwyd y byddai'n rhaid i ni geisio symud y pen mas o'r ffordd. Dechreuodd ASThAThTh ddala acrosom y sbermyn marw â'i ddarn-terfyn, yna'n sydyn, stopiodd yn stond a gollyngodd y pen wrth iddo ebychu mewn llais uchel, anghyfarwydd. Gan sylweddoli pwy y gallai fod, ond yn methu goddef edrych, gofynnais y cwestiwn yr oedd ef eisoes wedi ateb mewn ffordd.

'Un o bennau Triphen?'

Amneidiodd ASThAThTh a medrwn weld mitocondria ei ddarn-canol, hyd yn oed trwy ei siaced ddu, yn igam-ogamu'n orffwyll, gan geisio crynhoi'r egni angenrheidiol i ddial ar dranc anochel ei gyfaill o gyd-Gadfridog.

'Sut alli di fod mor siŵr?'

Ffliciodd ASThAThTh ei ben gan ddynodi'r enw-arwydd a oedd wedi ei amlygu'i hun wrth fôn y DNA agored: Thymin-Adenin-Thymin-Adenin-Sytosin-Sytosin. ThAThASS – enw swyddogol Triphen. Wrth gwrs, gallai hwn fod yn rhywun o'r un enw, ac am eiliad neu ddwy cysurais fy hun i'r perwyl hwnnw, ond roedd yn annhebygol. Roeddem ond wedi gwahanu am ychydig funudau, ac nid o'n i wedi llwyddo i fynd yn bell iawn. Roedd hi'n weddol sicr taw olion pen un o bennau Triphen oedd hwn. Yna fe'm trawyd â'r posiblrwydd ei fod hi'n bosib y byddai Triphen fyw heb un o'i bennau efallai. Wrth weld ASThAThTh yn pendroni'n fyfyrgar, sylweddolais ei fod ef wedi bod yn ystyried yr un senario'n union. Ond ysywaeth, yn y diwedd ysgydwodd ei ben yn ddiobaith.

'Fydde fe ddim wedi gallu parhau â'r ddau ben oedd 'dag e ar ôl, SAThAAG. Mae'r gwenwyn jest yn rhy gryf. Bydde fe wedi llygru ei gorff cyfan o fewn eiliadau.'

'Mae'n edrych fel 'se ganddyn nhw wenwynau cryf iawn,' ychwanegodd, gan hyrddio'r pen chwilfriw lan i do'r sianel a fflicio'i gynffon tuag ataf i i'm galw trwyddo.

'Glou,' parhaodd, â'i sentriol uchaf yn disgleirio'n arianlwyd dan y straen, 'cyn i mi ei ollwng ar dy ben.'

Llwyddais i nofio trwy'r bwlch cul, gan wasgu fy mhen mor galed yn erbyn yr ochr nes gwneud fy sbectol dywyll lithro mas o'm sytoplasm. Ymhellach lan y sianel adferais y sefyllfa drwy eu fflicio nhw'n ôl ymlaen â hyrddiad egnïol o'm pen. Yna sylwais ar ASThAThTh yn nofio wrth fy ochr.

Gwelodd fy mod i'n edrych yn ôl ar ben marw Triphen. Ymestynnodd ei ben yntau, er mwyn fy wynebu.

'Mae'n rhaid i ni ddefnyddio hyn i'n cryfhau ni,' meddai ASThAThTh yn llythrennol hirben, 'Bydde fe wedi licio meddwl y base fe'n gallu'n helpu ni, ar ôl iddo farw. Wy'n dweud wrthot ti SAThAAG, mae yna bwrpas i bob dim.'

'Hyd yn oed marwolaeth?'

'Yn enwedig marwolaeth,' atebodd ASThAThTh gyda sicrwydd fy 'mod i'n ei edmygu ar fy ngwaethaf.

'Rwyt ti'n falch bod sberm rhyw ddyn arall mewn 'ma, yn dwyt ti?' gofynnais.

'Llwyddiant yr ymgyrch sy'n bwysig. Mae pleser yn amherthnasol, Wy-ddaliwr SAThAAG.'

Gwasgodd lan mor agos ataf yn y gofod cyfyng fel y gallwn wynto sawr mochynnaidd ei siwt ddu, ddrewllyd. Ymddangosai ei lwyr ymwrthod ag emosiwn, a oedd unwaith yn destun edmygedd, yn hollol hurt o dan yr amgylchiadau. Chwarddais yn uchel, gan wthio fy mhen anferth yn erbyn to anhyblyg y sianel serfigol denau.

'Beth sy' mor ddoniol?'

'Dim byd, ASThAThTh. Histeria. Wy' wedi cael bach o sioc, 'na'i gyd' dywedais, gan fflicio fy nghynffon i gyfeiriad y pen oddi tanom.

'Alla' i ddim canu,' meddai ASThAThTh, 'Ond mi ydw i'n cofio geiriau *Cân yr Wy*. Os wyt ti'n teimlo'r angen i dalu teyrnged i'r Cadfridog Triphen, yna wy'n awgrymu dylet ti gadw geiriau ei hoff gân mewn cof, SAThAAG.'

A chyda'r geiriau dwys ond doeth yma dechreuom nofio ymhellach lan y sianel.

Er i mi gofio geiriau *Cân yr Wy* i gyd, nid fersiwn soniarus Triphen ohoni oedd flaenaf yn fy nychymyg chwaith wrth i ni adael un o'i bennau ar ôl i bydru. Tra'n bywiogi fy nghynffon wrth nofio trwy'r llysnafedd serfigol, sylweddolais fod fy nelwedd ffarwél i'm Rhwystr-Gadfridog yn un llawer mwy cyffyrddadwy. Y ddelwedd ohono'n tylino ochr fy mhen yn dilyn fy nofiad ar hyd Sarn Sgrotaidd, gan lapio'i ddarn-terfyn fel ei fod yn fy mwytho fel brwsh.

Serch hynny, roedd gan ASThAThTh bwynt digon teg pan y soniodd am 'ddefnyddio' ei farwolaeth fel sbardun i fywiogi rhan nesaf ein taith. Roeddwn i bron yn sicr ein bod ni wedi pasio un arall o'i bennau wrth i ni deithio i fyny'r llif i gyfeiriad y pantiau serfigol. Ond roedd yna ymdeimlad o ganolbwyntio nawr. Dycnwch tawel, penderfynol, a fyddai'n ein hyrddio ni ymlaen beth bynnag a ddigwyddai. I'r fath raddau, yn wir nes bod ASThAThTh am gadw i fynd pan y gwnaethom ni, yn y man, gyrraedd cronfeydd gloyw y pantiau serfigol. Ni allwn weld bai arno. Roedd gweld miliynau o sberm marw, a hwythau wedi eu pentyrru ar ben ei gilydd bob siâp, yn ddigon i gorddi'ch darn-canol. Os oedd hi cynddrwg i lawr fan hyn, mewn gorffwysfan swyddogol, yna pa erchyllterau oedd yn ein hwynebu? Ciledrychodd y ddau ohonom ar ein gilydd yn llawn gofid.

'Wy'n gwybod gallet ti neud tro â hoe, SAThAAG. Ond wy' jest ddim yn credu allwn ni fforddio'r amser.'

'Wy'n teimlo'n iawn. Wir. Dere i ni siâpo hi 'sha'r groth.'

'Yr ucha' yr awn ni y lleia' tebygol y'n ni o gael ein bwrw mas fel ôl-lifeiriad faginaidd,' eglurodd ASThAThTh, mewn ymgais diangen i'm darbwyllo.

Ond roedd llai o argyhoeddiad nag arfer yn ei lais. Gwyddai fy mod i'n gwybod bod y groth yn llawn peryglon; fyddai yna doreth o waedgelloedd gwynion ysglyfaethus yn cael eu rhyddhau o welydd y groth yn gyson, heb sôn am y gwrthgyrff peryglus a fyddai'n ymweld â'r holl ardal. Y fangre hon hefyd mwy na thebyg fyddai'n dyst i'r Had-Gad ar ei mwyaf milain, wrth i Laddwyr blin ddechrau rhedeg mas o wenwynau.

Yn goron ar y cyfan, roedd ffisioleg y groth ei hun yn enwog am ei pheryglon niferus. Ni allech nofio ag unrhyw awch, gan y byddai rhythm anrhagweladwy ei welydd cyhyrog yn troi llanw'r llysnafedd yn eich herbyn yn hollol annisgwyl. Dyma pam yr oedd ASThAThTh yn gwastadu fy narn-canol ac yn profi ei dyndra arwyneb â'i acrosom. Roedd hi'n bryd i ni ddefnyddio'r sgiliau sgrialu a ddysgwyd i ni yn yr Academi.

'Nawr, cofia ymlacio a cheisia dy orau i fynd gyda'r symudiad cyhyrol,' cynghorodd ASThAThTh.

'Iawn.'

'Un peth arall. Wy' ddim yn credu bod y siwtiau du a'r sbectols yn ddigon.'

'Alla' i ddim gwisgo unrhyw beth arall, ASThAThTh. Mae'r cuddwisg hyn yn fy atal i rhag symud yn iawn fel mae hi,' protestais.

'Wy'm yn sôn am wisgo rhywbeth arall. Wy'n meddwl dylen ni ddysgu sut i rochian fel sberm y gelyn, rhag ofn iddyn nhw ddechrau amau.'

'Rhochian beth?'

'Wn i ddim. Beth bynnag maen nhw'n dueddol o rochian. 'Sdim rhaid iddo fe wneud synnwyr. Ti'n gwybod "cachu", "mamffwciwr", "rhewa ddyn". Unrhyw beth sy'n ymddangos yn hanfodol eironig ar ddiwedd yr ugeinfed ganrif.'

'O'r gorau mamffwciwr, dewch i ni rewi,' rhochiais, gan swagro fy narn-canol yn rodresgar fygythiol.

'Erbyn meddwl, falle dylet ti adael y siarad i mi,' meddai ASThAThTh, yn syllu'n syth i'm cnewyllyn â golwg hollol ddifrifol.

Â chwifiad blodeuog o'i gynffon ro'n ni bant ar ein hantur unwaith eto, yn nofio i fyny'r sianel eang rhwng y serfics a'r groth. Er ein bod ni'n dal yn weddol isel i lawr, roeddem ni'n dal yn gallu clywed y gymanfa angau a'r panig oedd yn ein hwynebu. Ymddengys fel pe bai miliynau o sberm y gelyn yn sgrechen ar ei gilydd neu'n rhochian yn lloerig. Wrth i ni ddechrau dal ein gafael ar welydd isaf y groth, gwelsom len diliw niwroffil rheibus yn pasio heibio ni'n syth, yn llyncu cannoedd o sberm mewn un symudiad ysglyfaethus. Yn anhygoel, roedd rhai o'r sberm yn chwerthin nerth eu cnewyll wrth iddynt gael ei ffagosyteiddio. Roedd hi'n glir bod nifer sylweddol o'r sberm o'n cwmpas ar y rhan yma o'n taith yn hollol wallgo'. Allen ni ddim peidio rhyfeddu ar eu hwyliau da yn wyneb angau. Roedd rhyw atyniad atafistaidd i'w chwerthin cyntefig a oedd yn fy aflonyddu ac yn fy swyno yr un pryd.

'Cadwa dy ben lawr. Paid tynnu sylw atat ti,' meddai ASThAThTh wrth i ni fynd mewn i ehangder coch anferth y groth. Ond roeddwn i dal yn chwilfrydig ynglŷn â'r sgrechen a'r rhochian. Ro'n ni'n ysu eisiau codi fy mhen i weld dros fy hun beth oedd yn achosi'r fath gynnwrf.

Ond am y tro, dilynais gyngor ASThAThTh; er iddo yntau hefyd godi ei ben o bryd i'w gilydd i gadw llygad allan am unrhyw aelod o'i Sgwardon Semenaidd.

'Ti'n gweld un o'n rhai ni?' gofynnais.

'Mae'n anodd dweud. 'Se unrhyw sens gyda nhw, 'se nhw wedi gwisgo cuddwisg erbyn hyn, ta beth.'

Yn sydyn, cefais fy nhowlu, ond trwy lwc llwyddais i afael yng nghynffon ASThAThTh wrth i mi golli fy nghydbwysedd. Mae'n debyg bod wal y groth wedi cywasgu'n annisgwyl. Taflwyd ychydig gannoedd o sberm y tu blaen i ni gan fomentwm y cywasgiad. Allen ni glywed sawl un ohonynt yn rhochian yn aflednais wrth iddynt syrthio'n ôl. 'Cer mas o'n nhîn i, coc-oen!' sgrechodd un ohonynt ar ASThAThTh wrth iddo geisio, yn ofer, i afael ym meinweoedd llithrig y wal.

Cariodd ton anferthol arall o lysnafedd ni ymhellach lan y wal a cheisiais fy ngorau i gadw fy ngafael ar ddarn-terfyn ASThAThTh, a oedd, diolch i'r drefn, wedi ei gwrlio i fyny fel abwyd i'r perwyl hwnnw. Taflais gipolwg ar fy ngwaethaf ar faes enfawr y frwydr rhwng ein wal ni a'r wal ar ochr arall y groth wrth i mi gael fy hyrddio ymlaen. Yn ailganfod fy nghydbwysedd, syllais ar hyd y gorwel pinc, tra'n cadw i sgrialu'n ddeheuig ar hyd y wal lithrig unwaith eto. Roedd y groth yn drwch o gelanedd y gad. Arnofiodd filiynau o ddarnau-terfyn drylliedig a darnau canol llawn tyllau yn anniben ar yr wyneb. Scribliadau tywyll ar bapur coch, yn newid eu ffurf wrth iddynt lithro trwy'r llysnafedd. Yn wir, ar hap a damwain ffurfiodd rhai ohonynt lythyrau'r wyddor – symbolau diystyr yn iaith dinistr. Nid oedd yn glir iawn pa ochr oedd â'r mwyaf o'r meirwon, achos y peth rhyfedd am nifer o'r cwympedig oedd eu bod nhw mewn parau, wedi eu cysylltu wrth eu pennau, mewn coflaid angau erchyll o annwyl.

'Ma' cymaint wedi marw,' dywedais, yn siarad â'm hun yn hytrach nag ASThAThTh.

'Paid â gwastraffu dy egni'n chwilio,' meddai ASThAThTh, 'canolbwyntia ar y job dan sylw.'

Cymerais ei gyngor am ychydig funudau wrth i ni lithro'n llwyddiannus lan wal y groth, ond roedd fy chwilfrydedd yn drech na mi.

'Pam fod cymaint o'r meirw mewn parau?' gofynnais yn y man.

'Lladdwyr ar ochrau gwahanol,' meddai ASThAThTh yn ddiffwdan.

Wrth i mi sgrialu yn ddeheuig ymlaen edrychodd yn ôl i weld a oedd ei ateb wedi'm bodloni. Crebachais fy acrosom gorau gallwn i, er mwyn dynodi yr hoffwn iddo ymhelaethu.

'Mae pob Lladdwr yn rhedeg mas o wenwynau ym mhigyn ei acrosom yn y pen draw. Fel arfer, maen nhw'n gwneud un ymgais olaf i ddefnyddio'r hyn sy'n weddill yn eu pennau trwy sodro'r pen i ben y gelyn.'

'Ac mae'r ddau yn marw gyda'i gilydd?'

'Yn gwmws.'

Ciledrychais draw ar y miliynau o bennau cysylltiedig, a ymestynnai mor bell ag y gallwn weld i ochr arall y groth. O bell, edrychent fel gloddest o bennau'n lapswchan mewn cymanfa o serch. Ni allai unrhyw beth fod yn bellach o'r gwirionedd creulon.

Yna fe'm trawodd bod yna rywbeth arall a oedd yn rhyfedd am y cyrff yma. Doedd gan y rhan fwyaf ohonynt ddim cynffonnau. Nid fod hyn ynddo'i hun yn anghyffredin. Fyddai cynffonnau yn aml yn cael eu datgysylltu yn ffyrnigrwydd y frwydr. Ond wedyn byddech yn disgwyl gweld miloedd ohonynt yn arnofio'n rhydd ar yr wyneb. Gan blygu fy mhen yn ôl mor bell ag y medrwn, gallwn weld nad oedd yna unrhyw gynffon rydd i'w gweld yn agos i'r ardal. Wrth i mi bendroni am y ffenomen ryfedd hon am gymaint o Laddwyr o'r ddau sbermfyddin cefais fy ngwthio'n sydyn gan ASThAThTh i lawr ac yna ar draws ac i mewn i feinwe gyswllt wal y groth. Roeddem ni wedi bod yn sgrialu mor hir nes bod y llonyddwch sydyn yma'n gwneud i mi deimlo'n benysgafn.

'Beth sy'n bod?' sibrydais.

'Sssshhh,' meddai ASThAThTh, gan bwyntio'i acrosom tuag at gadwyn brotein anferth a adnabyddais yn syth fel gwrthgorff ysglyfaethus.

Gwyliais yn syn wrth i'r wrthgorff lifo heibio i ni yn chwilio am facteria. Yna sylwon ni fod yna ychydig o sberm eraill wedi llithro i'n noddfa o feinwe gyswllt – deuddeg arall i fod yn fanwl; deuddeg o Laddwyr anferth y gelyn. Cawsom wybod nes ymlaen taw deuddeg Rheolwr oeddynt o Gorfforaeth yr AGAAAA Ardderchog, yn awchu am fonysau goramser. Yn anffodus i ASThAThTh a minnau, ni'n dau oedd y bonysau hynny.

Unwaith yr oedd hi'n saff bod yr wrthgorff wedi mynd, daeth un ohonynt, Lladdwr â darn-canol trwchus iawn, lan at acrosom ASThAThTh a'i wynto'n ofalus, yn amlwg yn ceisio profi ar ba ochr oedd ASThAThTh.

'O ble dde's di'r lob?' rhochiodd, gan fflicio'i ben yn hy yn erbyn un ASThAThTh.

'O'r un lle â thi, frawd' atebodd ASThAThTh mewn acen Americanaidd drawiadol.

'Ife wir?' sgrechodd Lladdwr y Gelyn, cyn hwtian chwerthin.

'Chi'n clywed 'na, bois. Mae'r 'ffernol gwallgo' hwn yn gweud ei fod e'n dod o'r un lle â ni!'

Ffrwydrodd yr un ar ddeg arall mewn un ton salw o chwerthin, gan wthio'i gilydd yn chwareus yn eu cynffonau a'u darnau canol. Sgrechodd rhai 'Ie, ddyn', 'Cŵl ar y naw, gyfaill!' a 'Dyw e'm yn edrych fel Rheolwr i mi!' mewn bonllefau dros ben llestri o uchel. Yna daeth un ohonynt lan ataf. Y cwbl medrwn weld oedd ymyl disglair arian ei sbectol wrth iddo syllu i'm cnewyllyn.

'Wel, pwy a feddylie?' clwciodd, gan dynnu ei ben yn ôl, 'ma' 'da ni Wy-ddaliwr 'ma, bois bach!'

'O ble dde's di, Wy-ddaliwr?' gofynnodd un arall, gan wthio'i gynffon yn galed yn erbyn fy narn-canol. Hyd yn oed trwy fy sbectol dywyll medrwn weld bod cnewyllyn ASThAThTh yn gwrido'n llwyd, rwystredig.

'Ti'n drwm dy glyw, boi bach?' rhochiodd un arall, gan wynto fy acrosom yn hollol ddigywilydd.

'Ma' fe'n dod o'r un lle â mi. Nawr gadewch lonydd iddo, gyfeillion' meddai ASThAThTh, cyn i mi gael cyfle i'w ateb.

Aeth yr un oedd yn gwynto fy acrosom i reit lan at acrosom ASThAThTh hefyd.

'Be sy'n bod, Drewdrwyn' gwaeddodd yr un â'r sbectol dywyll ag ymyl disgleiriog.

'Sa' i'n credu bo' fi'n licio'r drewdod rownd ffor' hyn! 'Sdim ID 'da'r penbyliaid hyn!'

Cyn i ASThAThTh hyd yn oed ystyried saethu gwenwyn, plygwyd cap ei acrosom yn ôl gan dri o'r Lladdwyr. Cydiodd tri arall ynof i. O fewn eiliadau, roedd y ddau ohonom wedi cael ein cuddwisgoedd wedi eu tynnu oddi arnom.

'Trueni bod gan Drewdrwyn gystal synnwyr arogli,' meddai'r un tew, oedd yn chwerthin cymaint nes i'w sentriolau isaf grymu fel consertina.

'Be wnewn ni â nhw, Boliog?' rhochiodd un o'r rhai oedd yn cydio ynof.

'Allwn ni'u lladd nhw?' gofynnodd un arall, gan hogi

blaen ei acrosom yn ddisgwylgar.

'O, sa' i'n gwybod,' crochlefodd Boliog, 'Wy'n licio golwg y Lladdwr. Allwn ni ddefnyddio fe. Falle gewn ni ychydig o docynnau amdano fe.'

'Beth am yr Wy-ddaliwr?' gwaeddodd un arall, 'Ma' fe'n crynu fel jeli! Man a man i ni waredu fe o'i boendod!'

Teimlais ffrwd o olew edefyn echelog yn tasgu'n ôl oddi ar wal y groth. Ro'n i'n colli cymaint o hylif oherwydd fy ofn arswydus.

'Na' meddai Boliog o'r diwedd, 'mae hi werth mynd â'r pennau-defaid 'ma'n ôl gyda ni. Wy'n licio'u hyfdra nhw. Gwisgo lan fel ni, wir! Ac yn ceisio siarad fel ni, hefyd! Mae marwolaeth sydyn yn rhy dda i'r diawliaid. Nodwch eu henw-arwyddion.'

Crynais wrth i fflach o oleuni fy nharo yng nghanol fy nghnewyllyn. Wrth adfer fy hun, gallwn weld bod un o'r Lladdwyr wedi dod ag enw-ddatgelydd mas, un yn gwmws yr un fath ag un NM-4000003. Gwnaeth e'r un peth i ASThAThTh a oedd, fel finnau, yn hollol ddiymadferth.

'Enw'r Wy-ddaliwr yw S-A-Th-A-A-G, ac A-S-Th-A-Th-Th yw'r Pendonciwr.'

Wnaethom ni gyd wylio Boliog wrth iddo fflician drwy rhestr enwau yn ofalus â'i ddarn-terfyn. Roedd ei ddarn-canol mor drwchus nes 'mod i'n synnu ei fod e'n gallu gweld drosto fe. Yna edrychodd lan at y lleill, yn amlwg yn blês â'i hunan.

'Yn ôl hwn, mae'r ddau ohonyn nhw yn Categori A.'

'Hei! Parti i ddathlu!' rhochiodd un a chanddo gynffon eithriadol o hir.

'Ti'n meddwl gewn ni fwy o docynnau HL amdanyn nhw?' gofynnodd Drewdrwyn yn llawn cyffro.

'Ie, am wn i. Yn enwedig os ewn ni â nhw at y Meistr.'

'Ti'n meddwl bydd yr AGAAAA Ardderchog am 'u gweld nhw ei hun?' holodd Drewdrwyn, yn amlwg wedi ei wefreiddio.

Yn sgîl crybwyll enw'r AGAAAA Ardderchog, aeth y lleill yn dawel reit. Diolch i'r drefn, ar ôl yr hyn ymddangosai fel oriau, amneidiodd Boliog ei ben anferthol.

'Ie, pam lai?' ochneidiodd.

Prin y gallem ei glywed wrth iddo draflyncu ocsigen i'w gorff sylweddol a rhwtio ei ddarn-terfyn yn erbyn ychydig feinwe gyswllt.

'Ie, pam lai?' ochneidiodd eto, yn amlwg wedi cael digon ohonom ni yn barod.

22

Fel carcharorion rhyfel, felly, cafodd ASThAThTh a finnau ein harwain trwy groth Catrin Owen. Mewn rhai ffyrdd wnaeth hyn ein siwrnai yn haws. Doedd dim rhaid i ni esgus taw'r gelyn oeddwn i rhagor. Hefyd, er bod ein gosgordd o ddeuddeg Lladdwr yn weddol aneffeithiol ac anaeddfed, roedd yn amlwg eu bod wedi cyflawni'r daith o'r groth i iselfannau'r wybib o'r blaen. Roedd ganddynt rhyw osgo trahaus a fyddai, am y tro o leiaf, yn gweithio o'n plaid ni.

Serch hynny, ymlwybrais ar hyd welydd y groth â chnewyllyn trwm iawn, gan gael fy llusgo yr holl ffordd gan Laddwyr y Gelyn. Nid yn unig oherwydd pryder ac ansicrwydd fy nhynged, ond am y gallwn weld bod ein caethiwed yn cael effaith andwyol ar ASThAThTh. Yn wahanol i mi, roedd rhaid gwarchod ei arfbennau gwenwynig yn ddiwyd, rhag ofn iddo geisio'u saethu at ein gormeswyr. Golygai hyn ei fod yn cael ei lusgo gerfydd ei acrosom gan ddau Laddwr glew, tra canolbwyntiai dau arall yn gyfangwbl ar gadw cap ei acrosom ar gau, a gwasgu ei ben â'u holl nerth. Gallwn weld o'i wingo parhaus fod y pwysedd cynyddol tu fewn i'w ben yn gwneud dolur iddo. Ond o adnabod ASThAThTh, roedd cael ei arddangos yn gyhoeddus fel carcharor rhyfel siŵr o fod yn fwy poenus fyth.

Wrth i ni ruthro ar hyd welydd uwch y groth gwnaeth cwpwl o sberm ar ymylon ein mintai saethu gwenwynau ar fympwy. Saethant at unrhyw un a ddeuai'n agos atom mewn dull hollol wastraffus ac anghyfrifol. Fe wnaeth un arall, Boliog, hyd oed ddefnyddio darnau gwasgaredig o gyrff sberm marw fel deunydd ymarfer, gan weiddi, 'Barod – saethwch!' mewn ffordd ffwrdd-a-hi hwyliog, cyn tanio'i halen gwenwynig. Saethodd yn egnïol at gwlffynau o gynffonnau clwm ac at ddarnau canol hollol amddifad.

Cyn hir, daethom at gyffordd ar ddiwedd y groth a gâi ei

warchod yn ofalus gan gannoedd o Laddwyr y Gelyn. Ar ôl iddo gael ei stopio dangosodd Boliog ei gerdyn coch ID, gan ei wthio'n hawdd o dwll bach yn ochr ei acrosom. Dangosai'r cerdyn, yn ôl pob tebyg, bod Boliog a'r gweddill yn aelodau o'r dosbarth Rheolwyr. Gan edrych i gyfeiriad ASThAThTh a minnau gofynnodd un o'r gwarchodfilwyr i ble yr oeddem ni'n mynd. Wnes i ddim cweit glywed ateb Boliog, ond roedd y gwarchodfilwr yn amlwg wedi ei fodloni. Gwenodd wrth roi'r cerdyn yn ôl, gan daro darn-canol anferth Boliog yn chwareus cyn ein galw ni drwodd â'i gynffon.

'Cofia ni at y Swrthiaid!' gwaeddodd, gan chwerthin nerth ei ben wrth i ni nofio.

Wrth nesáu at y gyffordd, gallwn weld twnnel cul yr wybib tu blaen i ni. Oedais er mwyn ystyried arwyddocâd y munudau nesaf. Rhywle ar hyd y tiwb tywyll hwn roedd yr Wy ei hun. Traflyncais ychydig mwy o ocsigen a chiledrychais ar yr olygfa llawn dinistr yr oeddem yn gadael yn y groth. Sylwais fod y ddau gwarchodfilwr yn dal i chwerthin, gan bwyntio'u darnau-terfyn yn ddi-chwaeth tuag at ASThAThTh a finnau. Tua'r adeg hon teimlais gwlwm poenus yn fy sentriol uchaf – gwewyr a gynyddodd yn ddirfawr wrth i ni fynd i mewn i ddieithrwch dwfn yr wybib.

Ar lannau'r wybib ei hun, trwy'r tywyllwch dudew, prin gallem weld miloedd ar filoedd o sberm swrth iawn yr olwg. Amneidient eu pennau diemosiwn yn fecanyddol bathetig wrth i ni nofio heibio iddynt. Glynai'r rhan fwyaf ohonynt wrth lethr o feinwe cyswllt a oedd wedi ei rhannol ddatgysylltu ei hun i lawr o wal yr wybib. Medrwn weld bod ASThAThTh yn dal i wingo mewn poen tu blaen i mi. 'Sgwn i a oedd ef hefyd yn gallu gweld y sberm truenus yma trwy ei acrosom caeëdig? Gobeithiais nad oedd yn medru. Roedd hi'n olygfa echrydus. Roedd syrthni torfol eu cnewyll egwan yn fy atgoffa o'r biben had-ddygol ger Esgair Capwt. Ymddangosai eu bodolaeth anesthetaidd y tu hwnt i ddioddefaint. Roeddynt yn waeth, yn llawer gwaeth na disgrifiad annigonol geiriau. Fflicio'u cynffonnau'n fecanyddol i waelod y feinwe roedd eu byd arswydus hwy fel pe bai mewn rhyw dir anhydrin. Bod yr anymwybod. Wrth i ni wyro ychydig yn agosach tuag atynt cadarnhawyd eu poendod torfol gan ddolefain isel, di-dor – marwnad flinedig yn galaru eu bodolaeth truenus.

Roedd y cyferbyniad rhwng y miloedd o'r sberm yma a adawyd yn ddiymgeledd ar welydd yr wybib a chellwair anaeddfed ein gormeswyr yn fy nghynddeiriogi. Jest o ran sbort yn sydyn, tynnodd un o'r Lladdwyr oedd yn fy llusgo reit lan at y dorf o wylwyr.

'Cerwch i grafu, y Swrthiaid yffarn!' gwaeddodd arnynt, er mawr ddigrifwch i weddill fy ngosgordd.

Roedd y diffyg adwaith o fewn cnewyll syfrdan y sberm sombïaidd ar wal yr wybib bron yn waeth na'r sarhad plentynnaidd a hyrddiwyd tuag atynt. Roeddwn i wedi rhoi'r gorau i fecso am y boen gynyddol yn fy sentriol uchaf. Llenwyd fy nghnewyllyn â chonsýrn llawer pwysicach. Ai'm tynged *i* fy hun yr oeddwn yn ei gweld o'm blaen? Roedd un peth yn gyffredin i'r miloedd ar filoedd o drueniaid llesg – nid oedd gan yr un ohonynt siwt ddu na sbectol dywyll. Wrth ddynesu at dwll twfn yn wal yr wybib a arweinai at blygiad coch anferth o feinwe, synhwyrais yn nerfus na fyddai'n rhaid i mi aros am hir i ganfod yr ateb i'm cwestiwn brawychus.

Wrth nofio draw at yr ardal mwy coch, daethom ar draws stop diogelwch arall. Unwaith eto, dangosodd Boliog ei gerdyn ID i'r gwarchodfilwyr, un Pendonciwr â chynffon drwchus a Phendonciwr arall â phen anferth, oedd yn debycach i ben Wy-ddaliwr. Gwisgai'r ddau ohonynt labedi arian ar eu siacedi duon, ac ar ôl ychydig eiliadau, archwiliwyd pob aelod o'n mintai. Gallem weld nad oedd yr elfen hwn o amheuaeth wrth fodd Boliog.

'Beth yw dy enw di, giard?' gofynnodd i'r un pen-mawr,

mewn llais araf, bwriadol blêr.

'Beth sy' 'da hynny i wneud â thi?'

'Wy'n Reolwr bisi – arian i'w ennill, dim amser i sbario, ti'n gwybod be' wy'n dweud? Sa' i'n licio potsian ambwti heb angen. Ti'n deall?'

'Deall i'r dim, Rheolwr. A ti'n gwybod beth? Wy' ddim yn licio 'ny, chwaith.'

Roedd y Pendonciwr pen-mawr wedi chwyrnu'r 'chwaith' yn fygythiol, gan syllu'n syth i gnewyllyn Boliog. Am eiliad, meddyliais efallai y cawn gyfle i ddianc pe bai yna ryw fath o gythrwfl. Gwaetha'r modd, daeth y Pendonciwr hir i'r adwy.

'Ry'n ni braidd yn isel ar HL, felly rhaid i ni fod yn ofalus iawn pwy sy'n cael tocynnau.'

Gwylltiodd hyn Boliog fwy fyth. Tarodd ei ddarn-terfyn yn rythmig i mewn i bilen allanol ei ddarn-canol fel drwm.

'Dere 'mlaen, ddyn,' sgrechodd, 'Mae ganddom ni Bendonciwr siapus iawn fan hyn! Yn ogystal ag Wy-ddaliwr i ddifyrru'r bois! Mae'r ddau ohonyn nhw'n garcharorion Categori A!'

Edrychodd y ddau warchodfilwr ar ei gilydd. Yna pasiodd yr hiraf ohonynt ddeuddeg disg glas draw. Tocynnau 'HL' am wn i, beth bynnag oedd 'HL'.

Wrth i ni nofio dan y plygiad coch o feinwe clywais sgrechfeydd ac yna floeddiadau o sarhad ac annogaeth am yn ail uwch ein pennau. Tua'r adeg yma y sylwais hefyd ar gannoedd o Laddwyr yn mynd lan a lawr rhes o risiau a arweinai i'r lefel hon. Carient ddiodydd mewn cwpanau wedi eu gwneud o feinwe darfodedig. Gellid gweld o swagr di-hid eu cynffonnau eu bod nhw'n cael amser da. Roedd ryw sioncrwydd dathlu i'w symudiadau; perai hyn gryn ofid i mi. Mewn rhyw ffordd annelwig, gwyddwn o'r gorau taw'r sgrechfeydd o ddioddefaint yr oeddwn newydd eu clywed oedd prif atyniad y parti uwch ein pennau.

Yn araf, fe'n llusgwyd heibio'r grisiau ar hyd rhodfa goch

a arweinai i siambr sgwâr oedd yn cynnwys tuag ugain o sberm. Roedd y rhan fwyaf o'r rhain yn Lladdwyr milain iawn yr olwg – gwarchodfilwyr swyddogol yr AGAAAA Ardderchog. Yn gorwedd ar ei hyd ar grogwely o feinwe gyswllt, yn sugno hufen iâ ffrwctos, oedd yr AGAAAA Ardderchog ei hun. Oerwyd ei gorff sylweddol gan bedwarawd sebonllyd oedd yn chwifio'u cynffonnau yn wasaidd wrth ei ymyl. Cynffonwyr yn llythrennol. Roeddem ni dal yn rhy bell nôl i'w weld yn iawn – tua phumed yn y ciw, ond allech weld yn ôl y pant yn y crogwely ei fod yn amlwg yn dala pwysau aruthrol. Gallem weld dau Laddwr yn derbyn siwtiau du a sbectols tywyll ar flaen y ciw. Fflopiodd yr AGAAAA Ardderchog ei ddarn-terfyn dros ymyl y crogwely'n ddi-hid cyn ei fflicio i fyny, fel pe bai'n dweud 'nesaf'.

Wy-ddaliwr o'r enw AThAThSS oedd y nesaf yn y ciw, ynghyd â'i osgordd o bedwar Lladdwr. Ar ôl eglurhad byr o phwy ydoedd ac ym mha ardal y'i canfuwyd, ffliciodd AGAAAA ei ddarn-terfyn unwaith eto a chafodd yr Wy-ddaliwr ei arwain i ffwrdd yn ddisymwth gan sgrechen yn druenus. Ceisiais ddeall yr hyn roedd yn sgrechen. Swniai'n debyg i 'Na, na, plîs, nid y Siambr Hamdden!'

Yn y diwedd, daeth ein tro ni. Arweiniodd Boliog ni lan at y gwarchodfilwyr a'i saliwtio, gan gyrlio'i ddarn-terfyn hanner ffordd lan ei gynffon.

'Pwy sy' 'da ti fan hyn, Reolwr?' gofynnodd un o'r gwarchodfilwyr i Boliog, gan ei gyfarch yn yr un dull swyddogol.

'Lladdwr heini yr olwg o'r enw ASThAThTh ac Wy-ddaliwr, SAThAAG. Mae'r ddau yn categori A,' meddai Boliog.

Yn dal i orwedd ar ei hyd yn ei grogwely gofynnodd AGAAAA i'r gwarchodfilwr ailadrodd fy enw. O'i glywed eto cafodd ei helpu lan i'w heistedd a gwenodd yn syth i'm cnewyllyn. Roedd rhyw elfen gyfrwys, sinigaidd i'w wên ac rywsut roeddwn i'n siŵr fy mod i wedi'i weld o'r blaen. Mae'n amlwg bod y sbectol a'r siwt chwerthinllyd ynghyd â'r het gowboi a'r horwth o gorff wedi fy nhowlu am eiliad; ond wedyn sylweddolais 'mod i wedi gweld y gilwen erchyll hon o'r blaen. Fel yr adeg honno, halodd hi ias oer i lawr fy nghynffon. Hwn oedd yr Wy-ddaliwr â'r pen bychan (yr adeg honno) a fu'n dyst i ddienyddiad cyhoeddus GAGAAA, un o'r arweinwyr tu ôl i derfysgoedd Esgair Capwt. Yr Wy-ddaliwr â'r wên gyfrwys yng nghlwb y Dd.Ff, a ddywedodd bod gen i ben da.

'Ti'n fy 'nabod i 'te, SAThAAG' meddai, yn amlwg wedi sylwi ar fy ymateb.

'Ydw,' atebais, yn ceisio atal fy llais rhag crynu. Roedd yr AGAAAA Ardderchog yn dyhefod yn drwm, ac roedd ganddo ddefnynnau o chwys yn diferu dros ei sbectol dywyll. Ystumiodd yr hoffai gael ei gario yn nes ataf drwy fflicio'i het gowboi. Daliodd y crafwyr nesaf ato AGAAAA yn gadarn, wrth i dri Lladdwr nôl teclyn a edrychai'n debyg i ricsio, wedi ei fowldio o feinwe cyswllt wedi caledu. Helpodd y pedwar cynorthwywr oedd yn ei wyntyllu'n ofalus i'w ollwng i mewn i'r cerbyd hwn, gan ofalu bod ei gynffon hir yn slipio'n gyfforddus trwy'r bwlch.

'Wnes i gynnig rhan o hyn oll i ti, yng nghlwb y Dd.Ff.,' meddai'r AGAAAA Ardderchog yn ei lais meddal, iasoer.

'Do, mi wnathoch chi,' atebais, yn cofio, 'Wedoch chi eich bod chi'n ffurfio syndicet, os cofia i'n iawn,' ychwanegais mewn cywair weddol hyderus.

'Do yn wir. Ac fel y gweli, fe dyfodd i fod yn fenter tu hwnt o lwyddiannus, ac wy' wedi cael lot o hwyl wrth wneud hefyd.'

Gwenodd ei gilwen annifyr unwaith eto. Teimlais dalpyn o ensym cawslyd yn taro ymyl fy acrosom. Ro'n i'n meddwl 'mod i'n mynd i chwydu.

'A dyma'ch syniad chi o hwyl?' gofynnais, gan fflicio fy nghynffon yn flin i gyfeiriad y synau sgrechlyd uwch ein pennau.

'Ie, fel mae'n digwydd' meddai AGAAAA, yn chwerthin yn sydyn. Chwarddodd pob sbermyn arall a wisgai'r siwtiau duon hefyd yn syth bin. Gyda'r mymryn lleiaf o gyffyrddiad i'w het gowboi stopiodd pawb a gwrando arno unwaith eto.

'Mae'n sicr ddigon wedi cadw fy sbermlu'n hapus. Ac mae'n rhaid i mi ddiolch i ti am ddysgu gwerth adloniadol marwolaeth i mi, SAThAAG.'

'Pam fi?' gofynnais, yn teimlo'n fwyfwy cyfoglyd.

'Achos dy embaras hen ffasiwn di, dy ryddfrydiaeth oddefol wnaeth i mi feddwl mor hawdd y byddai hi i weithredu fy nghynllun.'

Chwarddodd unwaith eto, nes bod ei ddarn-canol chwyddedig yn siglo cymaint yn ei gadair fel bo raid i un o'r cynffonwyr a oedd yn helpu i'w gario golli ei gydbwysedd dros dro. Gan fflicio'i het gowboi unwaith eto i ddynodi tawelwch, trodd ei sylw at ASThAThTh.

'Mae'n rhaid i mi ddiolch i ti hefyd, Lladdwr-Gadfridog ASThAThTh.'

'Wy' ddim angen eich diolch,' atebodd ASThAThTh, gan lwyddo i grachboeri fflem ar lawr y siambr, er gwaetha'r ffaith fod cap ei acrosom yn dal yn cael ei glampio'n dynn.

Edrychodd sawl Lladdwr ar ei gilydd yn syfrdan, heb fod yn gyfarwydd â'r fath ymddygiad o flaen y Meistr Mawr. Yn gweld fod Boliog yn awchu ei acrosom yn barod i fwrw ASThAThTh yn ei ben, cododd AGAAAA ei ddarn-terfyn yn glou.

'Mae'n iawn' galwodd, 'Yn wir, mae'r fath deyrngarwch i Wy-ddaliwr yn ddoniol dros ben, nagyw e?'

Dechreuodd un o'r crafwyr oedd yn cario cerbyd y Meistr Mawr i chwerthin yn nerfus. Ond wrth sylwi bod un o'i gyfeillion yn syllu'n syn arno, peidiodd yn sydyn.

'Wel, nagyw e?' galwodd AGAAAA unwaith eto, gan godi ei lais yn flin.

Ffrwydrodd yr holl siambr sgwâr mewn ton o chwerthin gorfoleddus yn dilyn hyn. Manteisiais ar y cyfle i daflu cipolwg cysurlon ar ASThAThTh, ond sylweddolais o dan yr amgylchiadau nad oedd yn fawr o gysur chwaith. Gan fflicio'i het gowboi unwaith yn rhagor i ddynodi tawelwch, gorchmynnodd yr AGAAAA Ardderchog i un o'i warchodfilwyr i nôl siwt i ASThAThTh. Pasiodd y gwarchodfilwr y gorchymyn ymlaen ac o fewn eiliadau rhuthrodd tri sbermyn lan at ASThAThTh gan gynnig siwt ddu iddo oedd wedi'i gwau o silia ffibrau echelog darfodedig.

'Dim diolch,' meddai ASThAThTh, a'i gnewyllyn yn gwrido'n llwyd tywyll.

Y tro hwn, trawodd Boliog ef yn galed yn ei ddarn-canol â'i gynffon. Poerodd ASThAThTh olion rhyw ensym cawsiog o'i acrosom ond daliodd ei dir.

'Dyna ddigon,' meddai AGAAAA, gan wyntyllu'i hun â'i het gowboi wrth iddo gael ei gario reit lan i ble yr oeddem ni, er mwyn i ni gael ein harchwilio'n fanylach.

'Mae Lladdwyr o'r ansawdd yma'n mynd yn brin. Wy' mo'yn i chi ofalu ar ei ôl e' meddai AGAAAA yn dawel.

'Ond wneiff y penbwl diawl ddim gwisgo Siwt y Gorfforaeth!' gwaeddodd Drewdrwyn, yn amlwg yn llawn dicter wrth i'w acrosom ffurfio siâp nodwydd.

'Ma' 'na'n wir, eich Mawrhydi,' rhochiodd un o warchodfilwyr mwyaf swmpus AGAAAA, 'Ma' fe'n sarhau'r Gorfforaeth.'

'Mae hynna am nad yw'n gwybod yr hyn mae'r Gorfforaeth yn ei olygu. Dewch i ni fynd ag ef a SAThAAG ar daith fach fer, ife? Wy'n siŵr wnewch chi newid eich meddwl, Cadfridog ASThAThTh.'

Yn dal i gael ein harwain gan y deuddeg sbermyn â'm cadwodd yn gaeth, gwnaethom ymlwybro'n araf mas o'r siambr sgwâr, gan ddilyn corff siglog y Meistr Mawr. Moesymgrymodd y miloedd o sberm lifrog ym mhresenoldeb yr AGAAAA Ardderchog wrth i ni basio hwy tra'n teithio'n nes lan yr wybib. Cyrliwyd eu darnau-terfyn hanner ffordd lan eu cynffonnau yn y cyfarchiad corfforaethol. Ffliciodd AGAAAA ei het gowboi tuag atynt yn llawn hwyl a gwenu'n llechwraidd. Gwên hyderus unben a oedd yn cydnabod eu serch sylweddol tuag ato.

23

Ar ôl teithio'n araf iawn er mwyn hwyluso siwrnai AGAAAA yn ei gerbyd arlywyddol, yn y man, cyraeddasom y gorffwysfannau penodedig ym mhiben Ffalopaidd ochr dde Catrin Owen. Mae'n rhaid bod y mannau poblogaidd hyn yn llefydd prysur iawn dan gyfundrefn AGAAAA a barnu'n ôl y synau diwyd a ddeilliai ohonynt. Yn goranadlu'n drwm ac yn amlwg wedi cyffroi â'r hyn a welai o'i gwmpas arweiniodd AGAAAA ni i mewn i'r siambr gyntaf, a oedd mewn cilfach tu fewn i wal yr wybib.

'Dyma Siambr Weinyddol Corfforaeth yr AGAAAA Ardderchog' meddai'n dawel a hyderus, gan edrych yn llawn balchder ar y miloedd o sberm a weithiai yno – pob un ohonynt yn eu siwtiau duon a'u sbectols tywyll.

Ar ochr dde'r siambr roedd y rhan fwyaf o'r sberm yn gweithio y tu blaen i ddesgiau amrwd wedi'u gosod mewn cynllun agored, yn prosesu amryw o bapurau – ffurflenni cais yn bennaf. Ar yr ochr chwith, roedd y mwyafrif yn pwnsio gwybodaeth ar gardiau ID coch. Gwarchodfilwyr oedd gweddill y sbermlu, ac roedd rhai ohonynt â phigau bygythiol iawn wedi cysylltu i'w cynffonnau. Roedd *musak* ysgafn i'w glywed yn dawel yn y cefndir. Wrth i ni ddynesu tuag atynt fe'm trawodd yn syth fod eu gwenau parod yn hollol ffug. Yn wir, mor dros ben llestri o ffug, nes i mi ddechrau amau fy nghrebwyll o'r sefyllfa. Does bosib y byddai unrhyw un yn gwenu mor ddwl am cyn hired, ac yn disgwyl cael ei gymryd o ddifri?

Fe'm swynwyd cymaint gan ymddygiad ecsentrig y gweinyddwyr fel bu bron i mi golli llith brwd AGAAAA am ei annwyl Siambr Weinyddol. Pan lwyddais i ganolbwyntio eto ar y Meistr Mawr, roedd yn cilwenu, yn ymhyfrydu yng ngorfoledd ystadegyn diweddaraf y Siambr. Mae'n debyg o dan gynllun newydd y Gorfforaeth i foderneiddio y byddai gwariant cyfalaf yn codi i nenfwd o un pwynt pump y cant o Gynnyrch Mewnwladol Crynswth, tra byddai'r cyfradd cyfredol o wariant yn cael ei chyfyngu i ddau pwynt dau pump y cant yn unig, yn dilyn amcangyfrif gofalus o dwf economaidd o fewn y cyfnod ariannol dan sylw.

Wedi i ni symud trwy'r Siambr Weinyddol cyraeddasom ran nesaf ein taith, cilfach ddyfnach, ymhellach i mewn i'r wal. Yn wir, roedd y rhan yma mor agos at wythiennau gwaed fel ein bod ni'n gallu clywed curiad calon Catrin Owen yn glir drwy'r to.

'Dyma'r Siambr Ariannol' gwenodd AGAAAA. Er mwyn dangos hynny, pwysodd ymlaen o'i gadair a gwthio silff goch gyfagos nes i filoedd o docynnau bach glas â'r llythrennau gwyn 'HL' arnynt wasgaru ar hyd llawr y feinwe. Rhuthrodd gwarchodfilwr draw ar unwaith, gan edrych yn flin. Yna, gan sylwi ar gerbyd yr AGAAAA Ardderchog, ffliciodd ei ddarn-terfyn hanner ffordd lan ei gynffon ar unwaith a gwenodd tra'n saliwtio.

Wrth i ni symud ymhellach i mewn i'r siambr, medrwn weld bod yr holl le yn morio â gwarchodfilwyr. Er bod i bob ford a oedd yn cynnwys y tocynnau ei warchodfilwr ei hun, roedd twr o giards caled iawn yr olwg wedi ymgasglu o gwmpas piben goch ym mhen pellaf y siambr. Gofynnais beth oedd y biben yn llawn chwilfrydedd. Edrychodd ASThAThTh yn grac arnaf, fel pe bai'n dweud wrtha i i beidio â phorthi ego AGAAAA fwy nag oedd raid. Pan welais wên werthfawrogol AGAAAA, sylweddolais fy nghamwri yn syth. Roedd bron â thorri ei fola, ei fola sylweddol, yn ei awydd i sôn wrthyf.

'Mewn unrhyw fusnes, rhaid penderfynu beth yw eich arian chi – hynny yw, beth y'ch chi'n talu eich sbermlu am y gwaith maen nhw'n ei gyflawni. Yr arian gorau yw bwyd; mae byddin yn gorymdeithio ar ei stumog, ac yn y blaen. Pan gychwynnais i ar y fenter yma, roedd hi'n eithaf anodd gan fod yna doreth o fwyd yn y ceilliau, ond arhosais yn amyneddgar, gan ystyried yn bwyllog beth fyddai marchnadoedd posib y dyfodol. Dangosodd ymchwil farchnata taw'r bwyd mwyaf poblogaidd oedd yr ensym ffrwctos. Yn ffodus iawn, hwn oedd yr ensym mwyaf toreithiog i'w ganfod mewn semen o bell ffordd. Ond er mwyn cynyddu ei werth, roedd hi'n allweddol i mi i greu prinder artiffisial. Wy'n credu ichi fod yn lwcus ar ochr ddwyreiniol y fflasg wydr – chawsom ni'r cyfle i fynd draw yno cyn i ni gael ein trosglwyddo i'r chwistrell blastig. Wedi dweud hynny, erbyn yr adeg honno, roedd y rhan fwyaf o'r fflasg – wyth deg chwech y cant os cofia i'n iawn, yn cael ei reoli gan fy ngweithwyr. Felly, dechreusom ddelio mewn pils bach oren yn llawn ffrwctos cryf iawn.'

Ar y pwynt yma, dechreuodd AGAAAA chwerthin yn hunanfoddhaus, a sadio, gan roi un o'i gilwenau nodweddiadol annifyr, cyn parhau â'i lith yn ei oslef dawel a brwdfrydig.

'Wy'n credu i rai o'm cystadleuwyr ddechrau panico – ddechreuon nhw geisio delio mewn deunudd genetaidd. Er bod hyn o werth ariannol aruthrol yn y tymor hir, roedd e'n hollol ddi-werth i'r sbermyn cyffredin. Chi'n methu bwyta aur!'

Mae'n amlwg fod AGAAAA wedi synnu ei hun â'r sylw honedig ddoniol hwn, a dechreuodd chwerthin nerth ei gnewyllyn. Yn sydyn, er mawr fraw i mi, dechreuodd pob sberm a wisgai siwt ddu neu sbectol dywyll (hynny yw, pawb heblaw am ASThAThTh a fi) floeddio chwerthin hefyd. Ni allaf orbwysleisio'r ffordd mae hyn yn medru peri penbleth i rywun. Ry'n ni'n sôn am o leiaf ugain mil o sberm yn chwerthin yn gwmws yr un ffordd â'u Meistr Mawr, Llywydd y Gorfforaeth, sy'n eu cyflogi. Roedd eu clochdar yn annioddefol. Ffliciodd ei het gowboi unwaith eto i ddynodi tawelwch diolch i'r drefn a lledaenodd rhyw lonyddwch distaw trwy'r siambr yn syth. Yn wir, y cwbl y gallech glywed oedd curiad cyson calon Catrin Owen yn y pellter.

Parhaodd AGAAAA, yn sylweddoli bod y sbermlu i gyd yn gwrando arno'n astud.

'Yn amlwg, ni ddatblygodd deunydd genetaidd fel nwydd, ac yn yr un modd, aeth y farchnad frethyn yn ffradach. Ond erbyn hynny roeddwn i wedi gwneud digon o elw i gymryd yr holl ddiwydiant cynffonnau sberm drosodd. Chi'n gweld, cafodd Wy-ddaliwr mentergar arall, o'r enw GGThThThA, y syniad gwych o wneud dillad mas o silia ffeibrau echelog yng ngweiniau'r cynffonnau. Nawr, mae rhaid i chi gofio ei bod hi'n adeg ansicr iawn yn yr Oergell. Roedd bwyd yn brin, gyda nifer fawr o sberm yn marw o oerfel neu heintiadau. Roedd yna ymdeimlad cynyddol o golli hunaniaeth ac ymddieithrio. Gallen weld bod rhyw fath o ddilledyn yn mynd i dalu ffordd, a thrwy lwc, roedd y gwaith caled cychwynnol wedi ei wneud gan GGThThThA a'i sbermlu eisoes. Wnes i jest gyfrannu ychydig gannoedd o gynllunwyr ag arferiad ffrwctos ac fe greon nhw siwt ddu. Siwt i ladd amdani, fel petai.'

'Troi sberm yn erbyn eu cyd-sberm,' meddai ASThAThTh yn chwerw.

'Ie, wrth gwrs. Onid dyna hanes sbermoliaeth?'

Dim ond jest dirnad geiriau AGAAAA wnes i, gan fod y Meistr Mawr newydd agor twba arall o hufen iâ ffrwctos ac roedd ei acrosom slwtslyd yn dreflan o'r ensym ffres. Wrth iddo wthio'i het gowboi er mwyn dangos y dylem symud ymlaen, sylweddolodd yn sydyn nad oedd wedi ateb fy nghwestiwn am y biben goch, drwchus ym mhen pellaf y siambr.

'Arhoswch!' ebychodd, wrth i'w gerbyd droi rownd, yna cyrliodd ei gynffon drwy waelod y cerbyd, a'i gyfeirio at y biben goch, cyn gwenu arna' i unwaith yn rhagor.

'Rwyt ti'n llawer rhy fonheddig, SAThAAG. Wy' heb sôn am y tiwb HL. Wel, yn fras, pan gyrhaeddon ni i mewn i Catrin Owen, sylweddolais y byddai'n rhaid cael rhyw system arian newydd er mwyn hwyluso a manteisio ar dwf marchnad newydd enfawr. Doedd ganddom ni ddim lot o amser, felly rhoddais gynnig ar ychydig o gynhwysion newydd mewn derbyniad lletygarwch corfforaethol draw yn y Siambr Frethyn. Roeddem ni'n lawnsio ryw siaced newydd os wy'n cofio'n iawn – un â llabedi arian, i'w roi i sberm am deyrngarwch arbennig i'r cwmni. Ta beth, y ddiod mwyaf poblogaidd o bell ffordd oedd fersiwn gwan o HL, Hormon Lwteneiddiol, hormon sy'n cael ei bwmpio i lawr fan hyn trwy'r biben yna, yn syth o'r ofari. Mae ychydig o sgîl-effeithiau i'w yfed, er enghraifft, mae'n gallu newid eich nodweddion hormonaidd, ond, beth yw'r ots? Mae rhai o'm Lladdwyr i'n eitha' licio hynny – ondwyt ti, AAThSATh?'

Amneidiodd un o'i warchodfilwyr agosaf yn wresog, a gwaeddodd 'Wrth gwrs, eich Mawrhydi, wrth gwrs!'

'Pu'n bynnag, y *pièce de résistance* o'm rhan i oedd trin yr HL fan hyn â chynhwysyn arbennig sy'n gwneud rhywun yn gaeth iddo.'

'Fel eich bod chi, i bob pwrpas, yn rheoli cyrff y sbermlu,' torrodd ASThAThTh ar draws unwaith eto.

Y tro hwn, fodd bynnag, edrychodd arnaf yn fwriadol ystyrlon tra'n siarad, gan daflu ffocws ei gnewyllyn gymaint ag y gallai tuag at y sbermlu o'n cwmpas. Deallais ei gynllun yn syth – y mwyaf gallen ni gael AGAAAA i ymffrostio yn y ffordd y trechodd ef hwy, y mwyaf oedd y gobaith roedd gennym o godi gwrthryfel yn ei erbyn. Serch hynny, a barnu yn ôl y cnewyll cynffongar a edrychai i fyny arno'n hollol wasaidd, gan wrando'n astud ar ei bob sill, tenau iawn oedd sail ein gobaith, ond llawer gwell na dim gobaith o gwbl, serch hynny.

'Ie' cytunais ag ASThAThTh, gan edrych ar y sbermlu, 'allech chi ddweud bod nhw wedi cael eu cyflyru.'

Chwarddodd AGAAAA yn braf wrth glywed yr ensyniad hwn. Fel yn wir y gwnaeth holl aelodau'r sbermlu. Yn y man, stopiodd, a chodi'i hun i fyny ar ei gadair a syllu ar ASThAThTh a finnau'n llawn tosturi, gan ysgwyd ei ben yn anobeithiol.

'Wrth gwrs fy mod i'n rheoli eu cyrff!' meddai, gan godi ei lais am y tro cyntaf, 'Pryd y'ch chi'ch dau'n mynd i sylweddoli taw'r unig ffordd i reoli meddyliau rhywun yw i reoli eu cyrff yn gyntaf? Mae hi fel 'se chi'n ffaelu gweld taw bywydeg yn unig yw holl hanes y byd. Felly mae hi wastad wedi bod, a felly bydd hi am byth bythoedd!'

A chyda chlec ddirmygus o'i ddarn-terfyn, ystumiodd AGAAAA ei bod hi'n bryd i ni symud ymlaen. Gadawsom y Siambr Ariannol yn araf. Roeddwn i wrth fy modd yn ffarwelio â'r lle, yn bennaf am na allwn glywed gwaed Catrin Owen yn pwmpio mor glir uwch ein pennau. Cofiwn o ddarlith a gefais yn fy nghyfnod yn yr Academi fod clywed curiad calon ddynol i fod yn gysur, ond yn awyrgylch llethol o undonog y Siambr Ariannol roedd y sŵn yn fwrn – yn arswydus hyd yn oed.

Aethom yn ôl mas o wal yr wybib a nofio lan at orffwysfan swyddogol arall. Roedd yna fwy o warchodfilwyr o gwmpas hon na'r lleill hyd yn oed. Wrth i ni fynd drwy'r siecbwynt, rhoddwyd masgiau di-liw a gynhyrchwyd yn arbennig o bilenni mitocondriaidd darfodedig o gwmpas pennau pob un ohonom. Eglurodd AGAAAA mai'r dull arferol o gymryd gofal oedd hwn, i'n gwarchod rhag yr holl gemegolion gwenwynig oedd yn y siambr. Wrth i ni fynd mewn i'r Siambr Amddiffyn, synhwyrais rhyw ddrewdod hallt a ysgogodd ychydig ddagrau ensymol ar wyneb fy acrosom. Sylwais hefyd fod briwiau coch dolurus i'w gweld ar ddarnau canol agored nifer o'r sbermlu oedd yn ein saliwtio ni.

Aeth AGAAAA â ni yn syth i weld ei brif ddiléit, sef ei bentwr anferth o arfbennau gwenwynig. Eglurodd yn llawn balchder bod y mwyafrif ohonynt wedi eu cymryd oddi ar sberm y gelyn, (er, wrth gwrs, doedd yna ddim 'gelyn', ond ofer oedd ceisio esbonio hynny wrtho). Rhoddwyd rhai gan Laddwyr hynafol o fewn y cwmni, tra bod rhai eraill wedi eu cymryd yn ystod dienyddiadau cyhoeddus. Gan amlaf, dienyddiadau o Bendoncwyr oedd wedi anghydffurfio oedd y rhain. Neu mewn un achos enwog, dienyddiwyd twyllwr oedd wedi ceisio dechrau marchnad ddu mewn HL. Yn ôl pob sôn, fe'i gorfodwyd i lyncu'i gynffon ei hun, darn wrth ddarn. Yn y diwedd doedd neb yn siŵr p'un ai y bu farw o orlenwi ei ben neu o ddadhydradu am iddo golli cymaint o hylif trwy ei gynffon.

'Mae ein hystadegau diweddaraf yn dangos bod ganddom ni ddigon o gemegolion gwenwynig fan hyn i ladd o leiaf tri Had-dafliad llawn!' meddai, yn amlwg wrth ei fodd.

'Mae hynna'n naw can miliwn sberm!' ychwanegodd, gan ysgwyd ei ben mewn syndod, ystum a gopïwyd ar unwaith, gwaetha'r modd, gan y sbermlu gyfan.

'Pam bod angen cymaint?' gofynnodd ASThAThTh.

'Ie. Nagyw hynna'n wastraffus, neu hyd yn oed yn beryglus i'r rhai sy'n gweithio yma?' ychwanegais, gan daflu cipolwg ar y set ddiweddaraf yma o weithwyr oedd yn ymddangos yn hapus â'u cnewyll hynod, gymharol wag.

'Grym' meddai AGAAAA yn syml, yn cadw cap ei acrosom yn hollol agored am ychydig eiliadau er mwyn sawru'r gair â'i holl oblygiadau llesmeiriol.

'Y math o beth na chewch chi'ch dau byth, nac ychwaith y deallech chi fyth – y ffordd y medra' i ddylanwadu ar sbermoliaeth ar lefelau mor sylfaenol bywyd. Mae'n fy rhyddhau, mae'n fy nghyffroi, ond y ffactor orau o lawer, yw ei fod y tu hwnt o ddeniadol.'

'Deniadol i bwy?' gofynnais.

'I'r sbermlu sy'n gweithio yma?' ychwanegodd ASThAThTh yn rethregol, gan daflu cipolwg ar gwpwl o weithwyr oedd wrth ei ochr.

Er mawr ddadrithiad iddo, atebodd y ddau 'ody' yn syth mewn unsain. Edrychodd lan ataf gyda'r awgrym lleiaf o ysgwyd ei gnewyllyn, fel pe bai'n gweld y sefyllfa yn gyfangwbl ddigalon.

'Mae nhw'n fy mharchu, fel y gwelwch chi, oherwydd de's i â threfn i'w bywydau dryslyd. Ond maen nhw hefyd yn fy ngweld i'n ddeniadol, yn yr un modd a fydd yr Wy'n cael ei ddenu gennyf. Yn y pen draw, mae'n ymwneud â grym.'

'Does na'm unrhyw ffordd yn y byd i chi fod yn siŵr y bydd yr Wy yn eich cael chi'n ddeniadol!' meddai ASThAThTh yn daer. Yn wir, roedd wedi codi ei lais i'r fath raddau nes iddo beri i un o'r Lladdwyr oedd yn gafael yn ei acrosom ei dynnu'n gas, gerfydd ei ben, tuag ato. Yn amlwg, roedd am ddangos iddo na ddylai unrhyw un siarad â'r Meistr Mawr mewn ffordd mor anghyfeillgar.

'Mae'n wir, wrth gwrs, nad oes gennyf brawf o hyn,' parhaodd AGAAAA yn ddigynnwrf, 'ond wy'n credu bydd yr Wy . . . beth yw'r gair wy'n chwilio amdano . . . yn llawn edmygedd o'r ffaith fy mod i wedi llwyddo i ddinistrio fy holl wrthwynebwyr, chi'm yn meddwl?'

'Mae'n bosib bydd yr Wy'n dal i fedru eich gwrthod chi,' dywedais, yn synhwyro o oslef gynyddol ddirmygus AGAAAA ein bod ni, o'r diwedd, wedi canfod ei fan gwan.

Ni thrafferthodd AGAAAA fy ateb. Sugnodd ei hufen iâ ffrwctos trwy dwll yn ei fasg, a galwodd ar un o'i gynffonwyr i wyntyllu ei acrosom chwyslyd. Cawsom orchymyn gan un o'i warchodfilwyr i roi ein masgiau arbed yn ôl yn y blychau pwrpasol ger yr allanfa. Yna, gan roi un o'i gilwenau annifyr, cyhoeddodd AGAAAA ei bod hi'n bryd i ni gael ychydig o adloniant.

Y plygiad o feinwe coch a sylwais arno pan gyflwynwyd ni i'r AGAAAA Ardderchog oedd lleoliad ein 'adloniant'. Gan raddol esgyn i fyny'r grisiau a arweinai at y Siambr Hamdden, cyrhaeddodd cerbyd AGAAAA fynedfa'r neuadd goch anferthol yn y man. Am unwaith, ni chafodd ei groesawu gan ystumiau gwenieithus a thawelwch. I'r gwrthwyneb. Bloeddiai'r Rheolwyr oedd yn bresennol yn y Siambr Hamdden nerth eu cnewyll mewn llawenydd pan sylweddolent bod yr AGAAAA Ardderchog ei hun am daro heibio ar ymweliad arlywyddol.

'Mae'n rhaid i adran Reoli y sbermlu ymlacio nawr ac yn y man,' eglurodd AGAAAA yn dawel, 'Cyn belled â'u bod nhw ond yn byhafio'n wyllt fan yma, lle y gallwn eu rheoli, mae e'n gweithio'n dda iawn. Mae'r dreth a godir o'r betiau ar y gornestau ymladd hyd yn oed yn dod ag arian i mewn i goffrau'r Gorfforaeth.'

Roedd un o'r 'gornestau', fel y gelwir hwy, ar fin cychwyn ar lwyfan o feinwe gyswllt yng nghanol y neuadd. Hedfanai tocynnau HL i bob cyfeiriad wrth i fetiau gael eu gosod ar y funud olaf. Roedd yr ornest rhwng dau Wy-ddaliwr ofnus iawn yr olwg. Am nad oedd ganddynt unrhyw wenwyn yn eu acrosomau, roeddynt yn hollol ddiwerth yn ymerodraeth yr AGAAAA Ardderchog. Ond gan eu bod yn dal yn gystadleuwyr posib, roedd rhaid cael gwared ohonynt mewn ryw ffordd neu'i gilydd. Gallech weld y cogiau bach tu fewn i gnewyllyn gwyrdroedig AGAAAA yn rhesymu'n bwyllog – os oeddynt yn mynd i farw p'un bynnag, man a man ceisio ymelwa o'u tynged.

Er hynny, os oeddech yn Wy-ddaliwr fel finnau, nid oeddech am ildio i'r fath resymeg ddigalon.

Taflodd ASThAThTh gipolwg gofidus tuag ataf, ond ro'n i'n ysgwyd cymaint nes bod yn rhaid i un o'r Lladdwyr oedd yn cydio ynof fy nharo'n galed yn fy narn-canol er mwyn fy ngorfodi i aros yn llonydd. Galwodd AGAAAA ni draw i silff estynedig fel ein bod ni'n gallu gwylio'r ymladd o safle gwell. Ceisiodd ASThAThTh a finnau ddal ein tir, ond yn ofer. Yn y diwedd, roeddem yn sefyll naill ochr i AGAAAA a oedd, afraid dweud, yn gwenu'n braf. Elfen hollbwysig yn ei fwynhad ef o'r 'adloniant' i ddod oedd gwylio ein hymateb gwrthun ni i'r gyflafan.

Roedd yr ymladd drosodd o fewn eiliadau, diolch i'r drefn (er mawr siom i'r dorf gyfarthlyd). Roedd gan un o'r Wy-ddalwyr sentriol uchaf gwan, ac yn anffodus iddo ef, roedd ei wrthwynebydd wedi'i fflangellu'n galed â'i gynffon ar ddechrau'r ornest. Yn synhwyro y byddai ei ben yn datgysylltu'n hawdd, hyrddiodd yr Wy-ddaliwr buddugol ei ddarn-canol trwchus at wddwg rhydd ei wrthwynebydd, ac yn wir, roedd yn ddigon i wthio'r pen i ffwrdd. Bownsiodd pen truenus yr un a drechwyd mewn i ymyl y llwyfan – er mawr ryddhad i'r enillydd, oedd yn goranadlu'n beryglus o glou.

'Mae'n ddrwg gen i' ymddiheuriodd AGAAAA, 'mae'r ymladd fel arfer yn para llawer hirach na hynna.'

'Gymrwn ni eich gair chi,' dywedais, yn teimlo'n chwydlyd wrth feddwl taw dyma mwy na thebyg oedd yr union ffordd y buaswn innau hefyd yn marw – yn adloniant cras i Reolwyr croch a wisgai siwtiau duon a sbectols tywyll.

'Beth ddigwyddith i'r enillydd nawr?' gofynnodd ASThAThTh.

Eglurodd AGAAAA taw cael aros yn fyw fyddai gwobr yr Wy-ddaliwr buddugol, a byddai'n cael ei gyflogi yn un o ffatrïoedd yr wybib isaf. Ond yn gyntaf, byddai'n rhaid iddo fynd ar gwrs yn y Siambr Hyfforddiant. Wrth weld fy ngolwg ofidus, pwysodd AGAAAA ymlaen, gan ddod reit lan at fy nghnewyllyn, a syllu'n hy i fyw fy modolaeth.

'Paid cymryd pethau gymaint o ddifri, SAThAAG,' meddai.

'Wy'n methu diodde'r trais,' cyfaddefais, mewn llais gwan.

'Wn i. Wy'n dy gofio di adeg fy arbrawf bach yn Esgair Capwt.'

Ni thrafferthais edrych arno. Gwyddwn o'r gorau y byddai un o'i gilwenau annifyr yn llenwi'i gnewyllyn seimllyd. Cymerais arnaf nad oeddwn wedi clywed ei ensyniad brawychus, ond mynnodd egluro ymhellach; roedd yn amlwg ei fod wrth ei fodd yn trafod campau ei orffennol ffiaidd.

Ysgydwais fy mhen yn araf, gan geisio dynodi fy niffyg

diddordeb, ond roedd yr AGAAAA Ardderchog yn ei elfen.

'A bod yn deg, oeddwn i'n credu mewn rhyw fath o rannu grym yn y dyddiau hirfelyn tesog hynny yn y gaill chwith, ond doedd na'm digon ohonom ni, y sberm digyswllt, i gynnal ymgyrch gwerth chweil. Roedd y rhan fwyaf ohonyn nhw, neu a bod yn fanwl gywir, ohonom ni, wedi eu hagru. Doedd dim ffordd o adnabod eu cyrff; nid oedd ganddynt unrhyw ddyfodol, heb sôn am un gobeithiol. Unwaith y gwelsom mor hawdd y byddai hi i'w threchu, troesent yn erbyn GAGAAA yn gwmws fel pawb arall. Yn sbloets y dienyddiad cyhoeddus oedd eu diddordeb hwy, nid mewn cyflawni newid gwleidyddol go iawn. Sylweddolais yn glou fod yn rhaid cael mwy na phamffledi ac ychydig ferthyron diniwed er mwyn cipio grym. Cyflawnodd y terfysgoedd cynnar hynny eu pwrpas; rhoesant ychydig o hyder i mi, ac fe ddysgais rai gwersi gwerthfawr iawn. Gwyddwn, ag ychydig o gyfrwystra a dyfalbarhad, mai dim ond mater o amser oedd hi–'

Stopiodd AGAAAA Ardderchog yn stond, a gwenu wrth iddo sylwi fy mod i'n dal i syllu i gyfeiriad y llwyfan, ar ben pydredig yr Wy-ddaliwr a drechwyd. Gwenodd yr AGAAAA Ardderchog.

'Os yw e'n unrhyw gysur i ti, mae darn-canol y rhan fwyaf o Wy-ddalwyr yn corddi pan welant pen wedi ei falurio. Wy' jest ddim yn deall y peth – wy'n meddwl bod trais yn ddoniol.'

'Doniol?!'

'Ie – os yw e'n cael ei wneud mewn ffordd eironig.'

'Reit. A sut yn gwmws mae rhywun yn marw mewn ffordd eironig?'

'Mae'n debyg mai dyna'r darn nad wyt ti'n medru ei weld,' meddai AGAAAA, gan gilwenu arnaf yn ddibrisiol wrth orwedd yn ôl yn ei gerbyd a galw ar ei yrrwyr i fynd â ni i'r rhan nesaf o'n siwrnai faith.

24

Ar ein ffordd i'r Siambr Hyfforddiant pasiom y Siambr Dechnoleg – siambr â gâi amddiffyn yn sylweddol iawn. Gallech feddwl fod y lle dan warchae, a barnu cymaint o warchodfilwyr oedd o gwmpas y fynedfa. Yn wir, roedd ei chyfrinachau masnachol mor bwysig i AGAAAA fel nad oedd yr ardal yma yn rhan o'n taith ni o gwbl, ond fel pob gwir unben megalomanaidd, ni allai beidio sôn am ei gynlluniau crand ar gyfer y dyfodol.

'Mae ein cais i gysylltu â'r Brif Rwydwaith Nerfol yn datblygu'n ffafriol iawn. Wrth gwrs, mae'n golygu cryn fuddsoddiad mewn strwythuro cywir, gosod ceblau ar hyd cylchedau nerfol, ac yn y blaen; wna i ddim eich diflasu chi â'r manylion' meddai, mewn acen gref o Ddwyrain Ewrop yn ddigon rhyfedd.

'Ond cyn hir gallaf eich sicrhau chi mi fydd gan y Siambr Hamdden – yn wir, pob Siambr, filoedd o sgriniau yn dangos niwl gwyn mewn sain stereo digidol. Ac mae'n destun balchder mawr i mi allu dweud bydd y niwl gwyn hwn ar gael mewn dros ddau gant o amleddau digidol!'

Roedd brwdfrydedd AGAAAA wedi gwneud i'w acrosom ordwymo. Gan ddiosg ei het gowboi a'i rhoi i un o'i osgordd i'w gwyntyllu, edrychodd braidd yn siomedig, yn methu deall ein diffyg cyffro.

'Yn y pen draw, wrth gwrs, bydd yn rhaid iddynt dalu am wylio'r niwl gwyn, ond er mwyn gwneud yn iawn am hynny, fe gawn nhw gyfarchiad arlywyddol bob dydd gyda mi, yn rhad ac am ddim. All neb fod yn fwy teg na hynny.'

Amneidiodd sawl aelod o'i osgordd yn frwd, yn amlwg yn cytuno â phob gair. Gan ebychu am ocsigen, pwysodd AGAAAA ymlaen er mwyn i'w het gael ei ailosod ar ei ben. Yna, wedi iddo fflicio'i acrosom wlyb, cychwynasom ar ein taith i lawr wal yr wybib tuag at ein stop nesaf.

Twnnel tywyll, hir, estynedig ger cyffordd y groth oedd y

Siambr Hyfforddiant. Rhyw ffordd neu'i gilydd roedd y rhan yma wedi ei chau ar y ddau ben. Yr unig ffordd i mewn oedd trwy ryw wactod oedd wedi'i gynllunio'n arbennig. Ymhyfrydodd AGAAAA yn y ffaith taw ei awgrym personol oedd wedi sicrhau'r ffaith nad oedd ocsigen i'w gael yn y twnnel. Arbrawf ydoedd yn wreiddiol, i weld sut oedd sberm yn ymateb pan roedd yn rhaid iddynt resbiradu'n anerobig. Yna, am iddo sylwi bod nifer o'r Rheolwyr yn mwynhau dyfalu faint o amser fyddai'n cymryd i sbermyn heb ocsigen i lewygu, penderfynodd AGAAAA i agor casino gerllaw.

Er mawr syndod iddo, roedd yr arian HL a godwyd i'r Gorfforaeth yn y Siambr Hyfforddiant hyd yn oed yn fwy na'r HL a godwyd yn y Siambr Hamdden. A hynny, er nad oedd yna, wrth gwrs, unrhyw beth i'w weld. Cadarnhaodd ymchwil farchnata taw sgrechfeydd y rhai oedd yn cael eu harteithio oedd yn apelio at y Rheolwyr. Mae'n debyg yr hoffent greu rhyw ddelwedd yn eu dychymyg o'r 'gelyn' yn syrthio'n swp i'r llawr mewn gwewyr dychrynllyd.

Am ein bod ni mor agos i'r Siambr Frethyn, aeth AGAAAA â ni i weld cynlluniau diweddaraf y wisg gorfforaethol. Dangosodd siwt ddu a edrychai'n gwmws yr un fath ag unrhyw siwt ddu arall, am wn i, ond pwysleisiodd AGAAAA fod ansawdd y defnydd yn rhyfeddol. Mynnodd ein bod ni'n mynd i weld lle yn union y cywasgwyd y silia ar gyfer y dilledyn dan sylw. Nododd un o'i gynffonwyr rif cyfresol y siwt a dywedodd fod y ffatri ond rhyw funud o nofiad i ffwrdd, i fyny ar hyd wal yr wybib. Rhyw dair munud yn ddiweddarach aethom i mewn i'r ffatri. Llenwyd y lle â'r wylofain isel a glywsom yn gynharach, wrth inni basio pennau trist y sbermlu caeth a amneidiai'n swrth fecanyddol.

Yn y ffatri hon ar gyrion y Siambr Frethyn gwelsom y rheswm tu ôl i'w hanniddigrwydd – eu gwaith oedd sathru miliynau ar filiynau o silia darfodedig i mewn i edeifion bychain. Pe stopient am eiliad, yna buasent yn derbyn pigiad drydanol boenus iawn o du un o acrosomau'r Lladdwyr oedd yn eu goruchwylio. Roedd y rhan fwyaf o'r sbermlu a weithiai yma wedi bod yn gwasgu'r silia cyhyd nes bod eu darnau-terfyn wedi diflannu. Golygai hynny bod gweiniau eu cynffonnau wedi treulio ar y gwaelod nes bod ffrithiant eu hedeifion echelog yn eu llosgi mewn modd arswydus o boenus. Roedd yr wylofain tawel hyd yn oed yn waeth na'r sgrechfeydd o flinder a glywsom yn y pellter tu fewn i'r Siambr Hyfforddiant. Cariwyd ychydig gannoedd o gyrff y meirw yn drefnus reolaidd o'r pentwr o ddefnydd du o dan y sbermlu. Roeddynt yn llythrennol wedi gweithio nes eu bod nhw wedi cwympo. Yn hollol ddigyffro, dywedodd AGAAAA taw yn ei farn ef, cyrff y meirw oedd wedi syrthio i'r silia diwydiannol oedd yn gyfrifol am safon unigryw deunydd gwisgoedd y Gorfforaeth. Ychwanegodd bod rhaid i'r silia yn rhan uchaf y ffatri gael eu gwasgu'n fân iawn er mwyn iddynt fod yn dryloyw. Mi fyddai'r rhain wedyn yn cael eu glanhau a'u mowldio'n sbectols tywyll arbennig i gwblhau gwisg swyddogol y Gorfforaeth. Gan bwyso ymlaen yn ei gadair i ddangos ei sbectol ef ei hun, dywedodd ei fod yn arbennig o blês gyda phoblogrwydd y sbectols, gan taw ei syniad personol ef oeddynt. Credai yn bendifaddau eu bod nhw'n gymorth mawr i'r sbermlu yn ystod eu horiau maith yn y gwaith.

Aethom yn araf ar ein ffordd tuag at orffwysfan arall ar y wal gyferbyn â ni – ardal a adwaenir fel y Siambr Ymchwil. Roedd AGAAAA yn dal i barablu'n frwd am gost-effeithrwydd rhyw ddilledyn hardd newydd a oedd yn cael ei ddatblygu yn y Siambr Frethyn, gan rwtio ei siwt ddu yn aflonydd â'i ddarn-canol tew. Gallwn weld cnewyllyn ASThAThTh yn gwrido'n llwyd dwys, yn amlwg o'i go' na allai ladd y gormeswr ffiaidd hwn yn y fan a'r lle.

Yn y Siambr Ymchwil, neuadd anferth goch, debyg iawn i'r Siambr Hamdden, digwyddom gyrraedd mewn pryd i weld arbrawf yn cael ei gynnal. Roedd sbermyn o'r Gorfforaeth wedi troi ei gap acrosomaidd tu chwith allan, ac yn defnyddio darn o bilen allanol ddarfodedig fel gwelltyn. Sugnai wenwyn oddi ar un o Laddwyr y gelyn a'i drosglwyddo'n syth i'w ben. Wrth iddo weld bod ASThAThTh a minnau'n gwylio hyn â chryn ddiddordeb, rhoddodd AGAAAA un arall o'i gilwenau bras, cyfrwys.

'Syniad da, ondyw e?' meddai, 'Arbed egni. Mae Dadwenwyno yn y Siambr Amddiffyn yn gallu cymryd hydoedd ac yn defnyddio lot fawr o egni mitocondriaidd. Wy' ddim mo'yn i'm gwarchodfilwyr flino'n rhy glou – wedi'r cwbl, byddaf eu hangen nhw gyda mi ar ddiwedd y daith.'

'Ai dyma'r Lladdwr-Gadfridog y gwnaethoch chi sôn amdano, eich Mawrhydi?' gofynnodd aelod tenau iawn o'r tîm ymchwil.

Nodiodd AGAAAA yn ddigynnwrf cyn tynnu ei het gowboi a gofyn i un o'i gynffonwyr grafu top ei ben gogleisiog â'i ddarn-terfyn. Wrth inni aros iddo gwpla, sylwais fod sawl un o'r sbermlu'n edrych ar ASThAThTh yn ddisgwylgar. Yn y man, ailosodwyd het AGAAAA, cyn iddo gyfarch ASThAThTh.

'Wn i dy fod ti'n Gadfridog balch, ASThAThTh, ond gobeithio nad wyt ti'n un twp. Mi ro' i un cyfle olaf i ti i wisgo'r Siwt Gorfforaethol ac ymuno â Chorfforaeth yr AGAAAA Ardderchog. Os gyflawni di dy ddyletswyddau fel Pendonciwr gydag arddeliad, yna maes o law, mi wna i hyd yn oed dy ystyried fel un o'm gwarchodfilwyr personol. Mi fydd rhyw gymesuredd pleserus i hynny.'

Chwarddodd AGAAAA yn ysgafn, ac ymunodd gweddill y sbermlu yn y Siambr Ymchwil ag ef. Yna atebodd ASThAThTh yn ei ffordd rymus, dihafal.

'Mae fy nheyrngarwch i i'r Wy-ddaliwr. Wy-ddaliwr SAThAAG.'

'Yna dwyt ti ddim yn rhoi unrhyw ddewis i mi,' meddai

AGAAAA, yn amlwg wedi ei gynddeiriogi.

Wrth weld y Meistr Mawr yn fflicio'i het gowboi, cyflwynodd y sbermyn ei welltyn i Boliog. Yn amlwg wrth ei fodd, traethodd Boliog gyfarchiad y Gorfforaeth cyn plymio ei ben i mewn i un ASThAThTh. Roedd ASThAThTh yn hollol ddiymadferth wrth iddo gael ei ddala lawr gan bedwar Lladdwr, felly mi lwyddodd Boliog i wagio pen ASThAThTh o'i wenwyn gwerthfawr heb fawr o ymdrech. Ceisiais hoelio fy sylw ar lawr y Siambr, heb fedru gwylio gwaradwydd defodol ASThAThTh. Roedd sŵn slochlyd sugno Boliog ynghyd â sgrech reddfol fy Lladdwr-Gadfridog yn annioddefol. Er bod fy mhen yn cael ei ddala'n sownd gan un o'r Lladdwyr, teimlai fel pe bai'n crynu yn ddi-baid a'i fod ar fin ffrwydro.

Yna sylweddolais nad oedd yn crynu o gwbl – llawr meinwe y Siambr oedd yn siglo.

O fewn eiliadau, roedd y Siambr gyfan dan ymosodiad gan haid o waedgelloedd gwynion ysglyfaethus. Wrth i mi gael fy nhowlu wyneb i waered, a tharo fy mhen yn erbyn wal galed pilen allanol estron, sylweddolais er mawr fraw, 'mod i eisoes wedi cael fy ffagosyteiddio.

Er imi ollwng afon o olew edefyn echelog, llwyddais i wthio fy hun i fyny oddi ar bilen allanol y niwtroffil, a oedd yn prysur gau amdanaf. Roedd yn rhaid i mi geisio mynd i mewn trwy fynedfa agored y waedgell cyn iddi gau'n gyfangwbl a ffurfio chwysigen ffagosytig. Dyma oedd fy unig obaith o ddianc, ac roedd yn cau yn glou. Gallwn weld fod ychydig o sberm eraill oedd yn yr un waedgell â mi yn amlwg wedi cael yr un syniad. Ras orffwyll i'r golau oedd yn pylu o'n blaenau. Wrth deimlo fy nghnewyllyn yn dechrau troelli, nofiais ymlaen mor glou ag y gallwn, yn rhy ofnus i oranadlu. Tu ôl i mi, gallwn glywed sgrechfeydd erchyll y sberm oedd eisoes yn cael eu traflyncu gan ensymau grymus y gell. Gan gasglu fy egni mitocondriaidd ynghyd mor glou â phosib, hyrddiais fy hun drwy sytoplasm hynod ronynnog y gell.

Am fy mod i wedi cael fy nal yn gaeth gan warchodfilwyr y Gorfforaeth cyhyd, teimlwn fy hun yn stiffhau'n sydyn. Roedd yn amlwg nad oeddwn yn y cyflwr gorau i geisio ffoi mewn ffordd mor ddramatig. Gan hoelio fy sylw ar y golau diflanedig, gwelais agendor ar hyd wal fewnol y gellbilen, a phenderfynais fynd amdani. Teimlai'r siliwm tu fewn i'm cynffon dychlamol fel pe bai'n meddu ar ryw egni gwyllt a'm gwthiodd ar hyd wal lithrig y bilen. Roedd fy narn-canol yn canu grwndi, fel injan llyfn – pob mitocondrion wedi bywiogi trwy'r argyfyfwng. Yna, wrth i mi weld y fynedfa'n pylu i'r cylch bach lleiaf posib o olau, teimlais don o adenosin triffosffad yn tanio fy nghynffon i'r entrychion. Wrth wasgu trwy'r golau, sbonciais allan eto i'r wybib jest mewn pryd. Yn goranadlu o ryddhad, sylweddolais gwaetha'r modd fod pilen allanol y niwtroffil wedi taro fy narn-terfyn wrth gau. Roedd fy narn-terfyn truenus yn hongian wrth waelod fy nghynffon, fel gwifren amddifad.

Ond dechrau fy mhroblemau oedd hynny – gallwn weld fy mod i dal mewn perygl. Roedd wal yr wybib yn llawn heidiau o liwcosytau ysbeilgar. Gan igam-ogamu fy ffordd drwy bentwr o sberm histeraidd mewn siwtiau duon a sbectols tywyll ceisiais ymbwyllo a chael rhyw amgyffred o ble yr oeddwn. Yna gwelais, er mawr arswyd i mi, ben sbermyn yn ceisio dod mas o bilen niwtroffil ar fy chwith, a oedd fwy neu lai wedi cau'n barod. I ddechrau, doeddwn i ddim yn siŵr ai ef ydoedd – edrychai ei acrosom ysbaddedig yn ddi-rym ac yn llai o faint, rywsut; yna cofiais fod ei arfbennau gwenwynig wedi eu dileu.

Doedd dim amheuaeth, ASThAThTh ydoedd, yn ymladd am ei fywyd.

Wrth weld yr olwg wyllt, llawn panig ar ei gnewyllyn nofiais draw ato'n syth er mwyn ei helpu. Ceisiais ei gael ef i wthio'i ben ar fy mhen i, fel fy mod i wedyn yn gallu defnyddio fy nghynffon i'n gyrru ni i ffwrdd o enau caeëdig y waedgell, ond roedd e'n sownd, a gwyddai'r ddau ohonom fod y gellbilen eisoes wedi cau amdano.

'Gad hi, SAThAAG!' llefodd, 'Mae'n rhy hwyr i mi! Cadwa di i fynd!'

Yn gwrthod derbyn ei dynged erchyll, fflipiais fy hun drosodd mewn trosben deheuig, gan wthio fy narn-terfyn i mewn i acrosom ASThAThTh. Sbardunais fy narn-canol i'r fath raddau nes fod swigod yn codi i wyneb y serwm ar wal yr wybib. Â'm hyrddiad olaf un, tynnais ar acrosom cul ASThAThTh oedd fwyfwy cul, a theimlais rywbeth yn torri'n rhydd ar waelod fy nghynffon. Troes i ganfod bod fy narn-canol bron iawn wedi ei ddatgysylltu.

'Addawa i mi na wnei di roi lan! Cadwa i fynd! Cadwa i fynd!'

Dyma oedd geiriau olaf ASThAThTh, a udwyd mewn nâd gyntefig wrth iddo ddiflannu am byth tu ôl i len farwol pilen allanol niwtroffil trachwantus.

Wedi'm llethu gan alar, troes i nofio i fyny'r llif mewn ymgais fwriadol i fynd mor bell ag y medrwn oddi wrth yr ardal lle lladdwyd ASThAThTh. Sgrechiai miloedd o sberm yn wyllt wrth iddynt nofio i bob cyfeiriad, gan daro mewn i'w gilydd gan amlaf. Serch hynny, bron nad oeddynt yno mewn ffordd; roedd eu bodolaeth hwy mewn rhyw fath o ddrama hunllefus i mi, gydag oernadu brawychus y brif rhan yn dal i ganu'n groch yn fy nghnewyllyn.

Wrth rwto halen gwenwynig i'm clwyf, gallwn weld bod yr AGAAAA Ardderchog wedi goroesi'r ymosodiad. Fe'i hamgylchynwyd gan ei warchodfilwyr mewn haenau o bum deg ar y tro. Yn amlwg, roedd wedi paratoi'n drwyadl i'r union ddigwyddiad. Ni allai'r liwcosyt mwyaf gwancus draflyncu cynifer o sberm mewn un ymgais.

Wrth i AGAAAA gael ei godi'n ôl i mewn i'w gerbyd arlywyddol, sylwais ar un o'i gynorthwywyr yn gosod ei het gowboi nôl ar ei ben. Roeddwn i'n rhy bell i ffwrdd i weld yr olwg ar ei gnewyllyn, ond dychmygais taw cilwen hunanfoddhaus oedd yno, yn ôl ei arfer. Byddai'r cannoedd o gyrff holltedig y meirw newydd, yn dal yn eu siwtiau duon addas o greulon, mwy na thebyg yn dod â gwên braf i'w ben. Ai'r rhain oedd y rhai a fu bron yn ddigon ffodus i ddianc o grafangau'r gyflafan? Roedd miloedd mwy wedi dioddef tynged druenus ASThAThTh. Roedd y ffaith fod y mwyafrif ohonynt wedi aberthu eu hunain er mwyn y gormeswr blonegog hwn yn y pellter yn codi cyfog arnaf.

Nid oeddwn angen apêl angheuol ASThAThTh i sylweddoli bod yna ddyletswydd arnaf i gadw i fynd – doedd dim angen esgus ar unrhyw un i adael y ffau ffiaidd yma. Gan gymryd arnaf fy mod i wedi marw, arnofiais yn araf draw at un o'r dwsenni o gyrff a lynai wrth wal yr wybib. Yn synhwyro bod rhan fwyaf o sberm y Gorfforaeth yn ail-leoli o gwmpas eu Meistr Mawr ar y wal gyferbyn, plymiais i mewn i un o'r cyrff cyn iddo ddechrau pydru. Gan slipio rhan isaf ei siwt oddi ar ei gynffon yn ddeheuig, symudais fy nghynffon i yn glou i mewn i'r dilledyn gwlyb sop – dilledyn a oedd, wrth gwrs eisoes wedi ei wneud o gyrff celain anffodusion eraill. Llithrodd ei siaced oddi ar ei ddarn-canol yn weddol hawdd, gan nad oedd yna ben ar ôl i'w rwystro. Heb fawr o awydd, gwisgais y siaced am fy narn-canol innau, a chiledrychais ar ben sigledig y corff nesaf. Roeddwn i'n lwcus; gallwn weld fod ei sbectol dywyll wedi ei sodro'n sownd i'w gnewyllyn. Roedd wedi cael ergyd farwol i flaen ei ben, mwy na thebyg. Gan osod y sbectol o flaen fy nghnewyllyn, mentrais edrych o gwmpas ar y cyrff mewn siwtiau duon yn arnofio'n dawel ar hyd wal yr wybib.

Wedi'm llwyr ffieiddio gan y fath olygfa, snapiodd rhywbeth yn ddwfn tu fewn i'm cnewyllyn. Ro'n i am ddianc. Yn benwan grac, troes i nofio'n syth ar hyd y wal, gyda'r bwriad o fynd cyn belled â'r troad ym mhen uchaf yr wybib, heb edrych nôl unwaith, wedi'm tanio â chynddaredd dwfn, fel pe bawn i'n ffoi o hunllef.

Nofiais a nofiais drachefn. Am ychydig oriau, mae'n

rhaid. Er ei bod hi'n teimlo'n llawer hirach, yn debycach i gan mlynedd. Fel pe bawn i'n ceisio dianc o ganrif llawn trais a methiant ideoleg.

25

Wrth reswm, ro'n i'n llawer rhy flinedig i nofio mor bell â'r troad ym mhen uchaf yr wybib, ac mewn ffordd, roedd hyn yn fendith. Gwyddwn o'r gorau pe bawn i wedi llwyddo i gyrraedd y troad dan sylw y buaswn i'n medru gweld mor bell â'r ofari ei hun – rownd y cornel fel petai, ac nid o'n i mewn unrhyw gyflwr i weld yr Wy eto; ddim ar ôl fy mhrofiad diweddaraf. Wedi ymlâdd, casglais fy nerth a'm dycnwch trwy oedi mewn gorffwysfan benodedig yn uchel lan tu fewn i wal yr wybib. Gan gyrlio diwedd fy nghynffon boenus lan at fy mhen yn y safle ffetysol clasurol, gorffwysais yn fyfyrgar braf am gwpwl o oriau hollbwysig.

Y peth pwysicaf y sylweddolais tra o'n i'n gorffwyso oedd nad ffrwythloni'r Wy oedd unig bwrpas fy nhaith. Ddim rhagor. Roedd fy siwrnai yn ymwneud â'r ymryson rhwng da a drwg, fel yr oedd AAAAThS eisoes wedi dweud. Gallwn weld nad oeddwn *i* chwaith, ysywaeth, yn gwbl ddifai. Nid oeddwn wedi cymryd atyniad amlwg AGAAAA at ddrygioni ddigon o ddifri. A hynny er ei bod hi'n amlwg yn gynnar yn fy siwrnai fod elfen o wallgofrwydd yn perthyn iddo. Nid oedd y ffaith fod sawl miliwn arall wedi eu twyllo yn yr un modd yn unrhyw gysur. Mi fues i'n ddiniwed. Cofiais ei eiriau oeraidd yng nghlwb y Dd.Ff – nid oedd yn gweld eisiau ei Gymdeithas Had-dafliad, 'Dyw rhai ohonom ni ddim yn gweld yr *angen* am Gymdeithas.'

Wrth gwrs, ni fu AGAAAA erioed yn rhan o unrhyw Gymdeithas. Wrth bwyso fy mhen yn erbyn wal wlyb yr wybib, ceisiais ddychmygu sut fywyd oedd rhywbeth felly. Byth i deimlo coflaid ffrind mynwesol neu i gymryd rhan mewn dadl danbaid dros ddiod gyfeillgar. Neu i gymryd rhan mewn defodau teimladwy. Fel aelod o grŵp, roeddwn i'n cymryd hyn oll yn hollol ganiataol, boed hynny'n gân hwyrnosol gyda rhywun fel Triphen, neu'n deyrnged ddwys, fwy torfol fel angladd byr-fyfyr Taircynffon. Does bosib, ar lefel bob dydd mai'r cymdeithasu yma oedd yn gwneud bywyd yn werth ei fyw. Gwaetha'r modd, roedd geiriau fel 'cymdeithas' a 'ffrind' a 'cymryd rhan' yn gyfystyr â 'corfforaeth' a 'rheolwr' a 'gormesu' yng nghnewyllyn gwyrdroëdig AGAAAA.

Gan fod y ddau ohonom yn cario defnydd genetaidd tebyg dros ben i'n gilydd, allwn ond dyfalu bod ysfa AGAAAA i orthrymu wedi ei sbarduno gan ffactorau amgylcheddol yn unig. Wedi iddo gael ei wrthod i fod yn Wy-ddaliwr ifanc ar sail maint ei ben, yn raddol tyngodd lw iddo'i hun y byddai un diwrnod yn dial trwy ddinistrio'r holl Had-dafliad. Hyd yn oed a chadw'r ffactorau hyn mewn cof, roedd ei ymddygiad heb amheuaeth yn dal yn anfaddeuol o giaidd.

Ac eto ro'n i'n teimlo yn leinin fy narn-canol bod y senario hwn yn rhy daclus, yn rhy rhyddfrydol. Mae'n bosib y byddai wedi ymddwyn yn gwmws yr un fath pe bai wedi ymuno â Chymdeithas? Os felly, o gofio ein deunydd genetaidd tebyg, efallai fod gen i yr union un gallu i greu drwg hefyd; gwaeth fyth – a oedd y gallu hwn yn rhan gynhenid ym mhob sbermyn? Ai dyma oedd yr hyn a alwodd H-189 'y tyndra hanfodol rhwng anarchiaeth a threfn sy'n gyrru esblygiad ymlaen'?

Wrth i mi sugno ychydig ddŵr oddi ar wal yr wybib, ceisiais ddwyn i gof rai o'r pethau gwallgo' yr oedd AGAAAA wedi'u dweud. Ohonyn nhw i gyd, y frawddeg a chwyrlïai'n ddi-baid o gwmpas fy nghnewyllyn oedd ei sylw taw bywydeg yn unig oedd hanes y byd. Mewn un ffordd, wrth gwrs, yr oedd yn iawn. Fel y cyfaddefoddd yn hollol agored, roedd wedi llwyddo i gymryd mantais o anghenion sylfaenol ac hunan-les sbermoliaeth a'i ecsploitio er ei fudd ei hun; roedd yn dric brwnt a oedd wedi ei chwarae dro ar ôl tro mewn hanes. Felly, pam wnaeth cymaint o'r Had-daflad syrthio amdani eto fyth? Ai gan fod yr hinsawdd yn berffaith ar gyfer rhywun fel AGAAAA? Hinsawdd lle roedd diwylliant ofn yn barod yn rhyw fudferwi yng ngheilliau gwareiddiad anymwybodol? Gwareiddiad oedd yn marw ar ei gefn? Wedi'r cwbl, roedd cymaint o Gymdeithasau, gan gynnwys fy un i, yn llythrennol wedi cael eu chwalu.

Roeddwn i'n ddigon realistig i sylweddoli fod pob sbermyn a grewyd erioed yn y pen draw yn gweithredu o blaid hunan-les. Hyd yn oed rhai anhygoel o anhunanol fel ASThAThTh. Roedd dadlau ei fod ef wedi ei raglennu rhag blaen i fod yn Laddwr-Gadfridog ar fy rhan, fel y gwaneth ef droeon, ddim yn ddigon da. Roedd yn *mwynhau* bod yn aelod blaengar o'n Cymdeithas. Yn yr un modd, am wn i, ag yr oedd AGAAAA yn mwynhau'r gobaith o weld miliynau o sberm mewn gwisgoedd union yr un fath yn syllu'n sombïaidd ar niwl gwyn. Roedd y ffaith fod hunanoldeb yn air blaenllaw yng ngeiriadur DNA pob un ohonom yn ddiamheuol – ond onid oedd cydweithredu hefyd? Ro'n i wedi gweld gormod o weithredoedd syml bob dydd oedd yn llawn caredigrwydd o fewn fy Nghymdeithas i feddwl fel arall. Roedd fel pe bai yna frwydr gyson ym mhob un ohonom rhwng y grymoedd ymddangosiadol gwrthwynebus hyn.

Celloedd arbennigol oedd sberm, gyda'r ddawn i deimlo, i gyfathrebu trwy ddefnyddio iaith ac i wneud dewisiadau. Mewn gair, roedd gennym ewyllys rydd. Onid oedd hyn yn ddigon o dystiolaeth ynddo'i hun i brofi nad grymoedd bywydeg yn unig oedd yn bwysig?

Roedd dwyn aelodau fy Nghymdeithas mor fyw i'r cof hefyd yn fy llenwi ag ychydig o euogrwydd. Ni fedrwn fyth beidio â theimlo 'mod i wedi dangos diffyg arweiniad ac wedi cymryd fy nghriw o sberm yn ganiataol. O'r cant yn fy Nghymdeithas, fi oedd yr unig un ar ôl. Fel y bardd Aneirin gynt a'i fyddin glew, ro'n i'n benderfynol na fyddai eu marwolaeth hwy yn ofer.

Deuwn hefyd yn fwyfwy argyhoeddiedig bod rhif fy Nghymdeithas – cant, yn arwyddocaol, fel pe bai wedi esblygu dros ganrifoedd o brofi a methu. Roedd cant yn rhif lle y gallai unigolion deimlo eu bod yn adnabod ei gilydd yn dda ac yn gallu ymhél â'i gilydd ar sail cyd-ymddiried a pharch. Yn fras, roedd yn rhif digonol i ffurfio cymdeithas wedi'i wreiddio mewn cydweithrediad. O'i gymharu, roedd ymerodraeth enfawr amhersonol AGAAAA yn amlwg yn hollol i'r gwrthwyneb.

Wrth bendroni yn y modd hwn, pwysais fy mhen yn ofalus tu fas i'm gorffwysfan ac edrych i fyny ar ehangder gwag yr wybib. Fflachiodd goleuadau llachar y welydd gwlyb yn odidog trwy'r gwyll disgwylgar. Roedd y tawelwch yn hynod – fel traffordd yn nhywyllwch dudew'r nos. Tybed a oedd yna unrhyw Wy-ddalwyr eraill mor bell lan â hyn, yn cwato, yn aros eu cyfle, yn pendroni dros eu gorffennol, yn aros am yr arwydd i symud i'r ardal ffrwythloni? Ro'n i'n amau'n fawr – ar wahân, wrth gwrs, i'r AGAAAA Ardderchog. Roedd e mwy na thebyg yn cysgu yn ei gerbyd arlywyddol rhywle ar hyd y rhodfa dragwyddol hon, yn aros, fel fi, am yr adeg i daro – yn aros am ddyfodiad anochel yr Wy.

Teimlais ryddhad nad oedd yr Wy wedi cyrraedd yr ardal ffrwythloni. Nid oeddwn cweit yn barod i'w wynebu eto; ond mi fyddwn – ro'n i'n hyderus o hynny. Cofiais atgoffa fy hun fod amseriad yr Adwaith Acrosomaidd yn allweddol. Canolbwyntiais ar hyn wrth i mi syllu lan yr ychydig filimedrau oedd yn weddill o'r Biben Ffalopaidd. Amseru. Fel roedd H-189 wedi rhagweld ar fy niwrnod cyntaf yn yr Argaill, mi fyddai fy nghyfle'n dod, a phan ddeuai'r cyfle, byddai'n rhaid i mi wneud yn fawr ohono – gafael ynddo yn llawn hyder. Byddai'n rhaid bod yn arwrwol, fel y byddai ASThAThTh wedi rhoi'r peth; yn oes yr wrth-arwr, meiddio bod yn arwr, a chael yr hyder i wynebu'r cyfrifoldeb; sefyll yn gadarn yn erbyn symudiad yr AGAAAA Ardderchog tuag at yr Wy. Fel Merin o'm blaen buaswn yn 'Arth arwynawl, Drwsiad dreisiawr, Sengi waywawr, Yn nydd cadiawr'.

Sylweddolais yn ddisymwth bron fy mod i'n dwyn i gof ddarnau o'r *Gododdin*. Yn nhawelwch rhan ucha'r wybib pendronais ar arwyddocâd yr hen eiriau hyn. 'Yfais win a medd ym mordai. Mawr maint ei fehyr Yng nghyfarfod gwyr, Bwyd i eryr erysmygai.' Sylweddolais fy mod i yn eu coleddu fel pe baent yn addurno fy nghromosomau, ac mewn ffordd, wrth gwrs, yr oeddynt – lleisiau pell fy hynafiaid, wedi eu sodro i'm DNA. Llenwyd fy mhen ag ymadroddion hardd hynafol a hedfanai o amgylch fy nghnewyllyn, fel brain uwchben corff. Roedd eu cystrawen hynod a'u mynegiant cyhyrog yn chwarae â'm holl hunaniaeth. Roedd fy mhen yn drwm â'i hanes, ond nid â thrymder blinder; trymder meddwol, hoffus, ydoedd, bron fel adwaith fiocemegol. Teimlwn fel pe bai fy mhen yn llawn i'r ymylon – yn paratoi, cryfhau, chwyddo, yn barod i ffrwydro. Ynte i frwydro?

Ac yna y daeth.

'*Bu bwyd i frain, bu budd i frân, A chyn edewyd yn rhydon, Gan wlith, eryr tith tirion, Ac o du gwasgar gwaneg tu bron, Beirdd byd barnant wr o galon.*'

Sylweddolais ar unwaith nad y geiriau yn unig â'm cyffrôdd. Y llais oedd achos fy llawenydd – lleddf o ran goslef, llon ei apêl. Teimlais don wefreiddiol yn rhuthro trwy fy mhen wrth i mi sylweddoli o'r diwedd taw llais Catrin ydoedd. Gan ymladd i ganolbwyntio ar ei llais, dychmygais y wefr o anwesu ei chlun gynnes ar doriad gwawr ar fore gaeafol, ei chwerthiniad annisgwyl o ddwfn ar draws swper yng ngolau cannwyll wrth iddi fregus ddala llond gwydr o'i hoff win, ei phersawr melys yn pylu ar ei gwddwg pur. Er hynny, roedd fy mhen ar fin byrstio ac ro'n i'n colli'r llais – roedd yn crwydro, cracio, ffrwydro.

Galwais – *Catrin, Catrin!*

Yr union eiliad honno, gwelais olau llachar yn nhroad yr wybib. Byrstiai fy mhen yn gynhyrfus ddisgwylgar gan fod y golau wedi stopio a setlo, jest tu ôl i'r gornel, ger yr ardal ffrwythloni. Dim ond un peth allai'r golau fod.

Roedd yr Wy wedi cyrraedd.

Am 'mod i mo'yn cofleidio fy nghariad maint planed yn wyllt, rhwygais siwt atgas y Gorfforaeth yr oeddwn yn dal i'w gwisgo oddi arnaf, gan ffieiddio pob dim a gynrychiolai. Doedd dim angen lifrai corfforaethol na cherdyn ID i ddweud wrthyf pwy oeddwn i. Y cwbl oedd arnaf ei angen nawr oedd yr hyder i blymio i'r dwfn, ond roedd fy mhen yn dal i wneud dolur, yn amlwg yn chwyddo.

Trwy'r golau llachar, ymhellach lan, gwelais amlinelliad afiach cerbyd arlywyddol AGAAAA, yn paratoi i symud at yr ardal ffrwythloni. Clywais leisiau'n galw ei gilydd yn daer yn y pellter. Gwyddwn na allwn ffordio gadael i'r AGAAAA Ardderchog gyrraedd yr Wy o'm blaen, felly codais fy hun i fyny o loches fy ngorffwysfan a nofio tua'r golau. Cyn gynted ag y cychwynnais nofio, roeddwn yn ymwybodol fy mod i'n llawn egni, ond roedd yn rhaid i mi geisio ymlacio cyn y byddai fy mhen yn hollti.

Gan geisio canolbwyntio ar yr AGAAAA Ardderchog a'i gynffonwyr tu blaen i mi sylwais yn sydyn eu bod nhw wedi diflannu. Roeddynt wedi troi'r gornel yn barod. Doedd dim amheuaeth. Ro'n nhw'n mynd i gyrraedd yr Wy o'm blaen. Yn teimlo fy hun yn goranadlu, ceisiais gadw mor ddigynnwrf ag y medrwn, yn sylweddoli y byddai amseriad fy ymgais i dreiddio'r Wy yn hollbwysig, ond roedd fy mhen yn chwyddo cymaint fel 'mod i'n siŵr y byddai'n rhaid i mi stopio.

Yna sylweddolais. Wrth gwrs. Roedd hyn yn hollol normal – ro'n i'n mynd trwy fy nghynhwyseddu olaf, mewn paratoad i'm Hadwaith Acrosomaidd. Roedd chwyddo yn fy mhen i'w ddisgwyl – felly hefyd dychlamu tyrbochwythedig fy nghynffon. Cadarnhad oedd hyn fy mod i'n gyfangwbl ffrwythlon, o'r diwedd.

Gobeithiais taw hwn oedd yr union sbardun oedd angen i'w dal nhw i fyny. Trwy gydol yr adeg yr oeddwn yn nofio lan at ran ucha'r wybib ro'n i'n ymwybodol bod yr AGAAAA Ardderchog rownd y gornel yn barod. Efallai 'mod i eisoes yn rhy hwyr. Wrth i mi yrru fy hun ymlaen trwy'r golau euraidd ar gyflymder mawr, penderfynais y byddai'n gynt pe bawn i'n sgrialu ar hyd wal yr wybib. Gan sglefrio ar hyd yr ochr fel sbermyn gwallgo', yn y man, cyrhaeddais y troad yn yr wybib, a sgidio ar hyd y wal uchaf mor glou nes i dalpau o feinwe syrthio oddi arno, gan sblasio fy nghynffon â dŵr.

Wrth i mi edrych drwy'r golau llachar, cefais arswyd o weld yr hyn yr oedd y tu blaen mi. Yno, yn glir fel grisial, oedd corff ffiaidd yr AGAAAA Ardderchog, yn cael ei gario gan bedwar o'i Bendoncwyr oedd ddigon gwan yr olwg erbyn hyn. Roedd ei ben eisoes hanner ffordd i mewn i got jelïaidd yr Wy.

Yn fy rhwystredigaeth, sgrechais unwaith eto – *Catrin, Catrin!*

Sgrechais â'r fath angerdd nes i un o'r Pendoncwyr wedi troi i'm hwynebu, gan ostwng AGAAAA o'i safle am ennyd. Pwmpiai fy nghnewyllyn y tu fewn i'm mhen, yn benwan wyllt, ac yn ysu eisiau cyrraedd tarddiad y golau. Byddai'n rhaid i rywbeth ildio. Yna'n sydyn clywais glec anferthol, a gwynder digon i'ch dallu yn ei ganlyn.

Ro'n i'n ymwybodol fy mod i'n effro, ond yn methu gweld trwy'r golau llachar. Medrwn glywed synau biplyd ysgafn i'r dde ohonaf, a chlywn synau trymion tractoraidd i'm chwith. Yna, o'r diwedd, trwy'r golau, gwelais fod y glec wedi'i hachosi gan Adwaith Acrosomaidd rhy gynnar yr AGAAAA Ardderchog. Roedd wedi ffrwydro yn yr union bwynt lle y cyffyrddodd â chot jelïaidd yr Wy, wrth iddo geisio miniogi'i acrosom chwyddedig. Yn sylwi ar y pedwar Pendonciwr yn diawlio ei gilydd tra'n glanhau eu cyrff o'r gronynnau jeli di-liw niferus, penderfynais i fynd amdani.

Wrth igam-ogamu trwy dameidiau chwilfriw corff AGAAAA sylweddolais fod rhaid i mi aros i arwydd cemegol yr Wy. Pe bawn i'n cyrraedd yn rhy glou gallwn wynebu tynged AGAAAA; os byddwn yn rhy hwyr, a byddai'r jeli wedi caledu'n gorn, ac yn rhy galed i'w dreiddio. Wrth i mi ddynesu at yr Wy, sylweddolais hefyd fod slobiaid swrth AGAAAA yn hoelio'u sylw arnaf. Heb fawr o ddewis, cyffyrddais wyneb jeli yr Wy yn dyner â'm pen. Teimlais bigiad, fel cusan ar gap fy acrosom ac anwesiad cariadus llaw dynol ar draws fy mhen.

'Iwan.'

Roedd fy nghyfle wedi dod. Ie – hwn oedd yr arwydd, heb amheuaeth. Gan blymio fy mhen ymlaen, gwthiais yn rymus gyntefig trwy linell allanol amddifyn y cwmwlus. Torrais res o gelloedd di-ffurf i ffwrdd â'm hacrosom wrth i mi gael fy sbarduno drwy'r adeg â'm cynffon ffyrnig a'r ensymau gwerthfawr a oedd yn cael eu rhyddhau trwy fy nghap. Ie – dyna ni. Ro'n i drwyddo. Yna, gan ymestyn fy ngwddwg, plymiais i lyfnder trwchus y sona peliwsida, fy nghnewyllyn gan grynu'n ddisgwylgar, yn synhwyro'r eiliad o wahanu'n llwyr. Glynais ochr fy mhen yn ofalus i bilen y sona, gan ddefnyddio'r asiant lytig tu mewn i'm acrosom i'w gludo'n ddiogel. Yna, gan ffurfio fy acrosom i siâp nodwydd dechreuais ddrilio trwy bilen allanol y sona. Ie, da iawn, roeddwn i'n saethu ensymau cryfion i mewn iddo mor galed ag y gallwn. Unwaith y buaswn trwy'r bilen yma mi fyddwn i'n medru treiddio'r bilen felynwy'n hawdd. Unwaith y buaswn i drwy fan hyn, fyddai neb yn gallu fy rhwystro, a byddai fy nghynffon yn datgysylltu, a 'mhen yn cael ei ddal yng nghoflaid traflynclyd yr Wy.

Wrth i mi ddrilio a drilio drachefn, gan droi fy acrosom yma a thraw, clywais leisiau eto – lleisiau llawn prysurdeb egnïol, yn trafod rhywbeth. Teimlais ryw wrthwynebiad yn taro'n ôl yn erbyn fy nrilio, fel pe bai rhywun yn tynnu fy narn-canol yn ôl. Does bosib 'mod i'n mynd i fethu a minnau mor agos?

Ond er i mi geisio a cheisio, doedd dim byd yn mynd i

dreiddio trwy bilen allanol galed y sona. Yna'n sydyn, teimlais fy nghynffon yn datgysylltu ei hun a sylweddolais fy mod i, fwy na thebyg wedi treiddio'r bilen felynwy eisoes. Teimlai fy mhen yn ddryslyd, a heb fy nghynffon teimlwn rhyw ysgafnder rhyfedd, bron fel nad oeddwn i yno o gwbl. Synhwyrais fod fy nghnewyllyn yn barod yn cael ei ddinoethi o'i ddeunydd genetaidd. Roedd fy nghromosomau yn dawnsio disco ar lawr o iâ sych gyda chromosomau'r Wy. Teimlais wrth fy modd, ond eto'n fregus braidd, fel pe bai fy nillad isaf wedi eu tynnu i ffwrdd heb i mi wybod. Meddyliais am y gynddaredd feiotig oedd yn cymryd lle tu fewn i'r ffwrn a arferai fod yn ben i mi. Roedd y gorffennol yn cael ei asio â'r presennol i ffurfio dyfodol newydd. Gorfoleddais o feddwl y buaswn i'n rhan o'r dyfodol hwnnw; yn troedio croesffordd hanes.

Gyda hyder, agorais fy llygaid, a thrwy'r pelydrau croesawgar gwelais Wy hardd mamalaidd, â gwallt cwta coch. Syllai i lawr arnaf â dagrau yn diferu i lawr ei hwyneb, a chopi o'r *Gododdin* yn ei llaw grynedig. Gwisgai ffrog felen. Yn agor a chau fy llygaid am yn ail dan y golau gwresog ro'n i'n ddryslyd ddifynegiant. Roeddwn i'n rhyw led-ymwybodol nad oedd gen i unrhyw ddillad isaf. Gwelais y geiriau 'Awdurdod Iechyd Bro Taf' ar fy smoc wen, rhyfeddol o gyfforddus. Yna sylwais ar dudalen flaen *Western Mail* melynaidd cyfagos. Y geiriau syml *'It's YES'*. Ie, meddyliais. Ie. Mewn colofn fer yng nghornel waelod y papur welais bennawd bychan – *'Lecturer critical after car accident'*.

Mae'n rhaid bod Catrin wedi dala fy edrychiad syfrdanol. Pwysodd ar draws fy wyneb a'm cusanu'n ysgafn ar fy nhalcen, a'i dagrau o orfoledd yn tasgu oddi ar fy wyneb. Gweithred syml ydoedd, a lenwodd fy nghalon â llawenydd. Gweithred syml o gariad cymhleth a ymestynnai ar hyd a lled y blaned. Gweithred syml a brofodd yn ddiamau nad bywydeg yn unig ydoedd hanes.